Andrea Reinhardt

Die Wahrheit ruht nie

Impressum

Alle Personen und Handlungen sind frei erfunden. Ähnlichkeiten mit realen Personen sind zufällig und nicht beabsichtigt.

© 2025 Andrea Reinhardt

www.andreareinhardt.de

kontakt@andreareinhardt.de

1. Auflage

Umschlag/Covergestaltung: Buchcoverdesign.de / Chris Gilcher – https://buchcoverdesign.de

Lektorat: Luise Deckert, www.luise-deckert.de

Korrektorat: Diana Alchanow

Verlag: BoD · Books on Demand GmbH, In de Tarpen 42, 22848 Norderstedt, bod@bod.de

Druck: Libri Plureos GmbH, Friedensallee 273, 22763 Hamburg

Taschenbuch: ISBN 978-3-7693-1666-7

Bibliografische Information der Deutschen Nationalbibliothek: Die Deutsche Nationalbibliothek verzeichnet diese Publikation in der Deutschen Nationalbibliografie; detaillierte bibliografische Daten sind im Internet über dnb.dnb.de abrufbar.

Zur Autorin:

Andrea Reinhardt schreibt seit 2017 erfolgreich Thriller und lebt seit 2020 den Traum der Schriftstellerei. Nur aus Versehen ist die gelernte Kinderkrankenschwester zur Täterin geworden und verfasst seitdem emotionale, dramatische und perfide Verbrechen. Sie lebt heute einen Traum, den sie nie geträumt hat, trotzdem wurde das Schreiben ihre Berufung.

Schon mit ihrem Debüt Teufelseltern schaffte sie es in die Top 100 der allgemeinen Amazon Charts und erfreut sich seitdem einer wachsenden Leserschaft. Dabei greift sie zu Themen, die unter die Haut gehen, nimmt ihre Komplizen auf eine Reise mit, auf der diese in den Kopf des Täters, des Opfers und des Ermittlers sehen können.

Andrea Reinhardt

Die Wahrheit ruht nie

Thriller

»Wenn ich eine Story zu Ende erzählt habe, ist es, als komme ich von einer langen Reise nach Hause, während der ich in verschiedene Rollen geschlüpft bin. Ich habe die Charaktere gespielt, war Opfer, Täter, Zuschauer und Held zugleich.«

Für Melli, Andrea Suehrig, Bärbel
Zimmer und Andrea Grumic

»Vier Frauen voller Mut und Stärke«

1

20. September 2023

Der Regen prasselte leise gegen die Fensterscheiben. Es war ein monotones Klopfen, das die unerbittliche Stille in dem Raum für ihn erträglicher machte. Der Himmel war mit dunklen Grautönen durchzogen und spiegelte seinen inneren Gemütszustand wider.

Schon seit fünfundzwanzig Jahren konnte er keine Freude empfinden und alles, was er dagegen unternommen hatte, war nicht hilfreich gewesen. In den letzten Wochen war seine Anspannung schlimmer geworden, gar unerträglich. Seine Wut gedieh zunehmend in ihm, stachelte ihn an, das Kapitel endlich zu beenden. Doch er wusste noch immer nicht, wie.

Er saß regungslos auf dem alten Holzstuhl in seinem Elternhaus.

Es stand schon lange leer und fiel bereits in sich zusammen. Die Deckenpaneele hingen herunter, der Putz an den Wänden bröselte ab und durch die spröden Holzrahmen der Fenster pfiff der kalte Wind.

Es roch modrig und staubig. Trotzdem hatte er noch immer die Gerüche seiner Kindheit in der Nase. Den zitronigen Duft des Reinigungsmittels seiner Mutter, den leckeren Duft frischgebackenen Brotes, den herben Duft des Aftershaves seines Vaters. Es war eine so schöne Zeit gewesen, bis es eines Tages zu diesem schrecklichen Ende gekommen war.

In der Hand drehte er den kleinen weißen Würfel, dessen Augenzahlen so abgenutzt waren, dass man sie fast nicht mehr erkannte. Kaum zu glauben, dass dieses kleine Objekt sein ganzes Leben beeinflusst hatte. Traurigkeit, Schmerz und Hass gebracht hatte. Letzterer saß so tief, dass es in ihm kochte.

Er spürte Lenis Blick auf sich. Sie sah ihm von der anderen Seite des Zimmers ungeduldig zu, obwohl es nicht möglich war.

Er wollte nicht zu ihr blicken, wollte die Wunde nicht immer wieder aufreißen, indem er die strahlenden Augen betrachtete, die Energie des Mädchens spürte und das fröhliche Lachen hörte.

»Komm schon«, drängte Leni. »Schau mich an.«

Ich würde es so gern tun, aber ich ertrage es nicht. Er ließ den Würfel durch seine Finger gleiten und fuhr über die glatten Kanten.

Dieser Gegenstand wirkte so harmlos, so winzig, doch er war so mächtig.

»Bitte, bitte, bitte«, bettelte seine Schwester. »Lass uns Fangen spielen.«

Er kniff die Augen zusammen, wehrte sich vehement gegen den Drang, zu diesem wunderschönen Mädchen zu blicken. Durch seinen Bauch zuckten kleine Stromschläge.

Ich halte das nicht mehr aus, sie immer und immer wieder zu sehen. Sie muss endlich verschwinden.

»Warum schaust du mich denn nicht an?«

Er konnte sie nicht einfach ignorieren. Ein Teil von ihm wollte sie nicht sehen. Ein anderer Teil wollte es mehr als alles andere. Er wusste, dass die Erinnerung an jenen Tag über ihn hereinbrechen würde, wenn er sich umdrehte.

Sie hatte nur mit ihrem Würfel gespielt, dann war das Unheil passiert.

Er konnte schließlich nicht mehr so tun, als wäre sie nicht da.

Sie rief doch nach ihm.

Sein Blick wanderte langsam zu ihr hinüber.

Sie grinste, hibbelte auf dem kleinen roten Kinderstuhl auf und ab. Ihre dünnen Arme lagen über dem Kopf eines zerschlissenen Teddybären, den sie seit ihrem dritten Geburtstag ständig bei sich getragen und nur selten abgelegt hatte. Sie war so unschuldig und rein, dass es fast schmerzte, sie anzusehen.

Doch dieses Lächeln, diese vor Freude leuchtenden Augen und diese Liebe, die von ihr ausging, ließen sein Herz springen.

Stopp! Lass dich nicht darauf ein! »Leni, du kannst nicht hierbleiben.«

»Warum denn nicht? Hast du mich nicht mehr lieb?«

Die Frage bohrte sich qualvoll in sein Herz. »Ich könnte dich niemals nicht mehr liebhaben«, krächzte er. »Es ist allerdings nicht gut, wenn du bei mir bist.«

Lenis Augen füllten sich mit Tränen. »Aber wir sind immer zusammen.«

Wie gern würde er ihren gebrechlichen, zarten Körper in die Arme schließen, sie fest umklammern, um ihr den Schutz zu geben, den sie brauchte. Den sie auch damals gebraucht hatte, doch da hatte er versagt. Aber er konnte sie nicht berühren. Wenn sie nicht endlich verschwand, würde er verzweifeln.

Leni schluchzte. »Bitte fang mich.«

Er drehte sich wieder von ihr weg, weil er ihre Traurigkeit nicht aushielt. Es würde nichts bringen, sie zu ignorieren, das versuchte er schon so lange. Trotzdem war es besser, sie nicht zu beobachten. »Du darfst nicht hier sein. Bitte geh endlich.«

2

1997

Luke radelte in seiner Wut über den Gehweg und ließ sich den Wind um die Nase wehen. Sein Auge schmerzte drückend, weil der gemeine Matthes ihn geboxt hatte. »Das wird er mir büßen«, schimpfte Luke vor sich hin.

Er trat wild in die Pedale, was ihm half, den Frust abzubauen. Schon zweimal war er deshalb abgerutscht und hatte sich den Unterschenkel an der Tretkurbel aufgeschrammt. Das machte ihn wiederum noch wütender. Zu Hause würde er sich einen Plan ausdenken, wie er Matthes eins auswischen könnte. Dieser Mistkerl hatte ihn nicht umsonst geschlagen.

Luke radelte weiter. Durch den Wind tränten seine Augen und er sah nur verschwommen. Aber er dachte nicht daran, langsamer zu werden.

Wenn er wütend war, liebte er die Gefahr. Häufiger hatte er sich deshalb verletzt, einmal sogar das Bein gebrochen. Es war wie eine Sucht, er konnte einfach nicht damit aufhören, obwohl er deshalb schon so oft Ärger mit seiner Mutter bekommen hatte. Nach ein paar Tagen war dieser aber wieder verflogen, denn Mama hatte ihn viel zu lieb, um lange sauer auf ihn zu sein. Einmal hatte sie sogar gesagt, dass sie ihn verstehen konnte, aber trotzdem nicht wollte, dass ihrem Engel etwas Schlimmes passierte. Luke hatte ihr dann eigentlich versprochen, nicht mehr so rasant mit dem Fahrrad zu fahren, doch er hielt sich nicht daran. Schon gar nicht an diesem Tag, an dem seine Wut auf Matthes so groß war.

Als er plötzlich vom Sitz abhob, weil er durch ein Loch raste, erschreckte er sich. Er hatte Mühe, sich auf dem Rad zu halten, schaffte es aber schnell, wieder in die Spur zu kommen. Er lachte, weil genau dieses Kribbeln im Bauch, das er immer bei der Gefahr hatte, ihm so viel Spaß machte.

Dann ging es bergab. Er hob die Beine an, ließ sich rollen und genoss, wie der Wind in sein Gesicht wehte. Doch schon nach einem kurzen Augenblick brannte ihm deshalb das Veilchen am Auge. »Nur wegen diesem scheiß Würfel«, motzte Luke vor sich hin.

Seit ein paar Wochen war gefühlt jedes Kind und jeder Jugendliche in Koblenz ganz wild auf Würfel. In manchen Geschäften waren sie sogar ausverkauft. Sie wurden in jeder Größe und Farbe angeboten, aus Plastik, Glas, Holz oder Stoff hergestellt. Jeder trug mindestens zwei davon bei sich. Selbst die kleinen Kinder besaßen welche. Wer keinen hatte, war nicht cool.

Matthes hatte sich sogar ein Spiel ausgedacht. Die Kinder würfelten und sollten bei jeder Zahl eine bestimmte Herausforderung erfüllen.

Doch Luke wollte sich nicht darauf einlassen, weil die Dinge, die man machen musste, oft sehr gruselig waren. Außerdem war er wohl das einzige Kind, das keinen Würfel hatte, denn er konnte den Trend nicht verstehen. Warum sollte er die ganze Zeit so ein komisches Ding bei sich tragen?

Matthes übertrieb es damit. Er hatte eine riesige Sammlung in einer Holzkiste und trug sie immer bei sich.

An diesem Tag war Luke zum Verhängnis geworden, dass er gegen diese geschlagen hatte. Matthes hatte gerade mit ein paar anderen Jungs dieses ausgedachte Spiel gezockt.

Zugegeben, Luke hätte gern zu der Clique dazugehört. Doch die Kinder mochten ihn nicht. Nur sein Nachbar René traf sich hin und wieder mit ihm. Aber der war erst sieben und für Luke viel zu jung. Er war immerhin schon zehn und hatte keine Lust mehr auf den Sandkasten.

Als Luke vorhin beobachtet hatte, wie die Jungen ihre Würfel beäugt hatten, hatte Matthes ihn dabei erwischt und ihn zu sich gerufen.

Erst wollte Luke wegrennen, doch dann sah er eine Chance, um mit ihnen abzuhängen. Deshalb ging er hin.

»Hast du einen Würfel dabei?«, fragte Matthes sofort, als wäre es eine Eintrittskarte in einen Club.

Alle Augen der Anwesenden waren auf Luke gerichtet und er überlegte, einfach zu nicken. Aber was dann? Er konnte keinen Würfel herbeizaubern. »Nein«, antwortete er deshalb.

Gelächter ertönte.

»Dann bist du einer von der uncoolen Sorte und kannst nicht zu uns gehören«, erwiderte Matthes. In seiner Hand hielt er seine komische Kiste.

Luke war so wütend, weil ihn alle auslachten und als uncool bezeichneten, dass er dagegen schlug.

Alle Würfel - es sah aus, als wären es mindestens zwanzig - flogen über die Pflastersteine.

Luke empfand dabei Zufriedenheit.

»Hey, was soll das?« Matthes versetzte ihm einen Stoß gegen die Schulter.

»Ihr seid solche Babys mit diesen Dingern.« Er hatte sich abgewandt und weggehen wollen, da hatte Matthes ihn gepackt, zu sich gedreht und zugeschlagen. Luke hatte sich nur mit Mühe beherrschen können, nicht zurückzuboxen, sonst hätten ihn alle angegriffen. Er würde sich irgendwann rächen. Nun wollte er nur nach Hause.

Das Pochen unter seinem Auge ließ ihn unkonzentriert werden, dadurch geriet er kurz ins Schwanken. Er konnte das Fahrrad jedoch noch rechtzeitig halten, ehe es den Bordstein erreichen und er auf die Straße fallen konnte.

Erleichtert atmete Luke aus. Wenn er gestürzt wäre, hätte es die nächste Narbe gegeben. Er wischte sich den Schweiß von der Stirn und ließ sich den Berg weiter hinunterrollen. Seine Gedanken gingen erneut zu Matthes' Schlag, dem nervigen Würfeltrend und den Jungs, die Luke nicht leiden konnten.

Voller Wut im Bauch nahm er die nächste Kurve absichtlich scharf, damit er noch einmal das Kribbeln der Gefahr im Bauch spürte. Den Jungen und das Mädchen sah er zu spät, um noch rechtzeitig auszuweichen. Luke trat in die Bremse, doch er streifte die Kleine, die am Boden hockte und mit Würfeln spielte.

Sie kippte um, fiel auf die Straße und fing sofort an zu schreien.

»Pass auf, du Vollpfosten«, brüllte der ältere Junge.

Luke geriet ins Schleudern, als er hinter sich nach dem Mädchen schaute, und krachte ebenfalls zu Boden, schwang sich aber sofort wieder auf die Beine, um nach dem Kind zu schauen. Er hockte sich zu der Kleinen. »Es tut mir leid, ich wollte das nicht.«

Das Mädchen weinte bitterlich und zeigte auf den Gullydeckel. »Mein Würfel.«

»Ist schon gut, ich habe zu Hause neue. Komm, wir gehen«, sagte der Junge, den Luke aus der Schule kannte.

Die Kleine schüttelte heftig den Kopf. »Ich will meinen Lieblingswürfel wiederhaben.«

»Komm bitte von der Straße.« Luke nahm ihre Hand. »Ich habe auch Würfel dabei, du kannst einen von mir bekommen, okay? Der ist sogar ganz groß«, log er, um sie auf den Gehweg zu holen.

Das Mädchen sah ihn mit funkelnden Augen an. »Echt?«

»Ja, versprochen.« Luke zog sanft an der kleinen Hand.

Plötzlich ertönte lautstark das Quietschen von Reifen.

Ein Auto schoss um die Ecke.

Durchdringende, verzweifelte Schreie kreischten in Lukes Ohren. War es seine eigene Stimme oder die des Mädchens? Er wurde durch die Luft geschleudert. Es passierte wie in Zeitlupe. Er suchte Halt, tastete ins Leere.

Er krachte auf den Straßenbeton und es knackte dumpf. Sein Kopf schlug auf, federte einmal hoch und knallte erneut auf den Boden. Seine Arme und Beine zuckten komisch. Es fühlte sich an, als hätte sein Körper vergessen, wie man sie bewegte.

Er schaute nach oben, um kurz nach Luft zu schnappen und sich zu sammeln.

Die Wolken zogen sich über ihm zusammen. Der eben noch blaue Himmel wurde immer dunkler, als ob jemand das Licht ausgeschaltet hätte.

Kalte Tropfen prickelten auf seinem Gesicht. Er wollte sich aufrichten, doch seine Muskeln gehorchten nicht.

Ein heftiger Schmerz überkam ihn. Er fraß sich von den Zehen bis in den Schädel. In seinem Kopf verdichtete sich der Nebel, vor seinen Augen flimmerte es. Dann verschwamm alles. Er öffnete den Mund, wollte um Hilfe rufen, doch kein Ton kam aus ihm heraus.

Die Lautstärke der Geräusche um ihn herum nahm ab. Die Schreie gingen in ein dumpfes Rauschen über.

Seine Augenlider wurden schwer wie Blei, er konnte sie nicht länger offen halten. Es fühlte sich so friedlich an, nachdem er sie geschlossen hatte und die Dunkelheit sich um ihn gelegt hatte.

3

24. September 2023

Lio zerknüllte wütend das Blatt Papier und warf es hinter sich. »So ein Mist. Was stimmt in meinem Kopf nicht, dass mir partout keine Idee einfallen will?« Er schlug mit der Faust auf den Schreibtisch, sodass die Tasse auf der Glasplatte klirrte. Dann fuhr er mit den Händen durch sein dickes Haar, das dringend einen neuen Schnitt benötigte. Generell hatte er sich in den letzten Tagen gehen lassen, weil er nur in seinem Büro saß. Mittlerweile konnte er seinen Mief selbst kaum ertragen.

Es klopfte an die Tür.

Seine Frau Helena steckte vorsichtig den Kopf ins Zimmer. »Ich wollte horchen, wie weit du bist.«

Lio seufzte. »Ich habe eine dicke Blockade. Acht Entwürfe für den Anfang, doch alle führen ins Leere.«

Helena stellte sich hinter ihn und massierte ihm die Schultern. »Es bringt nichts, wenn du unter solchem Druck eine Geschichte erfinden willst. Du solltest ein paar Tage Abstand von dem Manuskript nehmen, dann kommen die Ideen von allein. Rede mit deiner Agentin, sie soll den Verlag um Aufschub bitten.«

Prinzipiell war Lio der gleichen Meinung wie seine Frau, doch er hatte seine Deadline für die Abgabe eines Exposés schon um zwei Tage überschritten und wollte den Verlag nicht verärgern. Deshalb saß er jeden Tag stundenlang am Schreibtisch. Er konnte aber ohne eine gute Idee keine Zusammenfassung einer Geschichte schreiben. Nach der letzten Veröffentlichung war er faul gewesen, hatte sich auf dem Erfolg ausgeruht und sich zu viel Zeit gelassen, eine Story zu plotten. Nun wollte ihm einfach nichts einfallen, weil der Druck zu hoch war. Ausgerechnet nachdem der Verlag ihm einen Genrewechsel vorgeschlagen hatte, weil er Lust verspürte, mal etwas anderes zu schreiben, bekam er solch eine Blockade. Wie unangenehm war es, dass ihm nun nicht mal eine passende Geschichte dazu einfiel.

Er schloss die Augen und genoss die sanften, knetenden Berührungen seiner Frau im Nacken. Es tat so gut, dass es ihm eine Gänsehaut bereitete. »Das ist hervorragend, Liebling.«

Sie massierte fester. »Du bist ganz verspannt.« Sie küsste seinen Hals. »Mach für heute Feierabend und hilf mir bei den Vorbereitungen. Wenn später alle wieder weg sind, verspreche ich dir eine Ganzkörpermassage. Außerdem solltest du dringend duschen, ehe deine Gäste kommen.«

Lio lächelte. »Die Dusche und die Massage sind ganz wundervolle Vorstellungen.« Es hatte wirklich keinen Sinn, noch länger den Computer anzustarren, in der Hoffnung, dass ihm die zündende Idee kam. Bald trafen seine Freunde ein, mit denen er verabredet war. »Ich räume schnell meinen Schreibtisch auf und komme dann in die Küche.«

Helena gab ihm einen Kuss auf die Wange und verließ das Zimmer.

Lio verstaute seinen Notizblock, sammelte das zerknüllte Papier auf, das er im ganzen Büro verteilt hatte und entsorgte es im Papierkorb. Dann schloss er sein Schreibprogramm, das er seit Tagen morgens startete und abends beendete, ohne dass er ein einziges Wort geschrieben hatte. Er schaute zu dem Regal, in dem seine fünf veröffentlichten Bücher standen. Sie alle waren schnell geschrieben gewesen, bei denen hatte er nicht eine einzige Blockade verspürt.

Warum nur war das bei seinem neuen Projekt so? War der Einfall, einen Thriller zu schreiben, doch nicht gut?

Er ging zu dem Regal und zog das Buch *Des Würfels Schicksal* heraus. Eines seiner meistgekauften Werke. Die Geschichte hatte ihm den Start in eine erfolgreiche Autorenkarriere ermöglicht. Er hatte sie vor acht Jahren geschrieben und quasi über Nacht war sie in den Bestsellerlisten nach ganz oben geklettert. Drei Jahre später war sie in sechsundzwanzig Sprachen übersetzt worden.

Lios Herz stockte kurz, als Helena die Tür aufriss. »Ich warte auf dich. Du wolltest mir bei den Essensvorbereitungen helfen.« Ihre Stimme hatte etwas angesäuert geklungen.

Er fasste sich an die Brust, weil er sich so erschreckt hatte. »Entschuldige, Liebling. Ich war in Gedanken.«

»Es nervt mich, dass du nur an dich und deine Arbeit denkst. Ich putze das Haus allein, kümmere mich um die Kinder und um das Essen, während du dich hier in deine Kammer einschließt und Bücher anstarrst. Wenn du dich nur noch auf dein Manuskript konzentrieren kannst, lade verdammt noch mal keine Gäste ein.« Helena dampfte ab.

Lio seufzte, weil ihn das schlechte Gewissen packte.

Sie hatte recht, doch wurde deshalb selten wütend. Es musste sehr lange in ihr brodeln, damit sie einen solchen Ausbruch bekam.

Er stellte das Buch zurück ins Regal und ging ihr in die Küche nach.

Es duftete nach der leckeren Pizzasuppe und die Mini-Frikadellen brutzelten in der Pfanne.

Lio lief das Wasser im Mund zusammen. Da erst bemerkte er, wie hungrig er war. Er hatte noch nichts gegessen, nur an seinem Whisky getrunken.

Helena spülte einen Topf ab und motzte leise vor sich hin.

Lio nahm sie von hinten in den Arm. »Es tut mir leid, ich bin in letzter Zeit wirklich schrecklich. Mich stresst es, dass mir keine gute Idee einfallen möchte. Ich hätte diese Verabredung heute abblasen sollen.«

Helena schrubbte mit ruckartigen Bewegungen den Topfboden. »Oder einfach einen Tag freinehmen, wenn du sie einlädst. Freunde sind wichtig. Aber ich habe in den letzten Monaten das Gefühl, dass du deine Bestimmung nur noch im Schreiben und Whiskytrinken findest. So langsam nervt es mich.«

Erstaunt über die Heftigkeit dieser Worte ließ Lio seine Ehefrau los. »Das ist unfair, Helena. Ich mache das für uns. Dieses Haus könnten wir uns niemals leisten, wenn ich keine erfolgreichen Bücher schreiben würde.«

Seine Frau erstarrte in ihren Bewegungen, stierte kurz an die Wand und drehte sich dann zu Lio um. »Obwohl du vierundzwanzig Stunden zu Hause bist, sehen dich deine Kinder manchmal nur eine halbe davon am Tag. Nimmst du sie in den Arm, rümpfen sie die Nase, weil du nach Alkohol stinkst. Ist dir das mal aufgefallen? Wann warst du zuletzt mit mir gemeinsam aus, geschweige denn einkaufen? Weißt du überhaupt, wo der Staubsauger steht oder wie die tägliche Routine deiner Kinder abläuft? Ich bin wirklich tolerant und liebe unsere Familie, unser Haus, unseren Garten. Aber ich möchte auch Zeit mit meinem Mann verbringen und dafür würde ich auf solch ein Anwesen verzichten.« Sie drehte sich um und spülte den Schaum vom Topf ab.

Lio stand regungslos hinter ihr und beobachtete ihre hastigen Bewegungen, die ihre Wut widerspiegelten. Er ärgerte sich über die harschen Worte seiner Frau. Schließlich lebte sie gut von dem Geld und brauchte nicht arbeiten gehen. Natürlich musste er für den Erfolg viel tun. Je mehr er über die Vorwürfe nachdachte, desto zorniger wurde er. »Du stellst mich hin, als würde ich das Klischee eines einsamen Autors erfüllen, der Whisky säuft, um etwas zu Papier zu bringen. Du kannst auch arbeiten gehen, wenn ich kürzertreten soll.« Er hatte die Worte kaum ausgesprochen, da bereute er sie bereits.

Helena warf den Schwamm in die Spüle, sodass Schaum gegen die Fensterscheibe spritzte. Sie rührte die Suppe um, nahm sie von der Herdplatte und machte den Ofen aus. Die Frikadellen packte sie in eine Schüssel. »Das Essen ist fertig, du musst nur noch die Baguettes dazu servieren. Ich wünsche dir einen wunderschönen Abend.«

»Was soll das denn jetzt?« Lio wusste, dass er etwas Falsches gesagt hatte, wollte aber nicht klein beigeben, weil er ihre Vorwürfe und ihr Verhalten nicht gerechtfertigt fand. Er tat alles, damit es der Familie finanziell gut ging, und seine Frau dankte es ihm mit Anschuldigungen. »Kannst du die Wahrheit nicht vertragen?«

Helena drehte sich zu ihm und sah ihn mit solch einem kalten Blick an, dass ihm das Blut in den Adern gefror. »Ich gehe gern wieder arbeiten. Aber bist du in der Lage, dich um die Kinder zu kümmern? Weißt du, wann ihre Veranstaltungen sind, wo ihre Freunde wohnen oder wer diese überhaupt sind?«

Lio fühlte sich ertappt. Er hatte von all dem keine Ahnung, nicht mal, wann sein Kleinster in den Kindergarten gebracht wurde. »Ich gebe dir recht, ich habe das Familienleben vernachlässigt, aber ich würde es trotzdem hinbekommen. Es geht mir aber gerade darum, dass du mir Vorwürfe machst, obwohl ich mir den Arsch für euch aufreiße«, schnauzte er Helena an. »Ich dachte, du seist glücklich darüber, dass du so viel Zeit mit den Kindern verbringen kannst.«

»Das bin ich, aber trotzdem wäre mehr Unterstützung von dir wünschenswert. Ich habe dich nie darum gebeten, so viel Geld allein zu verdienen«, sagte sie, in ihrer Stimme schwang eine Mischung aus Wut und Verzweiflung mit. »Ich habe dich nicht in dein Büro gesteckt, an den Stuhl gefesselt und angefleht, nicht mehr herauszukommen. Wenn ich dafür mehr Familienzeit mit dir hätte, wäre ich auch mit etwas weniger Geld zufrieden. Aber ab jetzt musst du allein klarkommen, denn ich bin heute nicht mehr für dich da.« Helena eilte aus der Küche und knallte mit der Schulter gegen den Türrahmen.

Lio holte tief Luft und ballte die Fäuste. Er verspürte den Drang, nach seiner Whiskyflasche zu greifen, doch das sollte er sich nun lieber nicht wagen, auch wenn Helena nicht mehr im Raum war. Um sich abzulenken, sah er sich um.

Sie hatte schon fast alles fertig, der Tisch war gedeckt, die Getränke standen bereit und das Essen war auch gekocht.

Die Uhr zeigte halb fünf, er hatte also noch eine Stunde Zeit. Erst überlegte er, sich so lange in sein Büro zurückzuziehen. Doch was würde das bringen? Besser, er ging duschen, putzte sich noch einmal die Zähne und zog sich um. Außerdem war dringend eine Rasur nötig.

Auf dem Weg zum Bad lief er am Schlafzimmer vorbei und hörte Helenas Schluchzen.

Es tat ihm leid, was er gesagt hatte. In einigen Dingen hatte sie recht, er war keine sonderlich große Hilfe im Haushalt und bei der Kindererziehung. Lio wollte anklopfen. Doch er wusste, dass Helena ihn sofort wegschicken würde, sollte er in diesem Moment das Gespräch suchen.

In ihrer Wut hatte es keinen Sinn, sich für seine verbalen Angriffe zu entschuldigen. Deshalb lief er ins Bad und duschte.

Als er nach einer halben Stunde fertig war, saß Helena noch immer im Schlafzimmer.

Lio war froh, dass die Kinder außer Haus waren, da sie so nichts von dem großen Streit mitbekamen. Noch einmal überlegte er, ob er vielleicht doch zu ihr durchdringen konnte, damit der Abend für alle schön werden würde. Gerade als er an der Tür klopfen wollte, klingelte es. Er eilte hinunter und öffnete.

Jannes grinste ihn mit erhobenen Händen an. »Ich weiß, du hasst es, wenn wir zu früh da sind. Aber Livia hat mich mitgenommen und hier rausgeschmissen. Es regnet und ist kühl. Darf ich bitte reinkommen?«

Lio lachte und nahm seinen besten Freund in die Arme. »Ausnahmsweise, aber zu früh ist ätzender als zu spät.«

»Ach, du hast doch bestimmt eh schon alles fertig.«

Wenn Jannes wüsste, dass Lio nicht einen Finger für das Essen krumm gemacht hatte, würde er ihm eine Standpauke halten. Erneut meldete sich das schlechte Gewissen. Schnell tat Lio das Gefühl ab und bat seinen Freund herein. »Es gibt Helenas legendäre Pizzasuppe.«

Jannes schluckte schwer, schaute Lio einen kurzen Moment irritiert an.

»Du magst die Suppe doch, oder?«

Jannes nickte hastig. »Hm, lecker. Ich habe darauf gehofft.« Er zog die Schuhe aus und ging in die Küche. »Das duftet hervorragend.«

Lio lächelte gequält. Er wusste nicht recht, ob er Jannes von dem großen Streit mit Helena erzählen sollte, weil er nicht abschätzen konnte, ob sie sich an diesem Abend überhaupt zeigen würde. Doch er hatte auch keine Lust darauf, dass seine Freunde ihn mit Fragen löchern würden. »Helena hat sich hingelegt, weil es ihr nicht gut geht. Vielleicht gesellt sie sich später zu uns«, log er deshalb.

Wieder schaute Jannes irritiert. »Oh. Kann ich dir denn noch etwas helfen?«

Lio schüttelte den Kopf. »Es ist alles bereit. Setz dich. Willst du was trinken?«

»Gönnen wir uns einen Whisky zusammen?«

Lio lächelte. »Na klar. Schenk uns schon mal ein, ich bereite schnell das Baguette vor.«

Jannes ging zur Getränkebar und holte zwei Gläser aus dem Schrank.

Lio schnitt das Brot in Scheiben. »Was gibt es Neues bei dir?«, fragte er seinen Freund.

»Nichts Spektakuläres, immer derselbe Trott. Ich freue mich richtig auf den Abend mit euch.«

»Was ist mit Livia? Seid ihr noch glücklich?«

Jannes grinste bis über beide Ohren. »Wir sind ja nur gute Bekannte.«

Lio lachte laut auf. »Aber mit gewissen Vorzügen. Warum gesteht ihr euch nicht ein, dass ihr verliebt seid?«

»Sind wir nicht, wir mögen einfach nur das Unkomplizierte. Spaß haben, fertig.«

Lio hob die Augenbrauen, er kannte seinen Freund in- und auswendig, deshalb wusste er, wenn Jannes log.

Er hatte ihn vor zehn Jahren zufällig bei einer Kneipentour kennengelernt. Sie hatten ein wenig getrunken, viele Gespräche geführt und waren seitdem häufiger gemeinsam unterwegs. Die Freundschaft war von Anfang an sehr eng gewesen, deshalb konnte Jannes ihm nichts vormachen.

»Dann bilde ich mir deine leuchtenden Augen immer nur ein, wenn du sie ansiehst? Oder die geröteten Wangen, wenn sie mit dir flirtet?« Lio wischte sich die feuchten Hände an der Jeanshose ab. Er wusste nicht, warum, aber er fühlte sich innerlich unruhig. Das kam in letzter Zeit häufiger vor, auch ein Grund, weshalb er immer wieder zu Alkohol griff.

Jannes lachte laut los und brachte Lio das Glas Whisky. »Ich schweige wie ein Grab.«

Es klingelte erneut.

»Gott sei Dank«, sagte Jannes, zwinkerte und streckte die Zunge heraus.

Lio zeigte auf ihn. »Ich werde nicht aufgeben, bis ich die Wahrheit höre.« Er ging zur Tür. Ehe er öffnete, holte er noch einmal tief Luft, in der Hoffnung, dass er sich etwas beruhigte. Dann drückte er die Türklinke nach unten.

Davor standen seine beiden langjährigen Freundinnen.

»Hey Lio.« Anna gab ihm einen Kuss auf die Wange und reichte ihm eine Schüssel Nudelsalat.

Stefanie begrüßte ihn ebenfalls. Sie hatte ihre beliebte Mousse au Chocolat dabei.

»Schön, dass ihr heute Zeit habt. Es ist ewig her, dass wir zusammensaßen.«

»Das ist deine Schuld, großer Autor. Du hast nie Zeit«, erwiderte Stefanie. »Aber wir sind froh, dass du an dem heutigen Tag nicht allein sein magst.«

Lio runzelte die Stirn. Was meinte Stefanie damit, dass er nicht allein sein wollte? Hatte Helena sich etwa schon bei ihr ausgekotzt und erzählt, dass sie den Abend nicht mit Lio verbringen würde? Er würde es mit seiner Frau besprechen, weil er nicht noch mehr Leute in den Streit hineinziehen wollte. »Es tut mir leid, ich hatte echt viel um die Ohren«, sagte er deshalb nur zu Stefanie. Er führte die beiden zu Jannes, der sie mit je einem Glas Sekt begrüßte.

Sie alle kannten sich mittlerweile so gut, dass sie die Wünsche der anderen wussten.

Es klingelte erneut, Andreas war angekommen.

»Wir sind vollzählig.« Lio lächelte, war jedoch angespannt, weil Helena nicht herunterkam. Er hatte Sorge, dass er sich seinen Freunden erklären musste, wenn Helena wirklich Stefanie angerufen hatte.

»Es duftet nach der leckeren Pizzasuppe«, sagte Anna.

»Korrekt, Helena hat sie heute für uns gemacht.« Wieder plagte Lio die Tatsache, dass sie nicht aus dem Schlafzimmer kam.

So lange hatte sie bisher nie geschmollt, außerdem hatte sie immer verhindert, dass jemand anderes etwas von einem Ehestreit mitbekam.

Stefanie betrachtete Lio mit einem fragenden Blick. Wahrscheinlich wusste sie wirklich schon Bescheid.

Dann sah sie auf den Essenstisch. »Du hast ein Gedeck zu viel. Wer fehlt denn noch?«

Lio räusperte sich. Damit die Fragerei aufhörte, erzählte er auch dem Rest, dass Helena sich nicht wohlfühlte und schlief. »Ich schaue gleich nach ihr, weiß aber nicht, ob sie heute dazustößt.«

Seine vier Freunde warfen sich Blicke zu.

Lio fragte sich, was mit ihnen los war. Er deckte immer für Helena mit, weil sie sich manchmal dazusetzte. »Nun schaut nicht wie drei Tage Regenwetter, Helena ist vielleicht beim nächsten Mal wieder dabei.«

Jannes stupste ihn leicht gegen die Schulter. »Alles okay bei dir? Du wirkst heute durcheinander.«

Lio seufzte. Merkte man ihm die innere Unruhe so an? »Ich habe Stress mit meinem nächsten Buch.« Er entschied, seine Frau nach unten zu bitten, damit seine Freunde aufhörten, nachzubohren, ob alles in Ordnung war. »Setzt euch schon mal an den Tisch. Ich schaue kurz nach Helena und dann essen wir.« Er eilte die Treppe hinauf und klopfte an die Schlafzimmertür.

Helena reagierte nicht.

Er klopfte erneut. Als er keine Antwort erhielt, drückte er die Klinke hinunter.

Die Tür war abgeschlossen.

»Helena, bitte mach auf. Die Gäste sind da, wir wollen essen. Es wäre schön, wenn du dazukommst.«

»Lass mich in Ruhe. Ich wünsche euch einen schönen Abend.«

Lio stand wie ein begossener Pudel vor dem Schlafzimmer.

Zwar diskutierten sie häufiger, wenn er fast den ganzen Tag nur an seinem Computer saß, aber so lange und heftig hatte Helena noch nie reagiert.

Er wusste nicht, was er tun konnte, um sie aus dem Raum zu bewegen. »Liebling, bitte. Was soll ich denn meinen Freunden sagen?«

»Vielleicht, dass du ein egoistischer, dauersaufender Mistkerl bist, der seine Arbeit über seine Familie stellt.«

Lio riss die Augen auf. »Das stimmt so nicht. Ich finde es unfair, dass du mir das vorwirfst.«

»Geh! Ich komme heute nicht. Kümmere dich allein um deine Freunde.«

Kopfschüttelnd lief er wieder hinunter. Die Trotzreaktion seiner Frau machte ihn etwas sauer, aber er würde sich auf den Abend konzentrieren und am nächsten Tag mit Helena über den Streit reden.

4

24. September 2023

Lautes Gelächter erfüllte Lios Wohnzimmer. Seine Freunde waren gut drauf, wofür auch das ein oder andere Getränk gesorgt hatte. Sie alle hatten nach zwei Stunden drei Flaschen Sekt und acht Bier vernichtet.

Lio genoss den angenehmen Nebel in seinem Kopf. Er liebte diesen Zustand, in letzter Zeit vielleicht ein wenig zu sehr. Eigentlich wusste er, dass Alkohol und seine Medikamente nicht zusammenpassten, er die Trinkerei also schleunigst unterlassen sollte. Aber durch den Whisky vergaß er den Stress, der ihn zurzeit plagte. Er beamte sich dank Alkohol in eine Welt, wo er Frieden verspürte, und konnte besser einschlafen.

Seit einer Weile trank er so viel. Er verstand gar nicht, weshalb. Es war ihm so gut gegangen, nachdem er mit Helena Kinder bekommen hatte. Noch besser war es nach seiner Debüt-Veröffentlichung geworden, weil sie keine finanziellen Probleme mehr hatten und sich sogar ein Haus hatten bauen können. Aber der Erfolg hatte eben auch Schattenseiten. Lio glaubte, dass der Druck, ein weiteres gutes Buch zu schreiben, ihn zum Trinken gebracht hatte. Anders konnte er es sich nicht erklären.

Das Klirren von Glas riss ihn aus seinen Gedanken.

»Verzeihung, ich bin ein Tollpatsch«, lallte Andreas fröhlich und hob die Scherben auf.

Stefanie kicherte. »Wir benehmen uns wie Teenager.«

Lio betrachtete seine Freunde schmunzelnd. Zwar war er immer noch etwas angefressen, weil Helena beleidigt im Schlafzimmer schmollte, aber er war glücklich, mit dem chaotischen, fröhlichen Haufen den Abend zu verbringen. Es lenkte ihn von seinem Stress mit dem Manuskript ab.

»Hey, was ist heute mit dir?«, fragte Jannes ihn. »Ich sehe doch, dass du permanent über etwas nachdenkst.« Sein Feingefühl war manchmal beängstigend, es war, als könnte er tief in Lios Seele lesen.

Auch wenn er seine Sorgen ausblenden wollte, entschied er, ehrlich zu antworten. Vielleicht half ihm das. »Du hast recht. Mich stresst mein nächstes Buch. Ich habe bald Abgabe, sollte längst ein Exposé fertig haben, aber mir fällt nichts Richtiges ein.« Lio fuhr mit dem Finger den Glasrand entlang. »Anscheinend sind mir die guten Ideen ausgegangen.«

Es war plötzlich still im Raum. Alle Augen waren auf ihn gerichtet.

Lio hob die Hände. »Ich wollte daraus keinen Partykiller machen. Redet weiter.«

»Du bist ein großartiger Autor, das Problem wirst du in den Griff kriegen«, sagte Stefanie.

Wenn es doch nur so einfach wäre, dachte Lio.

»Vielleicht brauchst du eine Pause«, erwiderte Andreas. »Du hängst täglich vor dem Bildschirm, das würde mir auch die Kreativität nehmen. Unter Zwang geht gar nichts.«

»Da hast du recht, aber ich habe mich vertraglich verpflichtet, bis zum 22. September wenigstens ein Exposé einzureichen und bin schon zwei Tage drüber. Zudem habe ich auch noch angefragt, das Genre zu wechseln, womit der Verlag einverstanden war. Aber mir fällt keine Thriller-Story ein.«

Jannes legte seine Hände auf Lios Schulter. »Vielleicht können wir dir helfen, eine Idee zu finden.«

Anna lachte laut auf. »Oh ja. Du kennst uns alle in- und auswendig. Kannst du daraus nicht eine gruselige Geschichte erfinden?«

Alle lachten.

»Hey, ich bin ja wohl der unbescholtenste Bürger überhaupt, über mich gibt es nichts zu schreiben«, protestierte Andreas.

Lio wusste, dass dem nicht so war, sagte aber nichts dazu, weil die anderen Andreas' Geheimnisse nicht kannten.

Anna lachte schrill. »Wer es glaubt. Jeder von uns hat seine Sünden, da bin ich ganz sicher.«

Jannes stieß Lio mit dem Ellenbogen an. »Dass du einen Thriller schreiben willst, finde ich gut. Den würde ich sogar lesen.«

»Du bist ein schlechter Freund«, mischte sich Stefanie ein. »Wie kannst du die grandiosen Bücher deines besten Kumpels, die bisher erschienen sind, verschmähen?«

Lio grinste, weil es unter ihnen mittlerweile zu einem Running Gag geworden war, Jannes damit aufzuziehen, dass er Lios Bücher nicht las. Er war nun mal kein Bücherwurm und das änderte sich auch nicht, nur weil sein Freund Autor war. Aber Thriller las Jannes gelegentlich, weil ihn solche Geschichten faszinierten.

»Ich nehme dich beim Wort«, sagte Lio zu ihm. »Vielleicht motiviert es mich ja, dass du es lesen wirst.«

Jannes lächelte. »Dann brauchen wir jetzt noch eine Idee.«

Andreas streckte sich. »Wenn ich so weiter trinke, kannst du bald über mich schreiben. Täter ist der Alkohol, Opfer bin ich. Der passende Titel ist mir auch schon eingefallen. *Rauschmord.*« Er schob demonstrativ sein Bierglas weg. »Ich habe genug.«

»Ich fände es richtig interessant, mal etwas über gefährliche Experimente oder Spiele zu lesen«, warf Jannes ein.

Lio hob die Augenbrauen. »Für so was interessierst du dich?«

Jannes streckte ihm die Hand hin. »Machen wir einen Deal, auch wenn ich es vielleicht bereue, weil ich gerade total betrunken bin. Ich verspreche, es zu lesen, unter der Voraussetzung, dass du einen Thriller schreibst, in dem es um ein Spiel geht.«

Lio starrte die Hand seines Freundes unschlüssig an. »Keine Ahnung, ob mir dazu etwas einfällt. Ich bin gerade nicht zurechnungsfähig.«

Lautes Gelächter.

»Nun komm schon. Es ist für uns beide eine Herausforderung. Du musst es schreiben, ich lesen.« Jannes
grinste bis über beide Ohren.

Lio schlug ein, weil er glaubte, dass ein Spiel in
einem Thriller gut funktionieren könnte und er somit
zumindest schon eine Richtung hatte. »In Ordnung,
ich gebe mir Mühe, eine Idee für so ein Konzept zu
finden. Und du wirst mein Versuchskaninchen.« Er
zwinkerte.

»Hey«, stöhnte Anna empört. »Ich möchte auch ein
Opfer sein.«

»Den Täter würde ich spielen«, sagte Andreas und
meldete sich wie ein kleiner Schuljunge.

»Gute Idee, wir werden alle eine Hauptrolle in dem
Roman übernehmen«, erwiderte Jannes und hob sein
Glas. »Auf unseren Starautor.«

»Das wird wieder so ein Bestseller wie der letzte«,
jauchzte Anna.

Lio beobachtete die Euphorie seiner Freunde. Ihm
gingen tausend Gedanken durch den Kopf, seit Jannes
erwähnt hatte, dass sie alle eine Hauptrolle bekommen
sollten. Es war, als ploppten Sprechblasen in seinem
Gehirn auf, die ihm eine Idee nach der anderen lieferten.
Er verspürte den Drang, aufzustehen und an seinen PC
zu gehen.

»Du schaust nicht gerade glücklich über unseren
bombastischen Einfall aus«, sagte Andreas und betrachtete Lio grinsend. »Dabei liefern wir doch die perfekten
Hauptfiguren.«

Wieder ploppten diese Sprechblasen auf. *Ja, das tut ihr in der Tat.* Lio schüttelte den Kopf. *Das kann ich nicht bringen.*

»Ich schenke dir einen Whisky ein, damit du etwas lockerer wirst«, sagte Jannes zu Lio und ging zur Bar.

»Ich brauche Ruhe, um über die Idee zu brüten. Heute Abend will ich von dem Thema abschalten und die Zeit mit euch genießen. Morgen setze ich mich in aller Früh an den Computer.« Kaum waren die Worte ausgesprochen, dachte er an Helena, die mit Sicherheit nach dem großen Streit nicht akzeptieren würde, dass er den nächsten Tag schon wieder an seinem Buch arbeiten würde. Doch er hatte keine andere Wahl, wenn er nicht wollte, dass der Verlag den Vertrag wegen Nichteinhaltung der Fristen aufhob.

Jannes stellte Lio das Glas auf den Tisch und prostete ihm zu.

Lio nippte an dem Whisky, der kräftig auf seiner Zunge brannte und eine leichte Bitterkeit am Gaumen hinterließ. Eigentlich hatte er genug getrunken, schon am Vormittag hatte er sich den ersten eingegossen. Doch die angenehme Wärme, die sich mit jedem weiteren Schluck in ihm ausbreitete, entspannte ihn. Der Streit mit Helena und der Ärger über die Schreibblockade lösten sich durch das Gesöff auf. Seine Sorgen verschwanden für einen Moment.

Sie saßen noch drei Stunden fröhlich zusammen, erzählten sich alte Kamellen und hatten eine schöne Zeit.

Als Lios Freunde zum Gehen aufbrachen, war er kaum in der Lage, gerade zu stehen.

Jannes war der Letzte und half Lio, den Tisch abzuräumen. »Der Abend war super, wir sollten nicht wieder so lange warten, bis wir uns treffen. Das nächste Mal vielleicht bei mir.«

»Es hat mir auch gutgetan, vor allem, dass ich meinen Manuskriptfrust losgeworden bin. Morgen muss ich echt sehen, dass ich etwas zu Papier bringe, dann habe ich wieder viel Zeit für meine Freunde.«

Jannes schaute Lio eindringlich in die Augen. »Bist du wirklich okay?«

»Ich hasse es, wenn du das tust.«

»Was tu ich denn?«

»Du analysierst mich.«

»So ein Unsinn. Ich kenne dich einfach. Du warst heute still, hast wiederholt die Treppe hochgeschaut und auch permanent …«

»Ist schon gut, du hast recht. Mich hat ein Streit mit Helena belastet. Dabei habe ich einige unschöne Dinge zu ihr gesagt. Ich rede später mit ihr und entschuldige mich. Ansonsten geht es mir gut.«

Jannes seufzte. »Ich mache mir Gedanken um dich. Du weißt doch, dass Helena …«

Lio hob die Hand. »Wir müssen echt nicht darüber reden. Sie war einfach sauer, weil sie alles allein für heute vorbereitet hat, obwohl ich die Party geplant habe. Ich war zu vertieft in die Arbeit und hab die Zeit vergessen. Darum ist sie sauer. Es ist gerade eine stressige Phase, weil ich diese scheiß Blockade habe und mir nichts einfallen will.«

»Hast du denn gar keine Idee?«

»Dein Gedanke mit den Spielen oder Experimenten lässt mir keine Ruhe. Ich muss das im nüchternen Kopf plotten, jetzt käme nur Müll heraus.«

Jannes grinste und schlug ihm sanft auf die Schulter. »Du kannst mich an dem Honorar beteiligen, denn ohne mich wärst du nie auf die Idee gekommen.«

Lio lachte. »Mach halblang. Noch habe ich keine gute Story und noch hat mein Verlag nicht eingewilligt, sie zu veröffentlichen.«

»Du musst die Idee nur spannend verpacken. So wie bei dem letzten Buch. Das kaufen die Menschen.«

Lio hob die Augenbrauen. »Erstens hast du es nie gelesen, weißt also gar nicht, was die Leute gefesselt hat, und zweitens beruhte das auf einer wahren Begebenheit. So was wollen die Leser haben.«

Jannes zuckte mit den Schultern. »Dann tu halt so, als würde dein Thriller auch auf einer wahren Begebenheit basieren.« Er zog sich Schuhe und Jacke an. »Telefonieren wir die Tage?«

Lio nickte nur, weil sein Gehirn gerade so heftig an einer Idee arbeitete, dass er sich nicht auf Jannes konzentrieren konnte.

»Alles klar, ich wünsche dir frohes Schaffen morgen.«

»Danke. Komm gut nach Hause.«

Nachdem Jannes die Tür hinter sich geschlossen hatte, stand Lio weiter reglos davor und starrte sie an. Die Worte seines Freundes spulten sich wieder und wieder in seinem Kopf ab: *Dann tu halt so, als würde dein Thriller auch auf einer wahren Begebenheit basieren.*

Nach ein paar Minuten hatte Lio ein Grundgerüst der Geschichte, die für das Buch tauglich war. Er würde sofort damit anfangen, ein Exposé für den Verlag zu erstellen.

5

27. September 2023

Nervös lief Lio in der Küche auf und ab, schaute immer wieder zum Fenster hinaus, wartete, dass seine Freunde kamen, die er zu einem Spiel eingeladen hatte. Er war sich nicht sicher, ob das, was er mit ihnen geplant hatte, in Ordnung war und ob er es wirklich durchziehen wollte. Aber er hatte nun drei Tage lang über der Idee gebrütet und schlussendlich das Exposé an den Verlag geschickt, weil die Verantwortlichen aufgrund seines Verzugs schon den Vertrag beenden wollten. Die Story hatte sie jedoch überzeugt und sie hatten gutes Feedback gegeben. Er konnte keinen Rückzieher mehr machen, wenn er keinen schlechten Ruf in der Branche riskieren wollte.

Durch seine Entschlossenheit hatte er sich viel Ärger mit Helena eingebrockt, die ihn am nächsten Morgen schon wieder vor dem PC erwischt hatte. In der Küche sah es noch aus wie auf einem Schlachtfeld, denn er hatte weder abgewaschen noch die leeren Flaschen entsorgt oder die Essensreste beseitigt. Seine Frau war sauer geworden, hatte ihm erneut Egoismus vorgeworfen und dann mit den Kindern und gepackten Koffern das Haus verlassen. So bald würde sie wohl nicht zurückkehren.

Er konnte ihren Ärger verstehen, aber war trotzdem enttäuscht, dass sie nicht einmal versuchte zu verstehen, wie wichtig diese Story für ihn war. Und nun würde er womöglich auch seine Freunde damit verärgern. Er musste ihnen gut erklären, warum er diese Geschichte wählte, sobald das Spiel vorbei war. Vorher ging es nicht, weil er die echten Emotionen und Reaktionen auf das Spiel sonst nicht beobachten konnte. Bestimmt würden sie es verstehen und nach seinen Erläuterungen nicht mehr sauer sein. Es war der richtige Weg, daran wollte Lio glauben.

Für den Thriller hatte er sich ein Würfelspiel ausgedacht, bei dem die Hauptfiguren um ihr Leben spielen sollten. Dabei würde es um die Wahrheit gehen. Seine Freunde hatten ihm selbst eingeredet, dass er sie als Charaktere nehmen könnte. Sie waren die perfekten Figuren, denn er wollte nicht nur eine geniale Geschichte schreiben, indem er echte Reaktionen hervorrief, sondern seinen Freunden damit auch einen Gefallen tun.

Schon länger hatte er den Eindruck, dass sie sich alle veränderten. Andreas wurde zunehmend launischer und reagierte vermehrt aggressiv, wenn ihm etwas nicht passte. Anna wirkte dauermüde, wahrscheinlich fraßen ihre Sorgen sie auf, sodass sie nachts nicht ausreichend schlief. Stefanie war seit Kurzem sehr schreckhaft, bei dem kleinsten Geräusch zuckte sie zusammen und schaute sich um. Am meisten sorgte sich Lio jedoch um

Jannes. Es war zwar nur ein Gefühl, aber er glaubte, dass sein bester Kumpel wieder zockte. Ständig sagte Jannes Verabredungen ab und wirkte oft abwesend, manchmal auch fahrig.

Über die Veränderung ihres Verhaltens jedes Einzelnen seiner Freunde hatte sich Lio viele Gedanken gemacht und er hatte die starke Vermutung, dass es einen Zusammenhang mit ihrer Vergangenheit gab. Er selbst wusste nur zu gut, wie schlimm es war, wenn die Wahrheit einen auffraß, sie die Kontrolle über einen erlangte und man rein gar nichts dagegen tun konnte. Er würde seine Freunde befreien, sie selbst sollten ohne Ängste leben.

Lio wollte das Spiel real werden lassen, nur ohne Verbrechen natürlich. An diesem Abend würde er die Geheimnisse seiner Freunde aufdecken. Er spürte, dass diese sie quälten. Bisher hatte er dazu geschwiegen, obwohl er jedes Detail kannte.

Nervös fuhr er sich über das Gesicht. Auch wenn es anfangs für Stefanie, Andreas, Jannes und Anna erschreckend wirken würde, so war sich Lio sicher, dass es der richtige Weg war. Er steckte die Hände in die Hosentaschen und sah auf die Uhr.

Jeden Moment würden sie kommen.

Lio drehte den Würfel in der Tasche zwischen seinen Fingern. Es war einer aus Glas wie die, die er eigens für das Spiel bestellt hatte und die seine Freunde mit der Einladung erhalten hatten.

Lio lachte leise auf. Es war fast schon amüsant, dass er nun ein Buch über Würfel schreiben würde wie sein erstes, das damals zum Bestseller geworden war. Die Idee, aus dem Spiel im Thriller eins mit Würfeln zu machen, war ihm aufgrund der Leidenschaft seines Nachbarn Jürgen gekommen.

In den Neunzigern war es unter Kindern ein riesiger Hype gewesen, die Dinger zu sammeln, und Jürgen hatte nie damit aufgehört.

Lio erinnerte sich an die Gänsehaut, die er gehabt hatte, als er das erste Mal dessen Haus betreten hatte.

Sein Nachbar hatte ihn eines Tages um Hilfe gebeten, weil ihm ein Regal zusammengebrochen war. Jürgen war kognitiv leicht beeinträchtigt und hatte nicht gewusst, wie man es wieder aufbaute. Sonst konnte er sich aber gut versorgen und lebte auch allein. Einmal die Woche kam ein Betreuer vorbei. An einem anderen Tag schaute seine Schwester, ob Jürgen alles zu Hause hatte und er sich pflegte.

Lio unterhielt sich oft mit ihm über die Straße hinweg, weil sein Nachbar ein netter Mann war, der sich einsam fühlte. Ab und zu lud er Jürgen auf ein Bier zu sich ein, der ihm dann von seinem Tag erzählte. Jürgens kindliche Freude dabei faszinierte Lio, weil er selbst diese seit seiner Kindheit nicht mehr recht erlebt hatte. An einem dieser Abende hatte Lio von Jürgens Geheimnis erfahren, deshalb hatte er ihn ebenso zu dem Spiel eingeladen. Auch wenn sein Nachbar nicht so schien, als würde ihn die Wahrheit quälen, glaubte Lio, dass tief in ihm trotzdem ein Schmerz saß. Er war gespannt, wie seine Freunde auf Jürgen reagierten, denn der war gelegentlich etwas merkwürdig.

Dass er kognitiv beeinträchtigt war, war eigentlich nicht zu übersehen, doch manchmal fragte sich Lio, ob er es nur spielte. Es kamen teilweise so intelligente Sachen aus ihm heraus, da redete er wie ein Erwachsener. Im nächsten Moment benahm er sich wieder wie ein Kind. Die Umschwünge waren unheimlich. Wie die bizarre Sammlung in seinem Haus.

Die Wände vom Flur bis ins Wohnzimmer und in der Küche hingen voll mit Bildern von Würfeln. In dem Regal, das zusammengefallen war, hatte er unterschiedlich große gelagert, die sich über den ganzen Boden verteilt hatten. Selbst die Deckenlampe sah wie ein Würfel aus.

Als Lio ihn auf die Sammelleidenschaft angesprochen hatte, war Jürgen ungehalten geworden. Er hatte offenbar gedacht, Lio würde sich über ihn lustig machen, aber das war nicht Lios Absicht gewesen. Diese heftige Reaktion war beängstigend gewesen.

»Warum lachen alle über meine Sammlung? Würfel sind seit Jahren in«, hatte er zornig geantwortet.

Lio hatte sich daraufhin entschuldigt und geholfen, das Regal wiederaufzubauen.

Kaum zu glauben, dass der Kerl nach über zwanzig Jahren noch immer den Hype aus den Neunzigern lebte.

Die Dinger waren Lio sofort in den Sinn gekommen, als er für den Thriller ein Spiel geplottet hatte. Es würde sogar eine ähnliche Figur wie Jürgen in der Geschichte geben, die ebenso besessen von Würfeln war.

Eine leichte Gänsehaut zog sich über Lios Arme. Er war sich sicher, dass dieses Buch ein Bestseller werden und er damit viel Geld einnehmen würde. Dann würde sich auch Helena beruhigen und mit den Kindern nach Hause zurückkehren.

Diese Geschichte würde den Nerv der Leser treffen und authentisch sein, weil er seine Freunde genau beobachten würde.

Er war gespannt darauf, wie sie nach der Enthüllung ihrer Geheimnisse ihre Probleme bewältigen würden. Diese Reaktionen würde Lio ausbauen, um sie thrillertypisch zu gestalten, und eine atemraubende Story darüber schreiben. Damit hatte er zwei gute Gründe für das Spiel, das er an diesem Tag spielen würde: Es war Recherche und zugleich Hilfe für seine Freunde, die Wahrheiten endlich zu offenbaren, um leichter leben zu können.

Aufgeregt rieb er sich die Hände, denn in diesem Augenblick kam Jannes den Weg zu seinem Haus hinaufgelaufen. Schnell eilte er zur Tür und öffnete. »Da bist du ja. Gar nicht zu früh.«

Jannes lachte. »Wirkt, als könntest du es gar nicht erwarten, uns zu sehen. Bin ich der Letzte?«

»Nein, der Erste.«

»Siehst du, also ist alles wie immer.« Jannes zwinkerte ihm zu und zog die Jacke aus. »Diese Einladung ist spannend. Mal sehen, was du uns damit sagen möchtest.«

»Alles zu seiner Zeit. Ich schweige, bis die anderen da sind. Setz dich.«

Minuten später trudelten Andreas, Anna und Stefanie ein.

Lios Aufregung stieg. »Nehmen wir Platz und trinken erst einmal einen Sekt.«

Alle setzten sich an den großen Esstisch im Wohnzimmer, den Lio mit einer schwarzen Tischdecke versehen hatte. Darauf hatte er goldenes Konfetti und kleine Würfel verteilt.

Seine Freunde hielten etwas Smalltalk, sprachen über ihren Tag. Noch lächelten sie, wie sie es immer taten, wenn sie sich trafen. Doch Lio war klar, dass dies möglicherweise schnell vorbei sein würde, wenn das Spiel im Gange war. Sobald sie dann merkten, dass er ihnen nur helfen wollte, würden sie es bestimmt verstehen.

»Möchtest du uns weiterhin anschweigen?«, fragte Andreas. »Es wäre schön, eine Erklärung für deine komische Einladung zu bekommen.« Er zeigte die schwarz-rote Karte und hielt den gläsernen Würfel hoch.

Lio lächelte. »Ich warte noch auf jemanden, dann erzähle ich euch mehr dazu.«

Stefanie blies geräuschvoll Luft aus. »Ich freue mich ja, dass du uns vier Tage nach unserem letzten Treffen wiedersehen willst. Aber deine Einladung ist etwas sonderbar.«

»Sehe ich auch so«, erwiderte Anna. »*Das Schicksal entscheidet. Würfel deine Wahrheit.* Das klingt beängstigend, es macht mich zugleich aber auch neugierig.«

Es klingelte und Lio war froh, dass er der Befragung erst einmal entkam. »Entschuldigt mich bitte, ich bin gleich zurück.« Er wollte seinen Freunden nicht verraten, dass sie die Protagonisten seiner Recherche sein würden, denn dann würde er Gefahr laufen, nicht ihre echten Reaktionen und nicht ihre Vorgehensweise, die Probleme zu bewältigen, zu sehen. Doch genau diese Details benötigte er, um seine neue Geschichte glaubwürdig darzustellen. Er ging zur Tür und öffnete diese.

Davor stand sein Nachbar Jürgen, der den gläsernen Würfel hochhielt. Er strahlte Lio mit glänzenden Augen an. »Ist die Einladung wirklich für mich?«

»Natürlich, es steht doch dein Name drauf. Ich freue mich sehr, dass du gekommen bist.«

Das Lächeln seines Nachbars wurde breiter. »Ich bin noch nie auf eine Party eingeladen worden.« Seine Worte hatten sich vor Freude fast überschlagen. Er hob einen Sixpack Bier hoch. »Das habe ich mitgebracht.«

Lio ging das Herz auf, weil sich Jürgen so freute. »Wie nett. Komm rein, die anderen warten schon.«

Der große, wuchtige Typ betrat das Haus. Würde Lio ihn nicht kennen und im Dunkeln antreffen, würde er die Straßenseite wechseln. Er könnte einen Menschen wahrscheinlich mit einer Hand erwürgen. In der Realität war Jürgen wie ein großes Kind, das Spaß an Würfeln hatte und keiner Fliege etwas zuleide tun würde. Bis auf einmal. Das war sein Geheimnis.

Jürgen zog die Schuhe aus und löchrige Strümpfe, die dringend einer Reinigung bedurften, kamen zum Vorschein.

Lio rümpfte die Nase, so wollte er Jürgen nicht zu seinen Gästen lassen. »Hier sind ein paar Hausschlappen für dich, damit deine Füße nicht kalt werden.«

»Danke.« Jürgen strahlte.

»Komm, wir gehen zu den anderen.« Lio lief ins Wohnzimmer.

Jürgen folgte ihm, blieb aber in der Tür stehen. Sein fröhliches Lächeln erstarb und er senkte den Blick.

Lio hätte diese Schüchternheit nicht erwartet, weil Jürgen ihm gegenüber direkt so offen gewesen war. Er hoffte, dass er das Eis brechen würde, damit sich Jürgen schnell wohlfühlte und sich auf das Spiel konzentrieren konnte. »Das ist mein Nachbar Jürgen, ein guter Freund«, stellte Lio ihn vor. Er griff ihn am Oberarm und führte ihn in den Raum. »Ich habe ihn eingeladen, weil er Würfelspiele liebt.«

Andreas erhob sich und kam auf ihn zu. »Hallo Jürgen, ich bin Andreas. Willkommen in unserer Runde.«

Auch die anderen drei stellten sich vor.

Jürgen entspannte sich wieder und setzte sich an den Tisch. »Danke, dass ich dabei sein darf.«

Lio holte ein weiteres Glas und platzierte es vor Jürgen auf dem Tisch. »Was magst du trinken?«

Jürgen zeigte auf den Whisky. »Darf ich von dem einen Schluck haben?«

»Na klar, dafür steht er da.« Jannes schenkte ihm ein. Dann sah er Lio an. »Mach es nicht noch spannender. Was wird das hier?«

Lio schmunzelte. »Ich möchte ein Spiel mit euch spielen, das ich mir ausgedacht habe.« Er legte seine Hand auf die Schulter seines Nachbarn. »Durch Jürgen bin ich auf die Idee gekommen. Er sammelt Würfel.

Ich habe mich mit dem Konzept des Zufalls beschäftigt. Und damit, wie die unausgesprochene Wahrheit Menschen zerstören kann. Ich habe alles kombiniert und ein Spiel erschaffen. Was, wenn die Würfel entscheiden, wie sich unser Schicksal entwickelt? Wenn das zufällige Ergebnis beim Würfeln möglicherweise unsere Probleme löst?«

Seine Freunde sahen Lio schweigend an, jedem stand ein großes Fragezeichen auf der Stirn.

»Klingt das nicht spannend für euch?«

»Ich bin immer dabei, wenn es um Spiele geht. Dein wirres Gerede von Zufall und Wahrheit habe ich allerdings nicht ganz verstanden«, sagte Jannes.

Anna nickte. »Habe ich auch nicht, aber unser Starautor mag halt Dramatik. Los, spielen wir.« Sie rang sich ein Lächeln ab, Lio erkannte, dass eine leichte Sorge darin lag.

Er bemühte sich deshalb, beschwingt aufzutreten. »Ich erkläre euch den Ablauf. Jeder hat einen geschlossenen Briefumschlag vor sich. Ich habe zwei Möglichkeiten auf Karten geschrieben und sie hineingesteckt. Der Inhalt ist auf eure Leben abgestimmt. Je nachdem, was ihr für eine Zahl würfelt, kommt eine Aufgabe auf euch zu. Es gibt nur zwei Alternativen, deshalb gilt eine für die Augen Eins bis Drei und die andere für Vier bis Sechs. Der Zufall entscheidet für euch, welche der Optionen für euch bestimmt ist.«

Lios Freunde starrten ihn an, als wäre er total merkwürdig.

»Was sollen das für Aufgaben sein?«, fragte Jannes zögerlich. »Ich bin nicht bereit, irgendwelche Schweinereien zu tun, Lio.« Er lachte, was jedoch etwas gequält klang.

»Ich weiß nicht, was ich von dem Ganzen hier halten soll«, sagte Stefanie. »Bist du besoffen?«

Tatsächlich hatte er sich vor dem Treffen bereits etwas Mut angetrunken und es breitete sich ein leichter Nebel in seinem Kopf aus, der ihn zwar noch klar denken ließ, seine Hemmungen aber schon vertrieb. »Als Jugendliche habt ihr doch bestimmt auch Gläserrücken oder Flaschendrehen gespielt, wo es mal unangenehm wurde, oder?«

»Heißt das, es wird unangenehm?«, hakte Jannes nach.

Lio zuckte mit der Schulter. »Ich weiß nicht, was ihr als unbehaglich empfindet.«

Andreas kippte seinen Whisky hinunter und klatschte in die Hände. »Was soll schon passieren? Unser Starautor will nur Spannung aufbauen, um sich auf einen Thriller vorzubereiten. Wir haben ihm die Flausen vor ein paar Tagen ja in den Kopf gesetzt. Ich fange an. Was soll ich tun?«

Lio lächelte zufrieden. »Erst würfelt jeder seine Zahl. Dann öffnen wir die Umschläge nacheinander.«

»Alles klar«, antwortete Andreas. Er nahm seinen Würfel und rollte ihn über den Tisch. Es war eine Vier.

Die anderen taten es ihm gleich. Stefanie würfelte eine Fünf, Anna eine Eins, Jürgen eine Sechs und Jannes eine Drei.

»Okay«, sagte Lio. »Ehe ihr euren Umschlag öffnet, möchte ich euch noch eine Sache erklären. Eventuell wird es im ersten Augenblick ein kleiner Schock sein, doch ich habe mir wirklich etwas dabei gedacht. Ich möchte euch damit helfen. Auf lange Sicht gesehen ist es so das Beste.«

»Mein Freund, du sprichst die ganze Zeit in Rätseln und machst mir damit Angst«, krächzte Jannes. »Wenn irgendeine Scheiße drinsteht, gehe ich.«

Lio schluckte aufgrund der heftigen Reaktion seines Freundes, obwohl dieser noch nicht mal wusste, was seine Option war.

Wie würde Jannes reagieren, wenn seine Zahl sein Geheimnis lüftete?

Doch Lio würde keinen Rückzieher machen, es war eine gute Sache.

»Nun bleibt mal ruhig«, beschwichtigte Andreas die anderen. »Er ist unser Freund, er wird uns schon nicht die Klippe hinunterstoßen. Ich mache jetzt meinen Umschlag auf.«

»Es liegen zwei zusammengefaltete Zettel drin. Lies sofort den Teil laut vor, der zu deiner Zahl passt, den anderen lässt du im Umschlag«, sagte Lio und schenkte sich Whisky nach. Er würde ihn sicher gleich brauchen, denn mit der Vier hatte Andreas eine der Zahlen ge-würfelt, bei der die Wahrheit vor den anderen ans Licht kam.

Andreas riss den Briefumschlag auf und zog den Zettel heraus, auf dem die Augenzahlen Vier bis Sechs standen. »Dein Leben wird von einem großen Fehler überschattet. Nur die Wahrheit kann dich heilen. Als du einen Patienten versorgt und aus Versehen den zentralen Venenkatheter durchgeschnitten hast, ist dieser fast verblutet. Er musste reanimiert werden und ist seitdem ein schwerer Pflegefall.« Andreas schaute Lio mit feuchten Augen an. »Du bist ein Monster.«

»Lies weiter«, bat Lio. »Es soll dir helfen.«

Andreas schluckte. Er schaute die anderen an. »In Ordnung. Schauen wir mal, was Lio mit dem Scheiß bezwecken will, nachdem es jetzt raus ist.« Er senkte den Blick. »Erzähle den Angehörigen die Wahrheit. Sie verdienen diese und dir wird das Geheimnis nicht mehr zur Last fallen.«

Jannes stand abrupt auf, sodass sein Stuhl nach hinten kippte. Er funkelte Lio zornig an. »Was willst du damit erreichen?«

Lios Herz raste. Auf der einen Seite fühlte er sich schlecht, weil nun jeder in dem Raum Andreas' Geheimnis kannte, das er ihm im Vertrauen gebeichtet hatte. Er hatte sogar geschworen, es nie zu verraten. Auf der anderen Seite glaubte er noch immer, dass eine unausgesprochene Wahrheit Menschen zerstörte. Das kannte er von sich. Er wusste nicht, ob die Wahrheit seines Lebens wirklich die Wahrheit war und deshalb war er krank geworden. »Ich will euch nur helfen, reinen Tisch zu machen.«

Andreas saß kreidebleich da, hielt sich zitternd an dem Zettel fest und starrte darauf. Tränen sammelten sich in seinen Augen.

Lio notierte sich jeden Gesichtszug, jede Bewegung und jede andere Reaktion seines Freundes in Gedanken, schließlich wollte er vieles für seine Story einfangen.

»Alles okay, Andreas?«, fragte Anna und legte eine Hand auf seine Schulter.

Andreas warf einen scharfen Blick in Lios Richtung. »Was bist du für ein Freund? Ich habe dir das anvertraut, niemand anderes hat davon gewusst.«

»Wir sind unter uns und seit Ewigkeiten befreundet. Jeder von uns hat ein Geheimnis, das er hütet. Keiner von uns ist frei von Schuld. Ich weiß, es ist hart für dich, damit konfrontiert zu werden, aber jetzt ist es raus und wir sind immer noch deine Freunde.«

»Ich habe fast einen Menschen getötet. Danach bin ich jahrelang durch die Hölle gegangen. Ich habe unzählige Therapien gemacht, um einigermaßen vernünftig zu leben. Und du offenbarst den schlimmsten Fehler, den ich je gemacht habe, einfach so, ohne es mit mir zu besprechen.«

»Ich weiß, dass es dir damit nie gut ging. Aber es wird besser, wenn du es den Angehörigen beichtest.«

»Was soll das bringen?«, plärrte Jannes. »Glaubst du, dass es irgendwem nach so langer Zeit nützlich ist, wenn Andreas nun zu den Angehörigen geht und alles erzählt? Glaubst du, der Mann wird deshalb wieder gesund? Es würde doch nur Wunden aufreißen.«

Lio konnte nichts darauf erwidern, weil Jannes damit recht hatte.

Ungeschehen konnte Andreas diesen Fehler nicht mehr machen. Dieser schüttelte den Kopf und wischte sich die Tränen aus den Augen. »Unsere jahrelange Freundschaft war ein großer Fehler.«

»Was ist dein Geheimnis?«, fragte Jannes Lio motzig. Er schaute jeden der Anwesenden an. »Hat unser Starautor jemandem von euch jemals etwas verraten, was wir gegen ihn verwenden könnten?«

Alle schüttelten ihren Kopf.

»Ich möchte eure Wahrheiten nicht gegen euch verwenden.« Es war eigentlich an der Zeit, ihnen zu verraten, dass er sie ebenso dazu benutzte, die Figuren seines Thrillers zu erschaffen. Doch das traute er sich in diesem Moment nicht, denn es würde die Wut aller nur noch mehr schüren. »Mit dem Spiel meine ich es wirklich gut, das schwöre ich. Ich hatte das Gefühl, dass ihr alle in letzter Zeit nicht so glücklich wart, und denke, das liegt an euren Geheimnissen.«

Stefanie sah ihn mit weiten Augen an. »Ich habe den Eindruck, dass du seit ein paar Wochen sehr viel trinkst. Ist die Sauferei schuld, dass du auf solche Ideen kommst? Bist du nicht ganz bei Sinnen? Du weißt selbst, dass Alkohol nicht gut für dich ist.«

Lio biss sich auf die Unterlippe. »Hat dir das Helena eingeredet? Du hörst dich nämlich an wie sie. Ich bin kein Säufer und völlig klar im Kopf.«

Stefanie fuhr sich übers Gesicht. Dann starrte sie Lio an. »Was ist nur los? Helena ist …«

Lio hob die Hand. »… sauer auf mich und scheint es auch gern weiterzutratschen. Ich weiß genau, was ich tue.«

»So etwas machen wahre Freunde nicht. Was wäre herausgekommen, wenn ich die andere Option gewürfelt hätte?«

Lio seufzte. »So funktioniert das Spiel nicht. Jeder liest nur die Karte, deren Zahl er gewürfelt hat. Was auf der anderen steht, erfahrt ihr nicht. Vielleicht mag Anna weitermachen. Ich glaube, sie hat die Alternative zum Aufdecken des Geheimnisses gewürfelt.«

Jannes prustete los. »Du hast dir sogar eingeprägt, bei wem was bei welcher Zahl steht?«

Lio zuckte mit den Schultern. »Natürlich, ich habe es mir selbst ausgedacht und die Zettel geschrieben.«

»Warum sollten wir diesen Unsinn noch mitspielen?«, fragte Jannes.

In Lios Magen flatterte es. Ihm war zwar klar gewesen, dass seine Freunde erst einmal nicht begeistert sein würden, doch er hatte etwas Angst, dass sein Plan nicht aufging. Wenn sie nicht einsichtig sein und verstehen würden, dass er ihnen nur helfen wollte, wäre möglicherweise die gesamte Recherche hinfällig, denn so würden sie ihre Probleme nicht bewältigen. Er musste sich etwas einfallen lassen, um sie zu besänftigen und ihnen klarzumachen, wie wichtig die Wahrheit war. »Auch in einer Psychotherapie wird die Technik genutzt, Wahrheiten laut auszusprechen«, sagte er hastig und war froh darüber, schnell diese Idee gehabt zu haben. »Das Prinzip nutzen wir in diesem Spiel auch. Ihr werdet sehen, es wird helfen.«

Anna hob ihren Umschlag hoch. »Ich möchte wissen,

was bei mir drinsteht. Aber ich schwöre dir, wenn es das ist, was ich befürchte, werde ich nie wieder ein Wort mit dir sprechen.«

Lio schluckte. Sollte er vielleicht lieber abbrechen, ehe er seine Freunde verlor? Doch seine Intention, ihnen zu helfen, und die Neugier auf die anderen Reaktionen waren zu stark, als dass er den Abend beenden wollte.

Anna öffnete den Umschlag. Sie las still.

Lio betrachtete die glasigen Augen seiner Freundin.

Ihr Kinn zitterte leicht und ihre Schultern sanken in sich ein.

Er kippte einen weiteren Schluck Whisky hinunter, weil er großes Verlangen danach hatte.

Anna hob den Kopf und sah Lio an. »Du hast mitbekommen, wie sehr ich gelitten habe. Wie kannst du so gemein sein und das für dein krankes Spiel nutzen?«

»Was steht denn bei dir?«, fragte Andreas, dessen Stimme noch immer zitterte.

»Bei dir entscheidet nicht der Würfel über die Wahrheit, sondern du selbst, ob du endlich reinen Tisch machst«, las sie vor. Sie blickte mit tränennassen Augen hoch. »Ich kann euch das nicht sagen, ich …« Anna erhob sich. »Ich gehe jetzt.« Sie sah Lio eindringlich an. »Ich habe dir das anvertraut, weil ich es bei dir sicher wusste. Nun habe ich nicht mehr das Gefühl, dass es eine gute Entscheidung war.« Sie lief zur Tür.

»Bitte bleib. Es ist doch deine Entscheidung, du musst es nicht erzählen«, rief Lio ihr hinterher.

Sie funkelte ihn wütend an. »Hätte ich eine Vier, Fünf oder Sechs gewürfelt, hätte dann jeder erfahren, was damals war?«

Lio senkte den Kopf. Seine Wangen glühten.

»Sieht du, du wolltest dafür sorgen, dass alle davon erfahren. Das ist ein Vertrauensbruch.« Sie stürzte schluchzend aus dem Zimmer.

Stefanie zerriss ihren Umschlag samt Inhalt hastig. »Du bist echt ein Monster. Wie kannst du uns das antun?« Sie wischte sich die feuchten Augen trocken.

»Stefanie, bitte hör mir zu. Es würde dir vielleicht helfen, wenn du die Wahrheit mal aussprichst. Wir sind doch Freunde.«

Stefanie warf ihm einen verächtlichen Blick zu und verließ ebenfalls den Raum.

Einige Sekunden später hörte Lio die Eingangstür ins Schloss fallen.

Im Wohnzimmer herrschte betretenes Schweigen.

Andreas fuhr sich mit den Händen über den Mund. Dann schlug er heftig mit der Faust auf den Tisch. »Ich würde dir gerade am liebsten den Schädel einschlagen. Ehrlich, ich kann mich nur mit Mühe zurückhalten.«

Lio hob die Hände. »Siehst du, das meine ich. Seit geraumer Zeit bist du so schnell aggressiv, du könntest bei der kleinsten Kleinigkeit aus der Haut fahren. Jetzt willst du sogar gewalttätig werden. Meinst du nicht, dass es die unausgesprochene Wahrheit ist, die dich quält?«

»Bist du neuerdings Psychologe? Vielleicht solltest du schleunigst einen Therapeuten aufsuchen, denn deine geistige Verfassung ist angeschlagen.« Andreas' Kiefer mahlten.

Die Worte verletzten Lio. Doch er wollte nicht weiter darauf eingehen, damit die Situation nicht eskalierte.

Sein Freund hatte es gewiss nur gesagt, weil er sich ärgerte.

Jannes kippte sich ein Glas Likör hinunter und schaute Lios Nachbarn an. »Du sagst gar nichts dazu. Bist du sicher, dass du mit so einem Typen befreundet sein willst?« Er schaute Lio in die Augen. »Ich bin grad nicht sicher, ob ich das noch möchte.«

Lio konnte nur hoffen, dass Jannes später verstehen würde, weshalb er dieses Spiel gespielt hatte. Ihn zu verlieren, wäre für ihn das Schlimmste.

»Lio ist mein Freund. Ich möchte auch spielen. Darf ich jetzt meinen Brief öffnen?« Jürgen sah Lio erwartungsvoll an.

Andreas und Jannes starrten Jürgen mit heruntergeklappten Kinnladen an.

»Dein Ernst?«, fragte Jannes.

Jürgen nickte lächelnd.

Jannes warf die Arme hoch. »Von mir aus, wenn du dir das geben willst. Das Spiel ist krank. Ich bin raus, denn es gibt nur ein Geheimnis, das du hier preisgeben könntest, und das bringt mich in große Gefahr.« Er verschränkte die Arme.

»Dann los, Jürgen, lies deins vor«, bat Lio.

Sein Nachbar grinste. Es wirkte so, als hätte er großen Spaß an dem Spiel. Er hatte die ganze Zeit fasziniert zugeschaut und kaum ein Wort gesprochen, doch immer ein breites Lächeln auf den Lippen gehabt. Jürgen zog seine Karte heraus. »Dein Leben wird von einem großen Fehler überschattet. Nur die Wahrheit kann dich heilen. In deiner Kindheit hast du einen großen Fehler gemacht, der zum Tod deiner kleinen Schwester geführt hat. Erzähle deiner Mutter, wie ihre Tochter wirklich gestorben ist. Sie verdient die Wahrheit.« Jürgen wippte mit dem Oberkörper vor und zurück. »Das ist gemein.«

Es war wieder ruhig im Raum, nur das Quietschen des Stuhles, in dem Jürgen hin und her schaukelte, durchschnitt die Stille.

Mit einem Mal machte dieser einen Satz auf Lio zu, packte ihn am Kragen, zog ihn vom Stuhl und schleuderte ihn gegen die Wand. »Es war ein Unfall«, brach es aus ihm heraus, Wut brodelte in jeder einzelnen Silbe.

Ein scharfer Schmerz schoss durch Lios Wirbelsäule und raubte ihm den Atem. Seine Knochen fühlten sich an, als würden sie bersten.

Jürgen drückte ihn fest gegen die Wand. »Es war nur ein Spiel. Es war nur ein Spiel. Es war nur ein Spiel.«

Jedes Mal, wenn er Spiel sagte, schlug er Lios Rücken gegen den Beton. »Lass mich los«, krächzte er unter Qualen.

Jannes packte Jürgen an den Schultern. »Hör auf!«, brüllte er. »Er hat genug.«

Jürgen löste den festen Griff und riss sich an den Haaren. »Es war nur ein Spiel.«

Jannes starrte Lio an. »Das hast du verdient. Du bist ein Widerling, weil du ihn damit vor fremden Menschen bloßgestellt hast. Das ist nicht zu verzeihen.«

Andreas warf Lio einen abfälligen Blick zu und ging nach draußen, ohne noch ein Wort mit ihm zu sprechen.

Jürgen hatte sich mittlerweile beruhigt.

Seine Reaktion hatte Lio am meisten verängstigt. Vor allem weil diese so abrupt gekommen, aber auch so schnell wieder verschwunden war. Nun stand Jürgen grinsend vor ihm. »Damit hast du dir keinen Gefallen getan«, sagte er. Dieses Mal waren seine Worte klar und fest gewesen, nicht so wie sonst, wenn er wie ein Kind redete. Jürgen kam auf ihn zu, nahm Lios Hand und legte den gläsernen Würfel darauf. »Es ist nur ein Spiel, oder?«

Lio nickte leicht. Worte fand er gerade nicht, weil der Schock noch in seinen Knochen saß.

Jürgen schlenderte gemächlich auch aus dem Haus.

Lio blieb mit einer Gänsehaut zurück. Dass der Abend nicht lustig werden würde, war ihm von vornherein klar gewesen. Damit, dass er in Gewalt ausarten würde, hatte er nicht gerechnet.

Jannes drückte Lio die halbvolle Whiskyflasche in die Hände, der sie aus Reflex ergriff. »Hier, besauf dich noch ein bisschen, das tust du ja so gern. Vielleicht fallen dir ja weitere hirnrissige Ideen ein«, spie er ihn schnippisch an.

Lio sah, dass Jannes sehr verletzt war. »Es tut mir leid«, sagte er kleinlaut.

Sein Freund seufzte. »Ich hoffe so sehr, dass du einfach nur deine Gehirnzellen betäubt hast und deshalb solch einen Bockmist gebaut hast. Vielleicht solltest du wirklich weniger trinken und dringend einen Therapeuten aufsuchen. Mich siehst du so schnell nicht wieder.«

»Jannes, bitte.« Seinen besten Freund wollte er durch diese Aktion auf keinen Fall verlieren. Deshalb entschied er, wenigstens ihm die ganze Wahrheit zu erzählen. »Ich denke, dass es euch helfen wird, wenn ihr euch endlich von den Qualen befreit. Ich selbst quäle mich seit Jahren mit einer Wahrheit, mit der ich nicht abschließen kann.«

»Warum hast du es uns nie anvertraut?«, fragte Jannes. »Erzähl es mir jetzt.«

»Ich kann es dir nicht erzählen, weil ich nicht einmal weiß, was die Wahrheit ist.«

Jannes runzelte die Stirn. »Du hast offenbar allen von uns einen fatalen Fehler aus der Nase gezogen, du selbst hüllst dich hingegen in Schweigen. Wie können wir dir noch vertrauen? Was sollte dieses dramatische Spiel? Du glaubst nicht wirklich, dass es uns nützlich ist, oder?«

»Doch, das tue ich. Aber ich gebe zu, dass es auch zur Recherche für den Thriller dient. Mir ist ein guter Plot eingefallen.«

Jannes starrte Lio mit offenem Mund an. »Heißt das, du willst unsere Wahrheiten, unsere intimsten Geheimnisse in deinem Thriller verarbeiten? Bist du von allen guten Geistern verlassen?« Sein Gesicht war mit einem Mal so aschfahl, dass Lio dachte, er würde gleich umfallen.

»Du hast mich doch erst auf diese Idee mit dem Spiel gebracht.«

Jannes hob die Hände. »Wow, stopp. Schieb den Mist, den du gebaut hast, nicht zu mir. Ich habe mit keiner Silbe gesagt, dass du deine Freunde verraten sollst.«

Als Lio einen Augenblick später das Gartentor quietschen hörte, fühlte er sich mit einem Mal einsam. Er hoffte sehr, dass er am nächsten Tag mit seinen Freunden über den Abend reden konnte, wenn sie die Sache etwas verdaut hatten.

So wie das Spiel in der Realität gelaufen war, konnte er es im Thriller jedenfalls nicht schreiben, dann wäre das Buch schnell zu Ende.

Lio setzte die Flasche an und kippte den Whisky wie Wasser hinunter. Er wollte den Abend wegspülen. Gedanken, wie er das wieder geradebiegen konnte, würde er sich am nächsten Tag machen.

6

Zu Hause schmiss Jannes die Jacke wütend auf den Flurboden, streifte die Schuhe ab und ließ sie achtlos herumliegen. Er holte sich ein kaltes Bier aus dem Kühlschrank. Er setzte sich auf den Sessel, dessen Feder ihn ins Gesäß stach, weil die Polsterung schon so durchgesessen war.

Seine Gedanken gingen zu Lio. »Was ist das nur für ein verdammter Fatzke?« Er konnte nicht fassen, dass Lio ihn für dieses verfluchte Spiel verantwortlich machte. Noch viel mehr ärgerte Jannes aber die Tatsache, dass er die Schicksale seiner Freunde für einen Thriller nutzen und Gewinn auf deren Nacken erzielen wollte. Würde er so weit gehen?

Jannes fragte sich, ob er wirklich überrascht darüber sein sollte, dass sein bester Freund vorhatte, die Geheimnisse für ein Buch zu verarbeiten. Schließlich hatte Lio schon einmal eine Story geschrieben, die auf wahrer Begebenheit beruhte. Aber er erzählte nie, welches Ereignis ihn dazu inspiriert hatte.

Generell schwieg Lio über seine Vergangenheit. Umso schlimmer fand es Jannes, dass sein Freund alle anderen an diesem Abend mit ihrer Vergangenheit hatte vorführen wollen.

Er holte den Umschlag aus der Jackentasche, in dem seine Aufgabe stand. Ihm war bewusst, welches Geheimnis Lio über ihn preisgegeben hätte, und er war immer noch geschockt, dass sein bester Freund so skrupellos gewesen wäre. Er setzte sich wieder in den Sessel und holte die erste Karte heraus, auf der *Eins* bis *Drei* stand.

Bei dir entscheidet nicht der Würfel über die Wahrheit, sondern du selbst, ob du sie endlich aussprichst und reinen Tisch machst.

Jannes hätte sein Geheimnis nicht erzählen müssen, denn er hatte eine Drei gewürfelt. Trotzdem interessierte ihn brennend, was auf der anderen Karte stand. Also nahm er sie aus dem Umschlag.

Dein Leben wird von einem großen Fehler überschattet, nur die Wahrheit kann dich heilen. Als dich das Schicksal schwer getroffen hat, hast du dich in deiner Spielsucht verloren. Dabei hast du viele Schulden gemacht. Zahle deinen gefährlichen Gläubigern das Geld zurück und beende dieses Kapitel für immer.

Jannes schüttelte verständnislos den Kopf. Als ob es so einfach wäre, Kredithaien Geld zurückzugeben, vor denen man sich jahrelang versteckt hatte.

Er schloss die Augen und reiste gedanklich in die Zeit zurück, in der er auf die schiefe Bahn geraten war.

Da Jannes' Schicksal ihn in eine jahrelange tiefe Krise gestürzt hatte, hatte er sich gehen lassen. Nach dem Schulabschluss hatte er nichts auf die Reihe bekommen.

Das ständige Flehen seiner Eltern, vernünftig zu werden, hatte er ignoriert. Er hatte keine Ausbildung angefangen, aber für Cannabis Geld gebraucht. Mit achtzehn war er dauerbekifft gewesen und an den coolsten Typen der Stadt geraten, der ihn in ein großes Schlamassel gezogen hatte. Der hatte ihm eines Tages erzählt, wie er seine Kohle verdiente, und ihn in ein Spielcasino mitgenommen.

Jannes bekam noch immer Gänsehaut, wenn er daran dachte, was in den Clubs abgegangen war und wie schnell man in eine Spirale rutschte, aus der man nicht mehr einfach herauskam. Inzwischen konnte er mit klarem Kopf und einem Job, bei dem er gutes Geld verdiente, erkennen, dass es unmöglich gewesen war, mit Zocken Kohle zu machen.

In kürzester Zeit hatte Jannes nicht mehr aufhören können zu spielen. Hatte er Bares gewonnen, hatte er es sofort wieder eingesetzt und das Doppelte verloren. Er hatte kein Cannabis mehr gebraucht, er hatte nur noch spielen müssen.

Wenn man in einem Casino kein Geld mehr hatte, gab es direkt vor Ort Lösungen. Ehe man begriff, auf was man sich einließ, war es schon zu spät. Man war verschuldet, damit man spielen konnte.

Kredithaie waren üble Menschen, die nicht zimperlich mit ihren Schuldnern umgingen, um ihr Geld wiederzubekommen. Es war ein Teufelskreis, aus dem man nicht leicht herauskam. Weder aus der Spielsucht noch aus den Fängen der Kredithaie.

Jannes brach noch immer der Schweiß aus, wenn er daran dachte, wie brutal die Schlägertrupps vorgegangen waren.

Jannes war nicht stolz auf diese Zeit, aber froh, dass er sich gefangen hatte und nun gutes Geld verdiente, nachdem er eine Ausbildung zum IT-Experten abgeschlossen und sich damit selbstständig gemacht hatte.

Als der schrille Klingelton seines Handys ertönte, setzte sein Herz kurz aus. Jannes fasste sich an die Brust, weil er das Gefühl hatte, es würde herausfallen. Er schaute auf das Display.

Es war Lio.

Jannes hatte gerade keine Lust, mit ihm zu sprechen, deshalb drückte er den Anruf weg und schaltete das Handy auf stumm. Erneut flammte Wut in ihm auf, wenn er an den Abend dachte.

Lio hätte tatsächlich zugelassen, dass jeder das Geheimnis des anderen gehört hätte.

Andreas hatte damals offenbar einen schwerwiegenden Fehler gemacht, durch den ein Patient zum Pflegefall geworden war. Jannes konnte nicht glauben, dass die Wahrheit all die Jahre nicht ans Licht gekommen war. Es musste doch jemandem aufgefallen sein, dass Andreas den Katheter durchgeschnitten hatte.

Auch Anna und Stefanie kamen mit ihren Geheimnissen seit Jahren durch. Was für eine Truppe sich Lio da angelacht hatte. War es Zufall, dass seine Freunde alle etwas zu verbergen hatten? Oder hatte Lio gezielt nach Personen mit gravierenden Schicksalen gesucht, um irgendwann dieses Spiel spielen zu können?

Dieser Jürgen sollte Schuld am Tod seiner kleinen Schwester haben, was auch heftig war. Hatte der Nachbar ein Aggressionsproblem? Er war mächtig brutal auf Lio losgegangen. Jannes wollte den Typen nie im Dunkeln treffen. Aber er war ihm ansonsten egal, weil er nicht zum gemeinsamen Freundeskreis gehörte.

Allerdings hinterfragte Jannes die Freundschaft zwischen Anna, Stefanie, Lio, Andreas und ihm. Offenbar kannte niemand irgendwen gut, denn sie alle schienen nichts von den Geheimnissen der anderen zu wissen.

Wie hatte es Lio nur geschafft, sie ihnen zu entlocken?

Jannes erinnerte sich an einen Abend, an dem er und Lio bei ihm auf dem Sofa gesessen und ein Bier getrunken hatten. Es war einige Monate, nachdem er ihn in dieser Kneipe getroffen hatte. Sie hatten sich über Gott und die Welt unterhalten. Sein neuer Freund hatte immer wieder Fragen zu Jannes' Vergangenheit gestellt, bis er sich Lio schlussendlich anvertraut hatte. Wahrscheinlich hatte dieser es genauso auch bei den anderen gemacht. War es von Anfang an sein Ziel gewesen, Dinge von Freunden zu erfahren, die für ein Buch tauglich waren?

Jannes überlegte, ob er den anderen vielleicht verraten sollte, dass Lio ihre Geheimnisse in einem Buch verwenden wollte. Er spürte solch einen Zorn in sich, dass er keine klare Entscheidung treffen konnte und dringend herunterfahren musste. Wütend erhob er sich aus dem Sessel. Er wollte mit lauter Musik herumfahren, nur so würde er sich wieder beruhigen.

7

1997

Dumpf drangen Stimmen in sein Bewusstsein. Er vernahm Wortfetzen, die er nicht richtig verstand. Es fühlte sich an, als könnte er sich nicht bewegen. Je mehr er versuchte, die Hände zu heben, desto mehr glaubte er, dass alles nur ein Traum war, denn sonst könnte er die Augen aufschlagen und aufstehen.

Schmerz pochte wie ein stetiges Hämmern in seinem Kopf, erst ganz schwach, dann stärker. Warum nahm er das wahr, obwohl er nur träumte? Es fühlte sich grausam an, in diesem Zustand festzustecken. *Wach auf.* Sein Körper gehorchte ihm nicht. Er spürte nichts außer einem festen Druck auf seiner Brust und einem Stechen, das durch seinen Hals zog. Seine Augenlider waren bleischwer, so dass er sie nicht öffnen konnte.

Das Schluchzen einer Frau drang an seine Ohren.

Wer weint da? Wo bin ich überhaupt? Panik, dunkel und zäh, kroch in ihm hoch. Hielt jemand ihn gefangen? Er versuchte, die Lippen zu bewegen, um nach Hilfe zu rufen, doch auch das gelang ihm nicht.

Weitere Worte drangen zu ihm durch.

»Wann wacht er denn endlich auf?« Es war die Stimme einer Frau gewesen.

Hallo, wer ist da? Kann mir jemand helfen?

Niemand reagierte auf ihn.

»Es liegt nun an Luke. Wir wissen noch nicht, welche Schäden er von diesem schrecklichen Unfall davongetragen hat und welche Auswirkungen die auf sein Gehirn haben werden.«

Schäden? Das Wort hallte in seinen Ohren nach.

Redete dieser Mann von ihm? Nein, er sprach von einem Luke.

Er hieß … Sein Name wollte ihm nicht einfallen. Die Panik fraß sich weiter in ihn hinein. Er versuchte abermals, um Hilfe zu rufen, doch die Dunkelheit verschluckte jedes Wort, bevor es überhaupt entstehen konnte.

Plötzlich schrillte etwas laut neben seinem Ohr. Es biss sich in sein Gehör und verursachte qualvolle Schmerzen. *Macht das sofort aus!*

Der Alarm verstummte.

Die Stille war eine Wohltat für ihn.

»Was hat das zu bedeuten?«, fragte die Frauenstimme. »Stimmt etwas nicht mit meinem Sohn?«

Jemand nahm seine Hand.

»Luke, wach doch endlich auf«, flehte die Frau verzweifelt, deren Stimme er nicht kannte.

Wer zum Teufel war dieser Luke?

»Sein Herz schlägt schneller, das könnte ein Zeichen dafür sein, dass er langsam wach wird. Oder es deutet möglicherweise auf Schmerzen hin, was wiederum zeigen würde, dass er diese wahrnimmt.«

Mit einem Mal blendete ein grelles Licht seine Augen. Er wollte sie zukneifen, doch das funktionierte nicht. Es fühlte sich an, als würde jemand seine Lider hochziehen.

»Seine Pupillen reagieren. Zwar noch verlangsamt, aber es ist ein gutes Zeichen«, sagte der Mann.

Bitte hör auf, mir ins Auge zu leuchten.

Es wurde wieder dunkel.

Gott sei Dank.

»Luke, Mama ist bei dir. Papa kommt bald zurück, er ist nur Essen besorgen.«

Jemand streichelte über seinen Arm.

Er bekam eine Gänsehaut. Es fühlte sich gar nicht gut an, immerhin kannte er die Personen um sich herum nicht. Und auch nicht diesen Luke.

Verwechselten die Leute ihn vielleicht?

»Dr. Maier, denken Sie, dass Luke wieder ganz gesund wird?«, fragte die Frau.

Doktor? Ihm kamen die anderen Wortfetzen in den Sinn. *Schäden. Schrecklicher Unfall. Schmerzen.* Dann dieser Alarm, der schrill in seinen Ohren geklingelt hatte. Lag er vielleicht in einem Krankenhaus? Aber warum?

»Wie gesagt, ich weiß noch nicht, welche Folgen die Verletzungen haben werden. Um das zu beurteilen, muss ich warten, bis er wach ist und wir einige Tests machen können. Er hat schwerwiegende Verletzungen, es kann schon zu Einschränkungen kommen.«

Er versuchte krampfhaft, sich zu erinnern, was genau passiert war. Doch sein Kopf fühlte sich an, als wäre er mit Watte ausgestopft. Nicht mal wie er hieß, wer seine Eltern waren oder wo er wohnte, wollte ihm einfallen.

Bin ich wirklich dieser Luke?

In seinen Gedanken blitzten Bilder auf, die er nicht deuten konnte. Ein Licht blendete ihn und er hörte ein markdurchdringendes Quietschen.

Die Situation, in der er sich befand, machte ihm Angst. Was, wenn er für immer in diesem komischen Zustand bleiben würde?

Noch einmal versuchte er, sich zu bewegen, die Augen zu öffnen oder etwas zu sagen, doch es war zwecklos. Hoffentlich würde er bald aufwachen und erkennen, dass alles nur ein Traum gewesen war.

8

28. September 2023

Schon als er morgens aufwachte, spürte er Lenis Präsenz. Es war kein Wunder, denn die letzten Tage hatten ihn sehr gestresst. Außerdem hatte er sie sowieso erwartet. Seit Jahren tauchte sie bei ihm auf. Es gab nur wenige Tage, an denen er sie nicht sah.

Er hatte die Nacht in dem kalten Haus seiner Eltern verbracht, weil er Sehnsucht nach dem glücklichen Leben hatte, das er hatte führen dürfen, als er noch ein Kind gewesen war. Außerdem hatte er gehofft, dass Leni wirklich auftauchen würde, denn er hatte endlich einen Plan, wie er sie ein für alle Mal loswerden könnte.

Sie loswerden. Es war gemein, so zu denken, denn sie war nicht schuld daran, dass er sich mit ihrer Erscheinung quälte. Auch wenn er wusste, dass sie nur ein Hirngespinst war, entstanden aus seiner Trauer und Sehnsucht, fühlte sich ihre Präsenz real an, weshalb er nicht klar denken konnte. Sie musste weg, denn er hatte noch einen anderen Plan, für den er all seine Konzentration brauchte.

Er hievte sich aus dem Bett. Seine Zehen schmerzten, weil sie kalt waren. Schnell streifte er sich die dicken

Wollsocken über, die ihm seine Mutter einst gestrickt hatte, damit er nicht auf den kalten Dielen barfuß lief. Sie passten ihm nicht mehr, trotzdem zwängte er sich in sie hinein. Dann zog er sich seine Jeanshose sowie den warmen Pullover an und lief in die Küche. Er setzte sich an den Esstisch und wartete.

Leni war da, es würde nicht mehr lang dauern, bis sie ihm in die Küche folgen würde.

Plötzlich kicherte es hinter ihm.

Sein Herz schmolz, als er ihre gute Laune hörte.

Sie war immer voller Energie und Fröhlichkeit gewesen, sobald sie ihre Augen geöffnet hatte.

Dieses Mal zwang er sich nicht, sie zu ignorieren. Er würde sie auch nicht bitten, zu verschwinden, sondern aktiv dafür sorgen, dass sie dieses Haus verließ und nie wieder zurückkehrte.

Nur so funktionierte es, weil sie nicht von allein gehen würde.

»Was machen wir heute?«, fragte sie mit geröteten Wangen.

Er lächelte. »Ich kenne ein großartiges Spiel. Doch ich weiß nicht, ob es schon etwas für dich ist.«

»Bitte lass mich mitmachen. Ich bin schon groß!«, sagte sie mit überzeugter Stimme.

»Aber dafür braucht es ganz viel Mut.«

»Ich bin stark und tapfer.« Leni hob einen Arm und zeigte auf ihren Muskel. »Wie funktioniert es?«

»Ich würfle. Für jede Zahl habe ich eine andere Aufgabe. Die musst du dann erfüllen.«

Leni klatschte in die Hände und sprang in die Luft. »Oh ja, das ist lustig.«

Sie freute sich darauf, ohne zu wissen, dass es nur eine einzige Aufgabe gab, die er ihr bei egal welcher Zahl geben würde. Das Spiel diente einzig und allein dazu, sie endgültig loszuwerden.

Leni trat von einem Fuß auf den anderen. »Fang an.«

Er rollte den Würfel über den Boden. Sein Blick folgte den schnellen Drehungen.

Das Klackern hallte durch das Zimmer.

Schließlich lag die Sechs oben.

Ein leichtes Lächeln legte sich auf seine Lippen, als Leni aufsprang, kicherte und in die Hände klatschte. »Sechs! Welche schöne Aufgabe hast du für mich?«

Er antwortete nicht sofort, weil er eine seltsame Hitze in seiner Brust spürte. Es war, als würde erneut die Erinnerung in ihm aufflammen, die ihm das Herz gebrochen hatte.

Der Regen wurde stärker und prasselte lauter gegen das Fensterglas.

Er warf einen Blick hinaus auf den dunklen Wald hinter dem Haus.

Dieser schien ihn einzuladen und die schmerzhafte Erinnerung verschlucken zu wollen.

»Welche Aufgabe soll ich erfüllen?«, fragte Leni ungeduldig.

Er musste sich von der grausamen Vergangenheit befreien. Das ging nur, wenn sie fort war. Voller Schmerz schaute er zu Leni, die ihn noch immer lächelnd und mit leuchtenden Augen ansah. Er hatte lange über eine Aufgabe nachgedacht, die verhinderte, dass sie zurückkam. Er fühlte sich unwohl damit, doch etwas Besseres war ihm nicht eingefallen. »Du musst nach draußen in den Wald gehen«, sagte er. »Immer geradeaus, bis du zu einem alten Brunnen kommst. Ganz allein.«

Dieses Ziel war weit genug weg, dass sie den Weg zurück nach Hause nicht mehr finden würde.

Lenis Grinsen verblasste, für einen Moment flackerte in ihren Augen Verzweiflung auf. »Aber du kommst immer mit.«

»Es ist nur ein Spiel«, erwiderte er. »Du bist ein mutiges Mädchen und schaffst das ganz allein.«

»Ich habe Angst.«

»Das musst du nicht, weil dir nichts passieren kann.« *Ein Mensch kann nicht zweimal sterben.*

Leni nickte. Ihr Lächeln kehrte zurück, dieses Mal erfüllt von Stolz. »Nur ein Spiel«, flüsterte sie und drehte sich zur Tür. »Mir wird nichts passieren.«

Er sah ihr nach. Sein Herz krampfte schmerzhaft. Er wollte es herausreißen, weil er nicht noch einmal ertragen konnte, sie zu verlieren, doch so war es das Beste.

Minuten verstrichen.

Die Dunkelheit verdichtete sich, der Regen schlug heftiger gegen das Glas.

Er wartete, sehnte sich nach ihrer Rückkehr.

Aber das kleine Mädchen blieb verschwunden, verirrt im dichten Wald, vielleicht ertrunken in der kalten Schwärze des Brunnens.

Es war vorbei. Er spürte, dass sie dieses Mal weg war. Die Stille war kaum zu ertragen.

Er schaute aus dem Fenster und starrte in das dunkle Gehölz, das ihn zu beobachten schien. Es war feige gewesen, ein vierjähriges Mädchen ganz allein in den Wald zu schicken, doch er musste sich nur oft genug einreden, dass sie nur ein Hirngespinst war. Er hatte sie nicht wirklich dorthin geschickt.

Mit einem schmerzenden Druck in der Brust setzte er sich an den Küchentisch, an dem seine Familie viele schöne Momente erlebt hatte. Die Hände legte er flach auf die grobe Holzoberfläche, wo er ihren Namen eingeritzt und dafür eine Schelle von seinem Vater kassiert hatte. Er fuhr über die Gravur. Sein Atem stockte. Tränen sammelten sich in seinen Augen. Sein Magen zog sich zusammen, ein Knoten aus Trauer und Sehnsucht. »Leni …«, flüsterte er. Er schaute zu dem Regal, auf das er den Würfel gelegt hatte.

Das Teil, das Leni getötet hatte, als …

Er wollte nicht darüber nachdenken, weil er sonst wieder die schrecklichen Bilder sehen würde.

Ein Mensch konnte nicht zweimal sterben, doch es fühlte sich trotzdem so an.

9

29. September 2023

Anna fuhr durch die Dunkelheit und hatte es schwer, sich zu konzentrieren. Wie konnte sie auf die Idee kommen, mitten in der Nacht den Ort aufzusuchen, der vor vielen Jahren ihr Leben zerstört hatte? Seit dem Abend bei Lio war sie völlig außer sich, agierte nicht rational, weil sie ständig darüber nachdachte, was sich Lio bei diesem komischen Spiel gedacht hatte. Sie mochte ihn wirklich, er war ihr immer ein guter Freund gewesen, doch sein Verhalten vor zwei Tagen hatte sie fassungslos gemacht.

Seit sie den Umschlag geöffnet hatte, geisterten ihr Ex-Mann und die schlimmen Folgen dieser Beziehung ständig in ihrem Kopf herum. Jeder in ihrem Umkreis hatte sie aufs Schärfste verurteilt, weil sie diesen angeblich so wunderbaren Mann verlassen hatte, um mit einem mittellosen Musiker durchzubrennen. Doch niemand außer Lio kannte die Wahrheit über ihren Ex.

Es war schon einige Jahre her, dass sie ihrem Freund davon erzählt hatte. Sie hatten einen Thriller geschaut und Wein getrunken. Die Story hatte sie an ihre eigene Vergangenheit erinnert und sie hatte weinen müssen.

Lio hatte sie ausgequetscht und ihr gut zugeredet, dass es manchmal helfen würde, alles rauszulassen. Da ihre Angst und ihre Schuld sie gequält hatten, hatte sie sich ihm schließlich geöffnet. Sie war froh darüber, dass sie es getan hatte, denn so gab es wenigstens einen Zeugen, falls Sascha eines Tages bei ihr auftauchen und sie zum Schweigen bringen würde.

Wenn Sascha allerdings erfahren würde, dass auch nur eine einzige weitere Person von seinem Geheimnis wusste, würde sie sterben. Da war sie sich sicher.

Ihr stiegen Tränen in die Augen, weil sie sich noch immer dafür ohrfeigen konnte, dass sie auf den charmanten Typen hereingefallen war, ohne zu bemerken, dass in ihm der Teufel gesteckt hatte.

Mit neunzehn hatte sie Sascha kennengelernt. Ein charmanter, gut erzogener junger Mann, nur ein Jahr älter als sie. Sie hatten an derselben Universität studiert. Schon bei der ersten Begegnung war sie sofort in diese dunklen, geheimnisvollen Augen verliebt gewesen. Sie hatte kaum fassen können, dass er sich auch für sie interessiert hatte. Schnell waren sie zusammengezogen und hatten geheiratet.

Vom ersten Tag der Ehe an war die Beziehung für Anna zum Albtraum geworden. Der liebe, gutherzige Mann hatte sich in ein Monster verwandelt. Eifersüchtig, manipulativ und gewalttätig. Sie war durch die Hölle gegangen, doch niemand aus ihrer Familie und ihrem damaligen Freundeskreis hatte ihr je geglaubt. Für die war Sascha ein Gott. Alle hatten ihn angehimmelt, waren neidisch auf die Beziehung gewesen, weil er nach außen den wunderbaren Mann vorgespielt hatte. Er konnte jeden Menschen um den Finger wickeln.

Als Anna Carlos, einen Musiker aus den USA, kennengelernt hatte, war sie zum ersten Mal bereit gewesen, Sascha zu verlassen. Erst hatte sie sich über zwei Jahre heimlich mit Carlos getroffen, dann war ihre Liebe so stark gewesen, dass sie es nicht mehr länger hatte verheimlichen wollen. Sie hatte es ihrer Familie erzählt, sich von Sascha getrennt. An diesem Tag hatte sie ihre Familie und ihre alten Freunde verloren. Sie hatte nur noch Carlos gehabt.

»Bist du völlig durchgedreht?«, hallten die Worte ihrer Mutter noch immer in ihren Ohren. »Sascha hat dir alles geboten, wir haben ihn geliebt. Wie kann man so verblendet sein, sich auf einen Herumtreiber und Träumer einzulassen? Wir akzeptieren nicht, dass du dein schönes Leben mit Sascha für einen Möchtegern-Musiker aufgeben möchtest. Wenn du mit diesem Carlos zusammenbleibst, bist du für uns gestorben.«

Anna wischte sich die Tränen aus den Augen. Sie weinte nicht wegen der damals harschen Kritik ihrer Familie. Die konnte sie nicht mehr verletzen. Sie trauerte noch immer um Carlos und vermisste ihn jeden Tag. Er war der einzige Mensch gewesen, der sie geliebt hatte, bei dem sie immer sie selbst hatte sein können. Bis zu seinem Tod, über den sie weiterhin schweigen musste, sonst würde sie selbst bald nicht mehr am Leben sein, hatte sie die schönste Zeit ihres Lebens gehabt. Nur mit ihren

Freunden Stefanie, Lio, Andreas und Jannes schaffte sie es inzwischen, stark zu sein. Sie hatten ihr Leben wieder lebenswert gemacht.

Ein lautes Hupen riss sie aus den Gedanken. Scheinwerfer eines herannahenden Autos erfassten ihr Gesicht und blendeten sie grell.

Das Auto kam immer näher, als steuerte jemand absichtlich auf sie zu, um sie zu rammen.

Panik jagte durch ihre Adern. »Was soll das?«

Die Lichter des heranfahrenden Autos ließen den nassen Asphalt zu einem schimmernden Fluss werden.

Ihr Herz hämmerte immer lauter, weil der Fahrer keine Anstalten machte, die Spur zu wechseln. Als der immer näherkam, riss sie in einem Anfall roher Verzweiflung das Lenkrad herum.

Das Quietschen der Reifen vermischte sich mit einem metallischen Kreischen. Ihr Auto war gegen etwas Hartes gekracht.

Anna schaute aus dem Seitenfenster und sah eine Leitplanke. Ihre Gedanken wirbelten wild umher. *Warum ist mitten auf der Fahrbahn eine Leitplanke?* Sie rang nach Luft. Ein heftiger Schmerz schoss wie ein Messer in ihren Kopf, das mit voller Wucht auf sie einstach. Etwas Warmes rann ihre Oberlippe hinunter. Sie tastete danach. Es war Blut. Ängstlich blickte sie in den Rückspiegel. Ein Schauer kroch ihr den Rücken hinauf, ließ ihre Finger erstarren und ihre Kehle eng werden.

Eine dunkle Gestalt schälte sich aus der Dunkelheit und bewegte sich auf sie zu.

Ihr Atem stockte. Instinktiv tastete sie nach ihrem Handy, während sie die Gestalt nicht aus den Augen ließ. *Ruf die Polizei!* Sie würde definitiv den Führerschein verlieren, weil sie Alkohol getrunken hatte. Aber vielleicht würden die Beamten sie retten. Trotz aller Warnungen in ihrem Körper blieb sie einfach sitzen und beobachtete den Umriss der Person.

Die Gestalt kam näher.

Hatte dieser Mensch sie absichtlich von der Straße gedrängt, um sie zu töten? War es Sascha?

»So ein Unsinn«, sagte sie zu sich selbst.

Diese Horrorvorstellung war nur Lios schuld. Mit seinem komischen Spiel hatte er sie durcheinandergebracht.

Als im schummrigen Licht das Gesicht der Person auftauchte, erkannte sie, dass es sich um einen ihr fremden Mann handelte. Der hob die Hände. »Ich will Ihnen keine Angst einjagen, deshalb bleibe ich hier stehen. Ist alles in Ordnung bei Ihnen?«

Ihr Herzschlag wollte sich nicht beruhigen.

War sein nettes Getue eine Falle?

Sie wusste nicht, ob sie ihm antworten sollte.

»Benötigen Sie einen Krankenwagen?«, rief er. Es machte nicht den Anschein, dass er ihr etwas antun wollte.

Anna erklärte sich noch einmal, dass sie nur durcheinander war und keine Gefahr zu erwarten hatte. Dann nahm sie ihren Mut zusammen, öffnete die Tür und stieg aus, blieb aber am Auto stehen, um schnell wieder hineinspringen zu können. »Mir geht es gut, ich brauche keinen Arzt.« Erst da erkannte sie, dass sie gar nicht auf ihrer Seite der Fahrbahn stand. Hatte sie sich etwa gedreht? Sie war orientierungslos und konnte sich nicht mehr recht erinnern. Hatte sie ein wenig zu viel Alkohol eingeschenkt, als sie sich Mut angetrunken hatte, um an Carlos' geheimes Grab zu fahren?

»Sie bluten, vielleicht sollten wir einen Krankenwagen rufen.«

»Nein, schon gut. Ich habe mir nur die Nase gestoßen.« Wenn sie den Notruf wählen würde, würde auch die Polizei eingeschaltet werden und dann wäre sie ihren Führerschein los. Den brauchte sie aber für ihren Job als Versicherungskauffrau, um zu den Kunden zu kommen. Außerdem wollte sie einfach schnell zurück nach Hause.

Der Mann blickte zu ihrem Auto und zurück zu ihr. »Sie sind direkt auf mich zugefahren. Haben Sie mich nicht hupen gehört? War Ihnen schlecht?«

Ein Zittern durchfuhr sie. »Es tut mir sehr leid. Ich war in Gedanken und sehr unvorsichtig. Ist Ihnen etwas zugestoßen oder ist ihr Auto kaputt? Möchten Sie die Polizei rufen?« Innerlich betete sie, dass er darauf verzichtete.

»Nein, das ist nicht nötig. Mir und meinem Auto ist nichts passiert. Aber Sie brauchen Hilfe, oder? Der Wagen ist an der Seite ordentlichen demoliert. Soll ich Sie abschleppen oder mit Ihnen auf einen Abschleppdienst warten?«

Es war nett gemeint, dass er Anna nicht mutterseelenallein auf der verlassenen Straße stehen lassen wollte, doch sie brauchte gerade Ruhe, um sich zu sammeln.

»Vielen Dank für Ihr Angebot, ich komme zurecht. Ich kann meine Freunde anrufen, sollte das Auto nicht mehr fahren. Und ich bitte Sie noch einmal vielmals um Entschuldigung.«

»Passen Sie besser auf, Sie haben großes Glück gehabt.« Der Mann lief zurück zu seinem Auto und fuhr davon.

Anna atmete erleichtert aus. Sie schaute sich den Schaden am Auto an.

Die Delle im Auto war nicht zu übersehen. Doch Gott sei Dank war nicht mehr passiert.

Sie hoffte, dass ihr niemand entgegenkam, vor allem nicht die Polizei. Bis nach Hause hatte sie es nicht weit und die Idee, Carlos' Grab zu besuchen, verwarf sie wieder. Sie setzte sich ans Steuer und atmete erneut erleichtert aus, als der Motor ganz normal startete. Schnell schaute sie sich um, drehte und fuhr los. Zu Hause würde sie es in der Garage verstecken und am nächsten Morgen in Ruhe darüber nachdenken, was sie tun würde.

Das laute Klingeln ihres Handys ließ sie zusammenfahren. »Meine Güte, ich dreh heute noch durch.« Sie drückte am Lenkrad den Schalter der Freisprechanlage. »Hallo?«

Es rauschte.

»Hallo?«, rief sie lauter.

Weiterhin nur lautes Rauschen.

»Wer ist da?«, fragte sie etwas zögerlicher, weil ein ungutes Gefühl sie überfiel.

»Hallo Anna.«

Sie riss die Augen auf. Ein eiskalter Schauer lief ihr den Rücken hinunter. »Sascha«, krächzte sie.

»Du klingst schockiert, mich zu hören.«

Sie räusperte sich und straffte die Schultern. »Was willst du von mir? Und woher hast du meine Nummer?« Sie hatte versucht, möglichst kühl zu klingen, damit er ihre Angst nicht heraushören konnte.

»Ich bin beleidigt, dass du meine Kompetenzen so unterschätzt. Glaubst du wirklich, dass ich dich nicht finden würde? Du hättest wohl lieber in ein anderes Land auswandern sollen. Bis jetzt wollte ich dich nur nicht suchen, um meine schmerzvolle Vergangenheit mit dir zu vergessen. Schließlich hast du mir das Herz gebrochen und dann einen Mörder aus mir gemacht. Aber heute hatte ich einen sehr merkwürdigen Anruf von einem Mann.«

Anna konnte kaum atmen.

Hatte Lio etwa Sascha kontaktiert?

Schnell schüttelte sie den Kopf. Das wollte sie nicht glauben, so einen Verrat traute sie ihrem Freund nicht zu. »Ich weiß nicht, wovon du redest.«

»Bist du sicher, dass unser kleines Geheimnis bei dir noch gut aufgehoben ist? Dieser Typ hat stark danach geklungen, als kenne er es.«

»Ich habe niemandem erzählt, dass du den Mann, den ich geliebt habe, getötet hast.« In ihrer Kehle schwoll ein Kloß an, wenn sie an Carlos' leblose Augen dachte. »Was hat der Anrufer erzählt?«

»Er sagte, dass er weiß, was ich getan habe. Es gibt nur eine Sache, die für mich da infrage käme, und die wäre, dass du mich zum Mörder gemacht hast. Ich habe dich gewarnt, was passiert, wenn du mich verrätst.«

Anna zitterte. Sie fuhr an die Seite und stellte das Auto ab. »Du hast Carlos umgebracht«, schrie sie mutig. »Ich habe dich niemals dazu angestiftet, ich habe ihn geliebt.«

»Du warst meine Ehefrau und hast mich betrogen. Nur deshalb bin ich zu dem Monster geworden. Es wird Konsequenzen haben, dass du andere Menschen einge-weiht hast.«

Der Kloß in Annas Hals wuchs, sie konnte kaum atmen. Der Schmerz und die Angst von damals waren wieder präsent. Sie konnte nicht fassen, dass Lio so weit gegangen war. »Ich schwöre dir, ich habe niemandem davon erzählt«, log sie.

»Das kann ich nach diesem Anruf nicht glauben.«

Anna überlegte verzweifelt, wie sie Sascha beruhigen konnte. »Ich bin nicht so leichtsinnig. Wenn ich es jemanden erzählt hätte, hätte ich mich doch selbst verraten. Schließlich habe ich den Mord nicht gemeldet.«

»Ich vertraue dir nicht und werde dafür sorgen, dass du niemandem mehr etwas erzählen kannst. Du weißt doch, ich habe Beweise dafür, dass du Carlos getötet hast. Ich werde sie der Polizei geben, dann wanderst du in den Knast, wo du hingehörst. Das hätte ich damals schon tun sollen.«

Im Gefängnis wäre sie sicherer, als wenn sie Sascha in die Hände geraten würde. Trotzdem wollte sie ihn nicht provozieren, weil sie keine Ahnung hatte, ob er nicht noch ein weiteres Ass in der Hand hatte. »Bitte glaube mir, ich habe es niemandem erzählt«, sagte sie deshalb. »Der Anruf kann nur ein Irrtum sein, vielleicht hat dieser Typ eine falsche Nummer gewählt.«

Es klackte und die Leitung war tot.

Annas Herz raste. Sie war wie paralysiert, weil Lio so etwas Schreckliches getan hatte.

Er wusste, was für eine Angst sie vor ihrem Ex-Mann hatte.

Sie wählte Lios Nummer.

Nach dem fünften Freizeichen sprang die Mailbox an.

»Ich habe gedacht, wir wären Freunde. Warum hast du Sascha angerufen? Er wird mich töten. Du bist ein Monster.« Sie legte auf. Ihr Herz setzte aus, als Sekunden darauf ihr Handy klingelte. Doch es beruhigte sich schnell, denn *Andreas* stand auf dem Display. »Gut, dass du anrufst«, sagte sie.

»Alles okay? Du hörst dich verweint an.«

Annas Panik vor Sascha war so groß, dass sie entschied, reinen Wein einzuschenken. Schließlich wusste sie auch Andreas' Geheimnis. Er war ihr Freund, sie musste sich jemandem anvertrauen. »Ich habe solche Angst.« Schluchzend berichtete sie Andreas, was gerade vorgefallen war. Sie erzählte ihm, wie Sascha Carlos im Streit getötet hatte und dass dessen Leiche noch immer nicht gefunden worden war.

Nach Carlos hatte nie jemand gesucht, weil er niemanden in Deutschland gekannt hatte. Keiner außer ihr vermisste ihn.

»Du meine Güte. Wo bist du gerade? Ich fahre sofort zu dir«, sagte Andreas aufgebracht.

»Im Auto, in zehn Minuten bin ich zu Hause. Du brauchst nicht kommen, dort bin ich sicher. Es sei denn, Lio hat Sascha auch meine Adresse verraten.«

»Warum denkst du, dass es Lio war?«

Anna schluckte. »Weil er der einzige Mensch ist, dem ich je von diesen Ereignissen erzählt habe.«

»Den knüpfe ich mir vor. Aber erst einmal sollten wir die Polizei rufen. Sascha hat dir gedroht.«

»Nein, bitte nicht. Ich habe jahrelang einen Mord verheimlicht, ich werde dafür mit in den Knast gehen. Außerdem wird er alles auf mich schieben, er hat Beweise manipuliert, durch die jeder denken könnte, ich hätte Carlos getötet. Er hat Gespräche aufgenommen und sie so geschnitten, dass es sich anhört, als hätte ich diesen Mord begangen. Außerdem hat er Fotos davon, wie ich Carlos begraben habe. Dabei hat er mich dazu gezwungen.«

»Ich verstehe dich ja, ich verheimliche meine schreckliche Tat ja auch seit Jahren aus Angst vor Konsequenzen. Aber was ist, wenn er wirklich vor deinem Haus auf dich lauert? Bestimmt kann die Polizei herausfinden, dass die Bilder manipuliert sind.«

Anna überkam eine Gänsehaut. »Nein, ich lasse mich nicht einschüchtern. Sascha war immer ein Meister darin, Menschen von seiner Meinung zu überzeugen. Er hat außerdem einen Freund bei der Kripo, der ihm glauben wird. Ich bin vorsichtig und fahre jetzt heim. Bestimmt wird er nicht dort auftauchen. Er wollte mich mit dem Anruf nur warnen und mir verdeutlichen, wozu er fähig ist.«

»Ich mache mir echt Sorgen. Lio hat uns alle in eine unmögliche Lage gebracht. Darf ich Jannes und Stefanie einweihen? Dann kommen wir zu dritt und passen auf dich auf. Wir sind Freunde, wir können doch aufeinander zählen.«

Anna schluckte. Je mehr Menschen davon wussten, desto größer war die Gefahr, dass ihr Geheimnis eines Tages doch herauskam.

Aber Andreas hatte recht damit, dass sie sich gegenseitig unterstützen konnten. Offenbar hatten sie alle etwas verschwiegen und waren in Gefahr, dass ihre Geheimnisse ans Licht kamen. Wenn sie zusammenhielten, waren sie stärker.

»Bist du sicher, dass die beiden es für sich behalten?«, fragte sie, um ihre letzten Zweifel auszuräumen.

»Natürlich. Mit Stefanie bin ich so vertraut, ich würde meine Hand für sie ins Feuer legen. Und Jannes war genau wie wir fassungslos darüber, was Lio getan hat. Er steht bestimmt zu uns. Außerdem muss ich sie warnen, denn wenn Lio deinen Ex angerufen und ihm gesteckt hat, dass er dein Geheimnis kennt, wird er auch die Menschen kontaktieren, denen wir in der Vergangenheit geschadet haben. Damit sie die Gefahr begreifen, in die uns Lio bringen könnte, sollten sie wissen, was du damals durchgemacht hast. Mein Geheimnis ist nun schon raus. Auch Jannes und Stefanie werden uns alles erzählen, da bin ich sicher.«

»Du hast recht, erzähle es ihnen.« Anna fröstelte es, inzwischen war ihr Auto abgekühlt. Außerdem stand sie ungünstig. »Ich fahre jetzt erst einmal nach Hause.«

»Ruf mich sofort an, wenn du da bist.«

»Ich melde mich.« Anna legte auf und setzte ihren Weg fort. Sie war heilfroh, als sie endlich ihr Haus sah. Als sie in die Einfahrt bog, drückte sie das Lenkrad so fest, dass ihre Knöchel weiß hervortraten.

Die Scheinwerfer streiften die Wände der Garage.

Sie stellte den Motor ab.

Das Tor hinter ihr summte und schloss sich langsam.

Beklemmung legte sich über ihre Haut. Sie atmete tief durch und versuchte, die unheimliche Stimme ihres Ex-Mannes aus ihrem Kopf zu jagen. Seine Drohung hatte sich jedoch wie ein Nachbeben in ihren Gedanken festgesetzt und ließ sich nicht verdrängen. Ihre Hand verharrte am Zündschlüssel, während sie sich umschaute. In ihrem Nacken kribbelte es.

Es war nichts und niemand zu sehen.

Anna lachte auf, weil diese Situation aus einem Thriller stammen könnte, so absurd war sie, doch das Lachen klang falsch. Sie streckte den Rücken und griff nach ihrer Tasche. *Es ist nichts. Reiß dich zusammen.* Sie öffnete die Autotür und versuchte dabei, so leise wie möglich zu sein. Der Geruch von Öl und Abgas umfing sie, als sie ausstieg. Ihr Blick wanderte zu der kleinen Verbindungstür, die ins Haus führte. Der Gedanke, dass hinter dieser Sascha lauerte, schoss ihr durch den Kopf, doch sie schüttelte ihn sofort wieder ab. *Er weiß nicht, wo du wohnst! Das war nur eine Drohung, weil er sauer ist.* Die Überlegung beruhigte sie jedoch nicht wirklich.

Sie öffnete die Verbindungstür und betrat den kleinen, schmalen Flur mit flatterndem Herzen.

Die Stille in dem leeren Haus fühlte sich drückend an. Es war, als hätte es den Atem angehalten, weil es gleich Zeuge eines grausamen Verbrechens werden würde.

Warum verschwindest du nicht einfach? Anna schüttelte den Kopf. Sie wollte sich nicht aus ihrem Haus jagen lassen. Langsam schob sie die Tür hinter sich zu und blinzelte in die Dunkelheit.

Das Mondlicht sickerte fleckig durch das Küchenfenster. Der Raum lag vor ihr wie eine unheilvolle Gefahr.

Ihr Herz schlug bis zum Hals. Sie würde in dieser Nacht kein Auge zutun, sie wollte auf keinen Fall allein bleiben. Zu groß war ihre Angst. Deshalb entschied sie, ein paar Sachen einzupacken und zu Stefanie zu fahren.

Schnell schrieb sie Andreas eine SMS und informierte ihn über ihr Vorhaben.

Andreas antwortete prompt.

Bitte melde dich, wenn du bei Stefanie ankommst.

Plötzlich spürte Anna eine Kälte, so als wäre jemand anwesend, doch nicht zu greifen. Ihr Magen krampfte sich zusammen, ihr Körper spannte sich an. *Ich brauche keine Sachen. Es ist wichtiger, dass ich schnell verschwinde.* Sie wich einen Schritt zurück in Richtung Garage. Als sie sich umdrehte, um ins Auto zu fliehen, lag vor ihr auf dem Betonboden ein Schatten.

Es war nicht ihrer.

Ihr Atem stockte.

Der Schemen bewegte sich langsam.

Ein leises Schaben ertönte hinter ihr.

Adrenalin schoss durch ihre Adern. Sie musste zum Auto rennen, doch ihre Beine gehorchten nicht.

Der Schatten ergoss sich über sie und wurde eins mit ihrem.

Plötzlich packte sie jemand am Arm und zog sie nach hinten.

Anna schrie, wand sich, schlug um sich. Sie trat nach hinten und vernahm ein tiefes Stöhnen, als sie etwas Hartes traf. Also kickte sie gleich noch einmal mit mehr Kraft zu.

Der Griff lockerte sich und es krachte.

Hastig drehte sie sich um.

Eine schwarzvermummte Gestalt lag in dem Gerümpel, das sie in der Garage lagerte. *RENN!*, schoss es ihr in den Kopf. Anna wirbelte herum, drückte auf die Bedienung des Tors und sprintete in diese Richtung.

Es fühlte sich an, als benötigte es ewig, bis es sich bewegte.

Sobald es ein Stück auf war, beugte sie sich nach unten, um hinauszulaufen.

Vor der Garage stand ein Auto, dessen Scheinwerfer sie grell blendeten, und sie konnte nicht sehen, wo sie lang musste, um nicht irgendwo davor zu laufen. *Hau einfach in irgendeine Richtung ab.*

Kaum war sie draußen, packte die Gestalt ihre Haare und zog sie nach hinten.

Ihr Nacken knackte. Sie griff nach oben, krallte ihre Finger in die kalte Haut der Person, riss und kratzte daran, um sich zu befreien. Der keuchende Atem des Angreifers in ihrem Ohr bereitete ihr eine Gänsehaut. War das Sascha?

Noch einmal schaffte Anna es, sich loszureißen. Da sie kaum Luft bekam, scheiterte ihr Versuch, um Hilfe zu schreien. Sie eilte los, rutschte jedoch auf dem Schlamm vor ihrer Tür aus.

Plötzlich explodierte ein stechender Schmerz in ihrem Schädel. Funken tanzten vor ihren Augen.

Ein schweres Gewicht drückte auf sie, der Angreifer zog ihre Arme nach hinten.

Sie legte den Kopf ab, weil sie keine Kraft mehr hatte, sich zu wehren. Der modrige Geruch von nassem Moos und Erde kroch ihr in die Nase. Dann wurde es dunkel.

10

30. September 2023

Lio stand geduldig in der Schlange in der Bank und fragte sich, warum ausgerechnet an diesem Tag so viele Menschen an einen Schalter wollten. An der Hand hielt er seine kleine Tochter Greta, die unruhig daran zog.

»Papa, wann sind wir fertig?«

»Gleich, mein Schatz. Bitte sei noch einen Augenblick geduldig. Danach gehen wir beide auch ein Eis essen, einverstanden?«

Gretas Augen strahlten ihn an. Sie grinste bis über beide Ohren, nickte und legte sich den Zeigefinger auf die Lippen.

Ein lauter Knall ließ Lio erstarren.

»Alle nehmen die Hände hoch, niemand bewegt sich, sonst schieße ich.«

In Lio brannte eine heiße Welle.

Wurde gerade wirklich die Bank überfallen, in der er mit seiner kleinen Tochter stand? Aktuell sprengten die Kriminellen doch eher Geldautomaten nachts im Schutz der Dunkelheit.

Doch das Wimmern und Schluchzen um ihn herum bewies, dass es die Realität war.

»Alle Hände hoch!«, schrie die männliche bedrohliche Stimme.

Seine Tochter krallte sich an Lios Bein fest und versteckte sich. »Papa, ich habe Angst.«

»Schon gut, meine Süße. Mach mir einfach alles nach und sei ganz still.« Er hob die Arme und drehte sich langsam zu dem Bankräuber um.

Greta gehorchte.

Lio beobachtete aus dem Augenwinkel, wie sich der Wachmann von hinten an den Räuber anschlich. Schnell schaute er weg, damit der maskierte Mann nicht misstrauisch wurde.

Mit einem Satz sprang der Wachmann auf den Bankräuber und versuchte, den Arm, in dem dieser die Waffe hielt, nach hinten zu ziehen.

Ein Knall. Schreie. Alarm.

Lio stand einfach nur da und beobachtete das Geschehen. Er begriff nicht, woher der Knall gekommen war.

Der Wachmann lag am Boden. Auf seinem weißen Hemd bildete sich ein Blutfleck.

Der Täter fluchte laut, doch Lio verstand nicht, was genau er sagte, er erkannte es nur an der Stimmlage.

Dann stürmte die Polizei das Gebäude.

Lio schaute zu seiner Tochter, die sich auf den Boden gelegt hatte. Er hockte sich hinunter. »Komm, Greta, wir gehen nach Hause. Ich erledige die Überweisung an einem anderen Tag.«

Doch seine Tochter regte sich nicht. Ihre Augen waren geschlossen.

Erst da sah Lio, dass ihr gelber Pullover blutdurchtränkt war. Er zog ihn hektisch hoch und entdeckte eine Wunde, aus der Blut sickerte. Schnell drückte er sie ab. »Hilfe!«, schrie er. »Sie ist getroffen, ich brauche einen Arzt. Bitte helfen Sie mir.«

Ein Polizist stürzte auf ihn zu und fühlte den Puls seiner Tochter. »Einen Notarzt, schnell.«

Ein Rettungsteam eilte auf Lios Tochter zu.

Der Polizist zog ihn zur Seite. »Die Sanitäter kümmern sich um die Kleine.«

Wie gelähmt hockte Lio am Boden und schaute zu, was mit seiner Tochter geschah.

Jemand drückte auf ihrer Brust herum. Eine andere Person spritzte ihr etwas in den Arm.

Doch all das nahm Lio nur durch eine Glocke wahr. Er konnte nicht mehr atmen, sich nicht bewegen, nicht sprechen.

Nach einer Weile stoppte der Notarzt die Wiederbelebung und schüttelte kreidebleich den Kopf. Er kam auf Lio zu. »Es tut mir sehr leid. Die Verletzung war zu stark, wir konnten nichts mehr für Ihre Tochter tun.«

Lio hatte vernommen, was der Arzt gesagt hatte, doch er starrte weiter auf den leblosen Körper seines Kindes. Er konnte sich noch immer nicht bewegen. Es war bestimmt nur ein Albtraum, dass ein Mann ein kleines Mädchen in einer Bank erschoss.

Plötzlich drang ein dumpfes Hämmern in seinen Kopf, das immer lauter und schneller wurde. Er griff sich an den Schädel, der wie wild pochte. »Ah, verdammt tut das weh.« Vorsichtig blinzelte er ins Dunkle, schaffte jedoch nicht, seine Augen ganz zu öffnen. Hatte der Täter auch ihn getroffen? Er schüttelte sich, blinzelte noch einmal und schaffte es dann auch, seine Augen zu öffnen. Er lag in seinem Bett. Erleichtert atmete er aus. Es war nur ein Traum gewesen. Er schluckte den vielen Speichel, der sich scheinbar in seinem Mund gesammelt hatte, hinunter. Seine Zunge fühlte sich an, als hätte er Sandpapier gefressen. »Boah, ist das widerlich.«

Das Hämmern hielt weiter an.

Nach einigen Sekunden begriff er, dass es von draußen kam. Er konnte aber noch nicht ausmachen, von wo es hereindrang.

Sein Herz raste noch immer von dem grausamen Traum. Seine Augen waren feucht. Sofort schoss ihm das grausame Bild in den Kopf, wie Greta blutüberströmt am Boden der Bankfiliale lag. Obwohl er mittlerweile wusste, dass es nur ein Traum war, würde er trotzdem als erstes Helena anrufen und fragen, ob alles okay bei ihr und den Kindern war.

Lio massierte sich die Schläfen und versuchte, sich aufzusetzen, um nach seinem Handy zu suchen. Ein verkrampftes Stöhnen entwich seiner Kehle, als ein stechender Schmerz seine Rippen durchzog. Er wischte sich über das Gesicht und wunderte sich, dass sich seine Haut klebrig anfühlte.

Krampfhaft überlegte er, was er am Vortag getan hatte.

Er wusste noch, dass er zu seinem Nachbarn Jürgen gegangen war, weil er mit ihm über den Vorfall vor ein paar Tagen hatte reden wollen. Solch ein körperlicher Angriff durfte nicht wieder passieren.

Jürgen hatte ihm aber nicht geöffnet. Lio hatte eine ganze Weile vor dem Haus gewartet, doch niemand war gekommen.

Also war er frustriert nach Hause gegangen. Dort hatte er noch einmal versucht, einen seiner Freunde zu erreichen, um mit ihnen über das Spiel zu sprechen.

Jannes reagierte seit Tagen überhaupt nicht auf seine Anrufe. Die anderen waren nicht bereit, mit Lio zu reden und wimmelten ihn immer ab.

Deshalb hatte er sich wieder einmal einen Whisky eingeschenkt. Von da an war seine Erinnerung weg. So wie es sich anfühlte, hatte er die ganze Flasche geleert.

Mit einer vorsichtigen Bewegung des Kopfes blickte er an sich herab.

Auf seinem Hemd prangten dunkle Flecken und an seinen Armen klebte ein brauner Schmutzfilm. Der Geruch von Erde und Schweiß stieg in seine Nase, als hätte er sich in der Nacht im Schlamm gewälzt. Und woher kamen die Schmerzen in seiner Flanke?

Er griff nach dem Handy auf dem Nachttisch und wählte Helenas Nummer, doch er kam überhaupt nicht durch. Es gab nicht mal ein Freizeichen.

Wahrscheinlich war sie mal wieder mit den Kindern bei ihrer Stiefmutter im Wald unterwegs, wo sie keinen Empfang hatte.

Lio ärgerte sich, dass sie keine Mailbox einrichtete, damit er etwas draufsprechen konnte. Aber er beruhigte sich damit, dass Helena ihm mit Sicherheit Bescheid gegeben hätte, wenn irgendwas nicht in Ordnung wäre.

Das Klopfen von draußen wurde drängender. Dann ertönte die Türklingel, bevor das Hämmern erneut einsetzte.

Lio begriff nun, dass es von der Haustür kam. Er schwang die Beine aus dem Bett, setzte sich zuerst mühsam auf und stellte sich dann langsam hin. Alles drehte sich, seine Knie gaben beinahe nach und er stützte sich mit zitternden Händen am Bettgestell ab. Sein Magen rebellierte, er unterdrückte jedoch das Würgen, denn wenn er kotzen würde, würde er nicht mehr aufhören können. Mit brennenden Augen schleppte er sich durch das Chaos seines Schlafzimmers. Er wusste nicht mehr, wie er überhaupt dort hingekommen war.

Überall lagen dreckige Kleidungsstücke und leere Flaschen herum, was ihn etwas besorgte, da er nicht im Geringsten wusste, was er veranstaltet hatte. Es sah aus, als hätte er eine wilde Party gefeiert.

Ein verschwommenes Bild tauchte vor seinem inneren Auge auf, er erinnerte sich an Umrisse von Personen und Lichter. Stimmen drangen undeutlich in seine Ohren und ein stechender Geruch in die Nase. Doch sein Kopfschmerz hinderte ihn daran, in den Erinnerungen zu graben.

Er wankte in den Flur und stieß ständig gegen die Wand, weil ihm das Geradeauslaufen schwerfiel.

Wieder hämmerte jemand gegen die Tür.

»Verdammt, Lio, mach endlich auf!«, schrie Andreas.

Lios Herz raste. Er legte sein Handy auf dem Flurschrank ab und griff zitternd nach der Klinke.

Sein Freund klang, als würde er ihm am liebsten die Fresse polieren.

»Was ist denn los?«, fragte Lio zögerlich.

»Öffne die Tür, wir müssen mit dir reden.«

»Wer ist außer dir noch hier?«

»Jannes ist auch da. Mach auf, verdammt noch mal. Es eilt.«

Dass Jannes dabei war, beruhigte Lio. Der würde bestimmt eingreifen, sollte Andreas auf ihn losgehen, so wie er es bei Jürgen getan hatte. Langsam öffnete Lio die Tür. Er schaffte es nicht mal, sie ganz aufzumachen, da flog sie auf und er wurde nach hinten gestoßen.

»Was hast du getan?«, brüllte Andreas ihn an und bäumte sich mit geballten Fäusten vor ihm auf.

Lio war perplex, er wusste nicht, wovon sein Freund sprach. Eine Faust krachte mitten in sein Gesicht.

»Wo ist Anna? Was hast du ihr angetan?«

Jannes, der hinter Andreas getreten war, packte diesen und zog ihn weg. »Beruhige dich. Wenn du ihn bewusstlos schlägst, kriegen wir nichts aus ihm heraus.«

Lio hielt sich die blutende Nase. »Seid ihr völlig durchgedreht? Was soll der Aufstand?« Er richtete sich auf und lehnte sich an die Wand.

Andreas stellte sich erneut bedrohlich vor Lio. »Du hast Annas Ex-Mann angerufen und ihm erzählt, dass du von seinem kleinen Geheimnis weißt. Und jetzt ist sie verschwunden.«

»Was?« Lio riss die Augen auf. »Das würde ich niemals tun. Ich weiß doch, wie viel Angst sie vor ihm hat.«

»Wer soll es denn sonst gewesen sein?«, brüllte Andreas und kam Lio dabei wieder gefährlich nah. Speichel war ihm ins Gesicht geflogen. »Du warst bis letzte Nacht der Einzige von uns, dem sie das Geheimnis anvertraut hatte.«

Das stimmte.

Lio wurde eiskalt.

Wer hatte Annas Ex-Mann kontaktiert?

»Was ist gestern passiert, bevor sie verschwunden ist?«

»Am Abend hat sie mich voller Verzweiflung angerufen. Sie hat mir erzählt, weshalb sie solche Angst vor ihrem Ex hat und was damals passiert war. Sie hat geschworen, dass sie niemanden außer dich eingeweiht hat, also kannst nur du ihr den Ex auf den Hals gehetzt haben.«

Lio schluckte schwer und versuchte erneut krampfhaft, sich zu erinnern. Was hatte er getan, nachdem er gesoffen hatte? Doch egal, was es gewesen war, er hätte niemals seine Freundin verraten. »Ihr liegt völlig falsch, ich habe ihren Ex nicht gesprochen. Vielleicht ist alles nur ein großes Missverständnis.«

Andreas lief wie ein wildgewordener Tiger auf und ab. Er strich sich wiederholt durch das Haar und wischte sich über das Gesicht. So kreidebleich hatte Lio ihn noch nie gesehen.

Die Situation war angespannt und auch bei Lio machte sich Sorge breit, aber gleichzeitig notierte er sich diese Szene im Kopf, denn er konnte die Reaktionen, wie seine Freunde mit ihrer Vergangenheit umgingen, in seinem

Buch verwenden. So würde er die Geschichte authentisch machen.

An erster Stelle jedoch stand seine Freundin. Warum war sie verschwunden? War sie womöglich weggelaufen, wie es Jannes seit Jahren tat?

»Wieso glaubt ihr denn, dass Anna etwas zugestoßen ist?«, fragte Lio. »Vielleicht versteckt sie sich nur.«

Jannes schüttelte den Kopf. »Anna war gestern unterwegs, als ihr Ex angerufen hat. Dann wollte sie zu Stefanie fahren. Andreas hat sie gebeten, dass sie ihm Bescheid gibt, sobald sie dort ankommt, aber sie hat sich nicht mehr gemeldet.« Jannes funkelte Lio an.

Eine heiße Welle durchfuhr ihn. Er wollte zum Sofa gehen, musste jedoch an der Wand stehen bleiben, weil er Gefahr lief, umzukippen.

Jannes zog eine angewiderte Grimasse.

»Und nun glaubt ihr, dass ihr Ex sie geholt hat? Er weiß doch gar nicht, wo sie wohnt.«

»Vielleicht hast du ihm das ja auch verraten. Sie ist nicht zu Hause.« Andreas stürzte wieder auf ihn zu.

Jannes hielt ihn aber auf.

Sicherheitshalber trat Lio einen Schritt zurück, blieb aber an der Wand. »Vielleicht schläft sie. Wartet doch noch ein paar Stunden.«

»Wir waren drin«, erwiderte Jannes. »Andreas hat mich gerufen, weil er sie nicht mehr erreicht hat und sie gestern Nacht auch nicht aufgemacht hat. Ich bin deshalb heute Morgen sofort zu ihrem Haus gefahren. Ihr Auto ist völlig demoliert. Die Eingangstür stand offen. In der

Küche lagen ihre Handtasche, Scherben einer Vase und ihre Jacke auf dem Boden. Es sah aus, als hätte es einen Kampf gegeben.«

Fast automatisch fasste sich Lio an seine Flanke, die sich anfühlte, als hätte er sich geprügelt. »Ihr Handy ist aus?«

»Es war in der Küche auf dem Tisch.« Jannes legte die Hände auf Lios Schultern. »Bitte sag uns die Wahrheit.«

Lio schluckte. Er wusste nicht, was die Wahrheit war.

»Wo ist dein Handy? Sehen wir nach, ob du diesen Sascha angerufen hast«, sagte Andreas, der weiterhin vor Wut kochte.

Lio blickte sich um. »Leute, bitte. Ihr traut mir doch nicht wirklich zu, dass ich den Typen auf Anna gehetzt habe, oder? Ich gestehe, dass dieses Spiel nicht mein bester Einfall war und dass ich euch damit auf den Schlips getreten bin. Aber nachdem ihr alle weg wart, habe ich nichts mehr getan, was mit eurer Vergangenheit zusammenhängt.«

»Was hast du gestern Nacht gemacht?«

Lio seufzte. »Ich wollte zu Jürgen, um mit ihm zu sprechen, doch er war nicht daheim. Dann habe ich mich in mein Wohnzimmer gesetzt und es nicht wieder verlassen.« Dass er einen Filmriss hatte, behielt er für sich.

»Wer soll dir abnehmen, dass du nur zu Hause warst? Du siehst eher aus, als hättest du dich in Dreck gesuhlt«, knurrte Andreas. »Erkläre uns, wo du dich rumgetrieben hast.«

Lio konnte nichts darauf erwidern, weil er es nicht wusste. Trotzdem wollte er sich verteidigen. »Ich habe etwas getrunken und bin gestürzt. Mehr steckt nicht dahinter.«

Andreas lief wieder im Wohnzimmer auf und ab und schaute sich auf den Schränken um.

Lio schaute Jannes flehend an.

»Ich kann dir das nicht abnehmen«, sagte sein bester Freund.

Es hatte keinen Sinn, weiter zu leugnen, dass Lio einen Filmriss hatte. Er ließ die Schultern sinken »Ich weiß es nicht. Als ich durch euer Klopfen aufgewacht bin, sah ich so aus. Ich habe mir gestern die Lichter ausgeschossen und kann mich nicht erinnern, was ich gemacht habe, nachdem ich mir den Whisky eingeschenkt habe. Ich weiß nicht mal, wie ich es ins Schlafzimmer geschafft habe. Aber ich habe ganz sicher nicht den Ex-Mann von Anna informiert, auf solch eine hirnrissige Idee würde ich niemals kommen.«

»Wenn du so betrunken warst, hast du es vielleicht nicht mehr mitgeschnitten«, sagte Jannes.

Andreas hielt Lios Handy hoch. »Schauen wir doch mal, wen du alles angerufen hast.«

Lio stöhnte. »Was soll der Unsinn? Ich muss gar nichts beweisen.«

Andreas stürzte auf Lio zu, packte seinen Hals. »Was hast du zu verbergen?«

»Lass mich los, du tust mir weh.« Lio stieß mit seiner wenigen Kraft gegen Andreas' Brust.

Der lockerte den Griff und trat zurück. »Zeig uns doch deinen Verlauf, wenn du nichts zu verbergen hast.«

Genervt verdrehte Lio die Augen. »Seht meinetwegen nach. Ich bin traurig, dass ihr mir so etwas zutraut.«

Andreas tippte auf dem Handy herum.

»Uns hat auch der Schlag getroffen, als du uns outen wolltest«, meinte Jannes. Seine Enttäuschung hatte schwer in jedem Wort mitgeschwungen.

»Das war ein Fehler. Ich dachte wirklich, ich könnte euch damit helfen, und vielleicht bin ich übers Ziel hinausgeschossen. Das tut mir leid. Aber ich würde niemals Anna oder einen von euch in Gefahr bringen.«

»Und was ist das für eine Nummer?« Andreas hielt ihm sein Handy vor die Nase. »Das ist die Vorwahl von Vallendar.«

Lio starrte auf seinen Anrufverlauf. Die Nummer kannte er nicht.

Doch Vallendar war der Ort, in dem Annas Ex-Mann lebte.

Der Anruf war um 0:22 Uhr rausgegangen und hatte vier Minuten gedauert.

Sein Herz setzte für einen Schlag aus, dann pochte es so heftig, dass es ihm die Luft abschnürte. Panik schoss wie Eis durch seinen Körper. Ein Dröhnen breitete sich in seinem Kopf aus. Er sah auf die Hinweise vor sich, die nichts anderes als diesen unerträglichen Verdacht zuließen, dass er Sascha angerufen hatte.

Einen gefährlichen Mörder, dem Anna viele Jahre erfolgreich aus dem Weg gegangen war.

In Lios Kopf drehte sich alles. Er versuchte verzweifelt, sich an irgendetwas zu erinnern. Aber in seinem

Gedächtnis klaffte für die vergangene Nacht nur ein schwarzes Loch.

Jannes rüttelte an ihm und riss ihn aus seiner Starre. »Verdammt, Lio, der Typ kommt aus Vallendar, oder? Ich erinnere mich, dass Anna mit ihrem Ex dort ein Haus gekauft hat und er dort wohnen geblieben ist. Das hat sie uns doch mal erzählt. Hast du ihn angerufen?«

»Nein«, blaffte Lio. »Verschwindet, ich höre mir von euch keine weiteren Anschuldigungen mehr an.«

Jannes presste die Lippen zusammen, packte Lio am Kragen und drückte ihn gegen die Wand. »Hast du auch meine Gläubiger auf mich gehetzt?«

Lio bekam kaum Luft. Er wusste nicht, ob er den Kredithai kontaktiert hatte. Aber er schüttelte den Kopf, weil er Jannes erst einmal beruhigen wollte, ehe er noch einen Schlag kassierte.

»Ich würde dir so gern die Fresse polieren, das hättest du verdient. Du bist die längste Zeit mein Freund gewesen.« Jannes schubste ihn von sich weg. »Am besten gehen wir zur Polizei, dann kannst du denen alles erklären.«

»Das sollten wir nicht machen«, sagte Andreas. »Erst müssen wir wissen, ob Anna wirklich etwas zugestoßen ist. Wenn sie untergetaucht ist, weil sie Angst im Haus hatte, würden wir der Polizei umsonst ihr Geheimnis verraten und sie würde ins Gefängnis gehen. Sie verheimlicht immerhin seit Jahren einen Mord.«

Jannes nickte hastig. »Gerade deshalb sollten wir die Behörden einschalten. Wir sind jetzt Mitwisser. Schalt dein Gehirn ein, wir werden ebenso dafür belangt, wenn wir über einen Mord schweigen und dies dann doch herauskommt.«

Andreas sah Jannes geschockt an.

Lio war auch der Meinung, dass es besser war, keine Polizei einzuschalten, denn gerade stand er als Verdächtiger da, sofern es die Nummer ihres Ex-Mannes war. Er musste herausfinden, ob er den angerufen hatte. War dies nicht der Fall, konnten die beiden zur Polizei gehen. Zuerst musste er sie aber loswerden, um in Ruhe nach Hinweisen suchen zu können. Sollte es sich bestätigen, dass er schuld war, wollte er die beiden nicht dahaben, weil sie ihn lynchen würden. »Ihr wisst doch gar nicht, ob das die Nummer ihres Ex-Mannes ist und ob der etwas mit ihrem Verschwinden zu tun hat. Fahrt noch einmal zu ihr. Vielleicht ist sie mittlerweile zu Hause. Außerdem wisst ihr selbst, dass es nichts bringt, jetzt zur Polizei zu gehen. Sie ist nicht lang genug verschwunden und ihr habt keine Beweise, dass etwas nicht stimmt. Die Behörden würden noch nichts unternehmen. Vielleicht sollten wir sie erst einmal suchen.«

»Er hat recht, auch wenn ich ihm liebend gern das Gesicht zertrümmern will«, pflichtete Andreas ihm bei. »Ehe wir die Polizei einschalten, müssen wir ganz sicher sein, dass Anna wirklich etwas zugestoßen ist, damit wir die Sache nicht verschlimmern. Sie hat geschrieben, dass sie bei Stefanie übernachten will, das würde der Polizei erst einmal als Erklärung für ihre Abwesenheit im Haus reichen.«

Jannes schüttelte den Kopf. »Das Chaos in ihrer Küche ist doch Beweis genug, dass etwas passiert ist. Glaubst du wirklich, sie würde einfach ohne Handy oder Geldbörse weggehen und das Haus nicht abschließen? Die Polizei wird erkennen, dass dort ein Verbrechen stattgefunden hat.«

Auf Andreas' Stirn zeichneten sich tiefe Linien ab. Er rieb sich den Hals. »Ist es wirklich eine gute Idee, die Behörden einzuschalten? Ich habe große Sorge, dass wir Anna damit ausliefern.«

»Okay, wir fahren noch einmal zu ihr und rufen erneut Stefanie an. Vielleicht haben die zwei vorhin noch geschlafen, als wir versucht haben, sie zu erreichen. Sollten wir beide nicht finden, gehe ich zur Polizei.« Jannes funkelte Lio an. »Und ich werde keinen Halt davor machen, dich, deine Aktionen und deinen Zustand bei der Polizei zu erwähnen.« Er gab Lio noch einen Stoß gegen die Schulter und ging nach draußen.

Andreas schüttelte angewidert den Kopf und folgte ihm.

Lio wollte die Tür schon schließen, hielt aber inne.

Jürgen lungerte an der Treppe herum. Er stand einfach nur da, sein Blick folgte den beiden, wie sie zum Auto gingen. Dann drehte er sich zu Lio.

Bei dem breiten Grinsen, das Jürgen ihm zuwarf, lief ihm ein eiskalter Schauer über den Rücken.

Jürgen lachte wie ein kleines Kind, das den Schalk im Nacken sitzen hatte.

Es war nicht höhnisch und wirkte nicht schadenfroh, sondern gespenstisch. Schnell schloss Lio die Tür. Es war ihm unheimlich, dass sein Nachbar grinsend vor der Tür gestanden, alles mitbekommen und nichts unternommen hatte.

11

30. September 2023

Dicke Regentropfen prasselten gegen die Fensterscheibe.

Lio stand schon einige Minuten mit dem Rücken an die Haustür gepresst und ließ das monotone Trommeln auf sich wirken. Normalerweise beruhigte es ihn, doch nicht an diesem frühen Morgen.

Hatte er wirklich in seinem volltrunkenen Zustand Sascha angerufen und diesem gesagt, dass er von dem Mord wusste? Diese Frage hatte er sich in der letzten Viertelstunde zigmal gestellt. Er würde nur eine Antwort darauf bekommen, wenn er es aktiv nachprüfte. Dafür musste er die Wahlwiederholung drücken.

Als er sein Handy entsperrte, sah er, dass Anna ihn hatte erreichen wollen und er eine Nachricht auf seiner Mailbox hatte. Er hörte sie ab.

»Ich habe gedacht, wir wären Freunde. Warum hast du Sascha angerufen? Er wird mich töten. Du bist ein Monster.« Anna hatte panisch geklungen.

Mit zittriger Hand hielt Lio sein Handy und starrte auf die Nummer aus Vallendar, die er angerufen haben sollte. Bestimmt war das nicht Saschas Nummer, denn er konnte sich nicht vorstellen, dass er in seinem Zustand in der Lage gewesen war, die herauszusuchen.

Du kannst noch Stunden herumstehen und dir vor Angst in die Hose machen oder du klärst das jetzt und kannst beruhigt ausatmen, weil du nichts Schlimmes getan hast. Lio räusperte sich und drückte die Nummer zum erneuten Anruf.

Es klingelte.

Jeder Freizeichenton hallte in seinen Ohren und machte ihn nervöser.

Es klackte.

Ein schweres Atemgeräusch schlängelte sich durch den Hörer in Lios Ohren. »Was wollen Sie noch?«, fragte eine tiefe Stimme.

»Sascha?«, krächzte Lio in den Hörer, um sicherzugehen, dass es sich wirklich um Annas Ex handelte.

»Warum rufen Sie wieder an? Verlangen Sie Geld?«

Lio antwortete nicht darauf, weil seine Gedanken darum kreisten, dass er tatsächlich einen Mörder angerufen hatte. Was hatte er Sascha gesagt?

»Anna hat Ihnen Lügen erzählt, ich bin kein Mörder. Sie ist diejenige, die diesen Typen getötet hat. Ich habe nur meinen Mund gehalten, weil ich sie schützen wollte. Nun werde ich wohl meinen Arsch retten und die Beweise nutzen müssen, die Anna ins Gefängnis bringen werden.« Sein Ton war voller Hass gewesen.

»Sie ... Ich ... Sie müssen sich keine Sorgen machen. Ich erinnere mich nicht, dass ich Sie angerufen habe, also auch nicht an den Inhalt des Gespräches. Anna und ich haben niemandem von diesem tragischen Vorfall von damals erzählt.« Lio konnte nur hoffen, dass ihr Geheimnis auch bei den anderen sicher war.

»Wo ist diese blöde Kuh? Sie kann sich verstecken, wie sie will, ich finde sie.«

Lio runzelte die Stirn. »Waren Sie nicht vor einigen Stunden bei ihr?«

»Hat sie das behauptet?« Sascha lachte auf. »Noch habe ich sie nicht, aber ich werde sie finden, richten Sie ihr das aus.«

Lio hatte Angst, etwas Verkehrtes zu sagen. Der Mann war brandgefährlich, das wusste Lio von Anna.

»Wenn Sie mich noch einmal anrufen, stehe ich eines Tages auch vor Ihrer Tür!« Sascha Schnitzer legte auf.

Lio schnappte nach Luft. Gab der Ex nur vor, Anna noch nicht gefunden zu haben? Es war doch ein zu großer Zufall, dass Lio ihn in der Nacht kontaktiert hatte und Anna in selbiger verschwunden war. Oder war doch etwas ganz anderes geschehen?

Lio starrte an sich hinunter. Betrachtete den Dreck und die Blessuren an seinem Körper. Hatten diese etwas mit ihrem Verschwinden zu tun? Ganz tief in ihm breitete sich Panik aus.

Schnell schüttelte er den Kopf. Warum hätte er ihr etwas antun sollen? Sie war eine gute Freundin.

Oder hatte womöglich sein Ärger ihn zu etwas verleitet, was er noch bereuen würde? Immerhin war er sauer gewesen, weil sich keiner seiner Freunde nach dem Würfelspiel gemeldet hatte. Hatte er im volltrunkenen Zustand etwa versucht, mit Anna zu reden, und hatte sie ihn abgewimmelt? Vielleicht hatte er ihr aus Rache etwas angetan.

Lio presste die Lippen zusammen und riss sich an den Haaren. Er war verzweifelt, weil er sich an nichts erinnern konnte und nicht wahrhaben wollte, dass er zu so etwas fähig wäre.

Hatte er auch irgendetwas gemacht, was den anderen schaden könnte?

Ihm fiel sein Büro ein, in dem er Notizen aufbewahrte, die er sammelte, weil er sie irgendwann einmal für eines seiner Bücher gebrauchen könnte. Vielleicht hatte er sich auch in der Nacht welche gemacht.

Schnell hastete er die Treppen hoch. Er riss die Tür auf und verharrte vor der Schwelle zum Zimmer. Mit blankem Entsetzen starrte er auf den Boden, auf dem geöffnete Ordner verteilt lagen.

Es waren die Akten, in denen er die Geheimnisse seiner Freunde aufbewahrt hatte.

Lio hockte sich hinunter und nahm die Notizen, die er für Anna angelegt hatte.

Er hatte das nicht getan, um es ihr irgendwann einmal vorhalten zu können, sondern aus Faszination für die Schicksale anderer Leute. Schon als Kind hatte er Artikel über seine Lieblingsband und über Verbrechen gesammelt. Manchmal nutzte er die Erlebnisse anderer als Inspiration für seine Bücher. Es war wie ein Zwang, er brauchte die Geschichten seiner Mitmenschen, um eine emotionale Lücke zu stopfen, weil seine eigene Geschichte für ihn nicht zugänglich war.

Er konzentrierte sich auf Annas Akte, in der stand, was sie Lio anvertraut hatte.

Sie hatten in der kalten Nacht vor fünf Jahren betrunken einen Thriller geschaut. Plötzlich hatte Anna angefangen zu weinen. Lio hatte so lange gebohrt, bis sie schließlich erzählt hatte, was Sascha ihr und Carlos angetan hatte. Sie hatte Lio sogar ein Foto gegeben, damit er das der Polizei geben konnte, falls sie eines Tages verschwinden würde.

Neben Annas Akte lag das Telefonbuch.

Um eine Nummer war mit Kugelschreiber ein Kreis gekritzelt. Es handelte sich um die, die Lio in der Nacht angerufen hatte.

Gänsehaut zog sich über seinen Körper.

Auch die Akten von Andreas, Stefanie, Jürgen und Jannes lagen aufgeschlagen auf dem Boden. Bei Jannes war eine E-Mail-Adresse eingekreist.

Lio wurde heiß. Er eilte an seinen Computer.

Die E-Mail-Adresse hatte Jannes ihm im Vertrauen gegeben. Lio wollte eigentlich eine Adresse und Telefonnummer des Kredithais für den Fall, Jannes würde mal verschwinden. Dazu war Jannes nicht bereit, er hatte ihm aber wenigstens die E-Mail-Adresse gegeben, nachdem Lio ihn überredet hatte. Jannes schuldete dem Typen, der ihn seit Jahren jagte, jede Menge Geld aus der Zeit seiner Spielsucht.

Lio bemerkte, dass sein PC angeschaltet war. Er bewegte die Maus, gab seine PIN ein und hielt die Luft an, als er sah, dass sein E-Mail-Account geöffnet war. Auf

Lios Stirn standen Schweißperlen. Er tippte auf den Gesendet-Reiter.

Die letzte Nachricht war an *schnellesbares@joachimleimar.com* gegangen, Jannes' Gläubiger. Er hatte die Mail in der Nacht um 3:30 Uhr abgeschickt.

Lio wurde abwechselnd heiß und kalt.

Sehr geehrter Herr Leimar,

ich weiß, wo Jannes Stein, den Sie suchen, sich befindet. Melden Sie sich.

MfG LK

Noch in der Nacht war eine Antwort von Leimar darauf eingegangen.

Wo finde ich ihn?

Wütend schlug Lio auf den Tisch. Auch wenn er dem Kredithai darauf offenbar noch nicht geantwortet hatte, könnte dieser möglicherweise Nachforschungen in Koblenz anstellen und Jannes so finden, denn es war kein Geheimnis, dass Lio hier lebte. Tränen schossen ihm in die Augen. Wie hatte er seinen besten Freund verraten können?

Du bist nicht mehr der Mann, den ich einst geheiratet habe, schossen Helenas Worte in seine Erinnerung. *Am besten bleibst du für dich allein, dann kannst du niemanden mehr verletzen. Du machst nicht einmal vor den Menschen halt, die dich lieben. Eines Tages wirst du dein Verhalten bereuen.* Es waren ihre letzten Worte gewesen, ehe sie das Haus mit den Kindern verlassen hatte.

Er hatte genau das getan, was sie ihm vorgeworfen hatte, und die Leute verletzt, die er in seinem Leben brauchte. Lio packte die Angst, dass er noch mehr angestellt hatte. Er schaute sich auch die Akten von Stefanie und Andreas an.

Bei Stefanies fehlten die Bilder, die sie ihm einst zum Aufbewahren anvertraut hatte. Es waren Fotos der Opfer ihres gewalttätigen Ex-Freundes gewesen, die sie im Stich gelassen hatte. Diese Schuld fraß sie seit Jahren auf. Lio und sie hatten einmal einen Kurztrip nach Berlin gemacht, da hatte Stefanie bei einem Stadtbummel plötzlich erschrocken aufgeschaut, als eine Frau an ihr vorbeigelaufen war. Sie war kreidebleich geworden und hatte Schwierigkeiten gehabt zu atmen. Lio hatte sie in ein Café geführt. Dort hatte sie ihm ein Foto von einer Frau gezeigt, die der vorbeigelaufenen sehr geähnelt hatte. Stefanie hatte Lio erzählt, was ihr Ex getan hatte, und drei weitere Fotos herausgezogen. Sie hatte diese immer bei sich getragen. Freunde, die sie verlassen hatte, um zu ihrem Ex zu stehen. An diesem Tag hatte Stefanie mit der Vergangenheit abschließen wollen, und hatte Lio die Fotos gegeben. Er hatte sie in diesem Ordner aufbewahrt.

Hastig blätterte er alles durch, kramte in den Papieren, die auf dem Boden verteilt lagen.

Von den Bildern fehlte jede Spur.

Er schaute auf seinem PC im E-Mail-Postfach, ob er irgendwen aus Stefanies Leben kontaktiert hatte, doch er fand nichts Auffälliges. Auch nicht bei Andreas.

Was hatte er mit diesen Fotos gemacht? Kontakte zu den Personen auf den Bildern hatte er keine, also hatte er die Ausdrucke bestimmt nicht an sie geschickt. Wer Stefanies Ex-Freund war, wusste er ebenfalls nicht, das wollte sie nie preisgeben.

Lio massierte sich die Stirn. Er atmete tief ein und aus, dann schloss er die Augen und ging Stück für Stück den Vorabend durch.

Er hatte sich einsam gefühlt, deshalb hatte er die Flasche Whisky getrunken. Was war danach geschehen?

Bilder flackerten in seinen Gedanken auf, verschwanden und kehrten kurz zurück. Jemand wälzte sich am Boden, doch die Konturen der Person waren verschwommen, als ob Lio diese durch einen beschlagenen Spiegel beobachtete. War das … er selbst?

Wieder verlor sich das Bild, als würde der Bildschirm eines Fernsehers kaputt gehen.

Dann sah Lio Schlamm. Die Konsistenz war so greifbar, dass er fast den modrigen Geruch in der Luft roch. Der Dreck schien überall zu sein – an seinen Händen, unter seinen Fingernägeln, sogar in seiner Kehle. Ein schweres Gewicht legte sich auf seine Brust.

Ein verzweifelter Schrei breitete sich in seinem Kopf aus. Aber bevor er diesen einordnen konnte, lösten sich die Bilder in Dunkelheit auf. Zurück blieb nur sein pochender Herzschlag.

Nochmals starrte er an sich hinunter, betrachtete den Schlamm, der überall an ihm klebte. Er war irgendwo mit irgendwem gewesen. *Denk nach, verdammt!* Doch es gelang ihm nicht, mit seinem Verstand an diesen Ort zurückzukehren.

Tränen schossen ihm in die Augen. Er fühlte sich mies, weil er seine Freunde in Gefahr gebracht hatte. Sollte er sie warnen? Schnell verwarf er den Gedanken, denn er hatte Angst, dass sie ihn lynchen würden, weil er ihre Geheimnisse gegen sie verwendet hatte. Andreas hätte ihm einige Minuten zuvor schon am liebsten den Schädel eingeschlagen.

Nun war auch Fakt, dass Lio Probleme bekommen würde, wenn Jannes und Andreas wirklich zur Polizei gehen würden, denn gerade sah es danach aus, als hätte er etwas mit dem merkwürdigen Verschwinden seiner Freundin zu tun. Zunehmend wurde ihm bewusst, dass er mit dem Kopf in der Schlinge steckte. Er musste die beiden dringend davon abhalten, die Behörden einzuschalten, und hoffte, dass sie Anna antrafen, wodurch sich alles als großes Missverständnis aufklärte.

Seine Kehle schnürte sich zu, sodass er das Gefühl hatte zu ersticken. Er hievte sich hoch, hielt seine schmerzenden Flanken und eilte zur Eingangstür, denn er brauchte dringend frische Luft.

Als er die Tür öffnete, stand Jürgen noch immer davor. Er hielt ihm einen Würfel hin. Seine Hände waren dreckig, unter seinen Fingernägeln klebte Schlamm. »Wollen wir weiterspielen?«

Lio bekam eine Gänsehaut, denn er fragte sich, weshalb sein Nachbar genauso schlammbeschmiert war wie er selbst.

12

30. September 2023

Stefanies Kopf dröhnte, als sie von dem penetranten Klingelton ihres Handys aufwachte. Noch halb im Schlaf tastete sie nach dem blöden Teil und nahm ab. »Hallo«, krächzte sie mit rauer Stimme. Sie hatte letzte Nacht viel zu viel geraucht, weil sie sich so über Lio geärgert hatte.

»Verdammt, Stefanie, was ist los?«, plärrte Andreas in den Hörer, sodass sie ihr Handy vom Ohr weghielt.

»Meine Güte, warum schreist du so?«

»Ich versuche, dich seit gestern Nacht zu erreichen. Jannes hat es heute auch schon ein paarmal probiert. Wo bist du?«

»Zu Hause.« Stefanie kniff die Augen zusammen und schaute auf die Uhr. »Ich hatte die Bitte-nicht-stören-Funktion eingeschaltet, da ist mein Handy automatisch bis um neun auf stumm. Du weißt doch, dass ich lange schlafe, wenn ich freihabe.«

»Ist Anna bei dir?«, fragte Andreas aufgebracht.

Stefanie war nun hellwach. »Warum sollte sie bei mir sein? Sie wird schlafen, so wie ich es auch gern täte.«

»Anna ist weg.« Andreas erzählte von seinem merkwürdigen Telefonat mit ihr in der Nacht, dem Mord an ihrer großen Liebe Carlos, dem Anruf bei Annas Ex-Mann, den Lio wohl in der Nacht getätigt hatte und ihrem verwüsteten Haus. »Sie hat mir geschrieben, dass sie zu dir fährt, weil sie allein Angst hatte. Seitdem habe ich nichts mehr gehört, sie ist wie vom Erdboden verschluckt.«

Stefanie schluckte. »Vielleicht irrt ihr euch. Lio war ein Arsch, aber er würde niemals jemanden von uns in so eine Gefahr bringen. Er hat gerade eine schwere Phase und trinkt zu viel, deshalb kam er möglicherweise auf diese hirnrissige Idee mit dem Spiel. Aber mit Annas Verschwinden hat er sicher nichts zu tun. Sie ist bestimmt …«

Ja, wo? Außer Lio, Jannes, Andreas und sie hatte Anna niemanden mehr. Zu ihrer Familie gab es keinen Kontakt, den Grund dafür hatte Stefanie gerade zum ersten Mal erfahren.

»Ihr ist etwas zugestoßen. Ich spüre das.« Andreas' Stimme hatte gezittert.

»Nun male nicht gleich den Teufel an die Wand.« Während Andreas ihr noch genauere Details über den Zustand von Annas Haus berichtete, schleppte Stefanie sich aus dem Bett, zog sich umständlich mit einem Arm den Morgenmantel über und ging Richtung Küche, um sich einen Kaffee zu machen.

Ein eisiger Luftzug blies an ihr vorbei, als sie durch das Wohnzimmer lief.

Irritiert drehte sie sich um und erschrak.

Die Terrassentür stand offen.

Hatte sie etwa nach der letzten Zigarette vergessen, diese zu schließen?

Mit einem mulmigen Gefühl ging sie hin, schaute nach draußen, ob sie jemanden oder etwas Auffälliges sehen konnte, was nicht der Fall war. Also schloss sie die Tür.

»Stefanie, bist du noch dran?«

»Ja, entschuldige, ich war gerade abgelenkt. Was hast du gefragt?«

»Ich habe dich gebeten, im Telefon nachzuschauen, ob Anna vielleicht versucht hat, dich anzurufen.«

»Ja, klar, warte.« Sie öffnete die Benachrichtigungen auf ihrem Handy.

Sieben verpasste Anrufe von Andreas, zwei von Lio, vier von Jannes. Keiner von ihrer Freundin.

»Nein, sie hat sich nicht gemeldet.«

»Verdammt, wo ist sie nur hin?«

»Wart ihr noch einmal bei ihr?«

»Ja, wir stehen vor ihrem Haus. Es ist alles so, wie wir es heute früh vorgefunden haben.« Andreas' Stimme hatte sich überschlagen. »Wir wissen nicht, wo wir sonst noch suchen könnten.«

»Da habe ich auch keine Idee, sie hat nur uns. Möglicherweise hat sie in der Nacht hier geklingelt, aber ich habe es nicht gehört. Vielleicht ist sie dann in ein Hotel gefahren, damit sie nicht in ihr Haus muss.«

»Das glaube ich nicht, sie hätte es doch erst bei mir oder Jannes probiert.«

Da musste Stefanie Andreas recht geben. »Habt ihr schon in Krankenhäusern gefragt, ob da jemand eingeliefert wurde?«

»Nein, das können wir noch machen. Aber ich glaube, dass sie aus ihrem Haus entführt wurde. Das Auto ist da und sie wäre ja nicht mitten in der Nacht zu Fuß zu dir gegangen. Jannes und ich beratschlagen jetzt, was wir als Nächstes tun. Melde dich, wenn du was von ihr hörst.« Er legte auf.

Stefanie schüttelte sich, weil sie dringend auf die Toilette musste. Ihre Blase schmerzte bereits von dem Druck. Auf dem Weg ins Bad kreisten ihre Gedanken um das, was Andreas ihr am Telefon erzählt hatte.

Wie grausam musste es sein, den Mann, den man liebte, sterben zu sehen und ihm kein vernünftiges Grab schenken zu können? Verurteilen würde sie Anna deshalb nicht, denn die Schuld und die Angst, die ihre Freundin mit Gewissheit plagten, kannte Stefanie nur zu gut.

Fast automatisch wanderte ihr Blick in den Spiegel, zu ihrer Narbe über der Augenbraue. Die Erinnerungen an den Abend blitzten auf, als ihr Ex ihr diese Verletzung zugefügt hatte.

Er hatte mit Freunden gezockt und Stefanie den ganzen Abend herumkommandiert. »Hol dies, bereite das Essen vor, mach jenes.« Nach Stunden hatte sie die Nase voll gehabt, sich ins Bett gelegt und seine Rufe ignoriert. Er war ins Zimmer gekommen, hatte sich auf sie gestürzt und ihr so heftig eine geknallt, dass sie mit dem

Kopf gegen die Wand geschleudert war. So war die Narbe entstanden. Es war nicht ihre einzige.

Hilfe dabei, ihn zu verlassen, hätte sie haben können, es hatte genug Menschen gegeben, die ihr diese angeboten hatten. Doch sie hatte sich immer wieder für ihren Ex entschieden, weil sie große Angst vor ihm hatte. Wahrscheinlich hätte auch sie einen Mord vertuscht, um nicht seinem Zorn ausgesetzt zu sein, deshalb verstand sie Anna gut. Sie würde durchdrehen, wenn ihr Ex sie nach all den Jahren anrufen würde.

Hatte tatsächlich Lio Annas Ex-Mann kontaktiert?

Bei dem Gedanken, dass sie sich ihm ebenfalls einmal anvertraut hatte, wurde ihr mulmig.

Sie schüttelte den Kopf. *So etwas würde er uns niemals antun. Er ist unser Freund.*

Doch tief in ihrem Inneren mahnte etwas sie zur Vorsicht. Wenn Lio das wirklich bei Anna getan hatte, würde er auch vor Stefanie keinen Halt machen.

Sie wollte auf keinen Fall, dass die alten Geschichten aufgewühlt wurden, weil sie dann wieder mit ihrem Ex konfrontiert werden würde. Er würde ausflippen, wenn er mit den damaligen Geschehnissen behelligt werden würde.

Um die beängstigenden Gedanken loszuwerden, wusch sie sich die Hände und spritzte sich kaltes Wasser ins Gesicht. Sie entschied, dass sie in Ruhe mit Lio sprechen würde, immerhin verband sie eine innige Freundschaft. Möglicherweise hatte er bei Andreas und Jannes nur dichtgemacht, weil sie so aggressiv auf ihn reagiert hatten. Vermutlich hatte Lio schlichtweg Angst.

»Und wieder tust du es«, ermahnte sich Stefanie. Auch bei ihrem Ex-Freund hatte sie immer eine Ausrede gefunden, um sein Verhalten zu begründen.

Dabei war der einfach ein böser Mensch, da gab es nichts schön zu reden.

Das musste trotzdem nicht heißen, dass Lio ebenso böse war.

Sie ging zurück ins Wohnzimmer, um Lio anzurufen und in Ruhe mit ihm darüber zu reden. Als ihr Blick in die Küche fiel, sah sie etwas auf dem Tresen liegen, das sie von ihrem Plan abhielt. Sie war sehr pingelig und würde niemals ins Bett gehen, wenn nicht alles aufgeräumt gewesen wäre.

Irritiert lief sie in die Küche. Und je näher sie der Anrichte kam, desto mehr stockte ihr der Atem. Sie hielt die Hand auf den Brustkorb, damit sie ihre Lunge an das Atmen erinnerte. Ihr wurde eiskalt.

Auf dem Tresen lag der Beweis, dass Lio auch vor ihr nicht haltgemacht hatte. Es waren die Fotos der Personen, die wegen Stefanie als Lügner dagestanden hatten. Die Bilder, die sie Lio anvertraut hatte. Sie waren mit Schlamm beschmutzt.

Vor Stefanies Augen flackerte es. Sie hatte Mühe, nicht ihr Bewusstsein zu verlieren, so schlecht war ihr.

Was hatte Lio getan? Auch ihren Ex angerufen?

Sie schüttelte den Kopf, Lio kannte seine Nummer nicht. Er wusste nicht einmal den Namen, den hatte sie ihm Gott sei Dank nie verraten.

Auch von den damaligen Freunden hatte sie nicht viel erzählt und sie nur bei den Vornamen genannt, als sie Lio die Geschichte erzählt hatte. Deshalb war es nicht möglich, dass er sie kontaktiert hatte.

Ihre Beine wackelten, deshalb setzte sie sich auf den Hocker. Sie nahm die Bilder in die Hand und betrachtete die Menschen, die sie von sich gestoßen hatte.

Alle drei waren einmal wichtige Personen für Stefanie gewesen. Sie hatten sie aus der brutalen Beziehung retten wollen, doch Stefanie hatte ständig einen Rückzieher gemacht.

Sie erinnerte sich an den Tag, an dem ihre Freunde vor ihrer Tür gestanden hatten, um sie abzuholen. Stefanie war wieder einmal heftig verprügelt worden, sodass sogar Rippen gebrochen waren. In ihrer Not hatte sie ihre Freunde angerufen, die sofort gekommen waren, obwohl Stefanie sie schon oft enttäuscht hatte. Jedes Mal, wenn sie bei einem von ihnen aufgeschlagen war, um dort unterzutauchen, hatte sie versprochen, nicht zurückzugehen. Aber sie hatte es immer wieder getan, weil sie emotional abhängig gewesen war. In jener Nacht hatten die drei mutig vor der Tür gestanden, als der Streit eskaliert war. Stefanie war sich zu einhundert Prozent sicher gewesen, dass sie ihren Freund dieses Mal für immer verlassen würde, weil es noch nie so schlimm gewesen war. Sie hatte Angst gehabt, dass seine Gewalt heftiger werden und er sie eines Tages töten würde.

Doch ihr Ex hatte nicht zulassen wollen, dass sie ging. Er hatte sich vor den dreien aufgebäumt, sie verbal attackiert, aufs Übelste beleidigt.

Ihre Freunde hatten sich nicht beirren lassen und gedroht, die Polizei zu rufen.

Da war er ausgeflippt und hatte brutal auf alle drei eingedroschen. Zwar hatte er auch einiges einstecken müssen, weil sich ihre Freunde gewehrt hatten, aber in seiner Rage hatte er so viel Kraft entwickelt, dass er sie verletzt hatte.

Stefanie hatte dabei zugeschaut und nichts unternommen, weil sie vor Schock erstarrt gewesen war. Seine blinde Wut hatte ihn in eine Bestie verwandelt, sie hatte ihn noch nie dermaßen ausrasten sehen. Als er mit ihnen fertig gewesen war, war Stefanie wortlos ins Haus gegangen und hatte nie wieder mit ihren Freunden gesprochen. Zwar wusste sie inzwischen, dass es falsch gewesen war, den Kontakt zu ihnen abzubrechen, doch damals hatte sie gedacht, sie könnte auf diese Weise verhindern, dass die drei noch einmal Opfer ihres Freundes wurden.

Aber noch viel schlimmer war ihr Verhalten gewesen, nachdem die drei Anzeige wegen Körperverletzung erstattet hatten. Stefanie hatte bei ihrer Aussage behauptet, dass ihre Freunde gelogen hatten. Als Begründung hatte sie angegeben, dass die drei die Beziehung nicht akzeptieren konnten. Sie hatte Personen im Stich gelassen, die ihr wichtig gewesen waren, hatte die Unwahrheit gesagt, um ihren Partner vor einer Strafe zu retten.

Dass sie sich gegen ihre Freunde gestellt hatte, die diese Qualen nur erlebt hatten, weil sie Stefanie retten wollten, hatten sie ihr nie verziehen.

Stefanie wischte sich die Tränen aus den Augen. Sie musste wissen, was genau Lio getan hatte, um vorbereitet zu sein. In ihr wuchs die Angst, denn sie wusste nicht, was auf sie zukommen würde. Vor allem wollte sie nicht, dass ihre damaligen Freunde hineingezogen wurden, denn sie sollten nicht mehr an diesen Horror erinnert werden.

Sie lief ins Wohnzimmer, um Lio anzurufen und es zu klären. Ihr erster Blick fiel auf die Terrassentür, die vorhin aufgestanden hatte.

War er von dort ins Haus gelangt?

Sie wollte prüfen, ob es andere Spuren gab, und ging zur Wohnungstür. Da sah sie, dass ihr Schlüssel nicht mehr im Schloss steckte. Durch ihren Körper schoss eine heiße Lawine. Sie wusste genau, dass sie am Abend abgeschlossen hatte. *Bringt nur nichts, wenn du die Terrassentür offen lässt.*

Mittlerweile kochte die Wut in ihr auf Lio und seine Taten, mit denen er alte Wunden aufriss. Sie rief ihn an.

Doch Lio nahm nicht ab.

Ich fahre zu ihm und trete ihm gewaltig in den Hintern, dachte sie.

Er war immer der treue und liebenswerte Freund. Was stimmte plötzlich nicht mit ihm?

Stefanie hielt den Atem an, denn ihr wurde schlagartig klar, was mit Lio los war. Sie könnte sich ohrfeigen, dass sie nicht schon vor Tagen darauf gekommen war. Schnell wählte sie Andreas' Nummer.

»Hey, hat sich Anna mittlerweile bei dir gemeldet?«, fragte dieser ohne Umschweife.

»Nein, aber ich glaube jetzt wirklich, dass Lio hinter dem Verschwinden steckt.« Stefanie erzählte Andreas von den Fotos. »Er hat mir diese Bilder hingelegt. Die haben mit meinem Geheimnis zu tun, das er an dem Spieleabend ausgeplaudert hätte.«

»Willst du mir es anvertrauen? Wenn wir alle Bescheid wissen, könnten wir uns gegenseitig schützen.«

Stefanie holte tief Luft. Da sie nun schon Andreas' und Annas Geheimnisse kannte, war sie bereit, die Scham über ihre Vergangenheit zu überwinden, und erzählte Andreas in knappen Worten die Wahrheit.

»Glaubst du, dass vielleicht dein Ex die Bilder dort hingelegt haben könnte?«, hakte Andreas nach.

»Wenn der es getan hat, muss Lio sie ihm gegeben haben, denn die waren bei ihm. Aber ich habe ihm nie erzählt, wer mein Ex ist. Ich denke, Lio hat die Fotos selbst hergebracht. Mein Hausschlüssel ist weg und die Terrassentür stand heute Morgen offen, so könnte Lio ins Haus gekommen sein. Er will mich damit wahrscheinlich dazu zwingen, die Wahrheit zu sagen. Ich bin schließlich an dem Abend des Spiels einfach abgehauen.«

»Meinst du, du bist in Gefahr? Nicht, dass Lio doch den Namen von deinem Ex herausgefunden hat. Soll ich kommen?«

Stefanie schluckte. »Nein, ich denke nicht. Aber könntest du mich abholen und mit mir zu Lio fahren? Ich glaube nämlich, ich weiß, was das Problem ist.« Sie erzählte Andreas von ihrem Verdacht.

Am anderen Ende blieb es einen Augenblick still. Dann hörte sie, wie Andreas es an Jannes weitergab.

»Das könnte sein«, erwiderte dieser im Hintergrund. »Entschuldigt jedoch nicht das, was er getan hat. Wenn er mit Annas Verschwinden und dem Einbruch bei dir zu tun hat, ist das kriminell und wir müssen handeln. Ich fahre am besten erst einmal allein zu ihm, damit wir ihn nicht überfordern. Vielleicht kann ich ihn vorsichtig dazu bewegen, dass er von sich aus zur Polizei geht. Wenn ich ihm klar machen kann, was der Grund für sein Verhalten sein könnte, ist er möglicherweise einsichtig.«

»Warum fahren wir nicht sofort zur Polizei? Anna ist seit ein paar Stunden fort. Was, wenn sie irgendwo liegt und dringend Hilfe braucht?«, sagte Andreas.

Stefanie seufzte. »Ich verstehe dich total. Aber Lio ist unser Freund und wir sind es ihm schuldig, mit Bedacht an die Sache ranzugehen. Wir alle haben in der letzten Zeit bemerkt, dass er viel trinkt, und keiner von uns hat eingegriffen. Ich fühle mich schuldig, dass ich nicht eher gehandelt habe. Wir sollten ihn nicht einfach so ausliefern. Jannes' Idee klingt gut. Vielleicht öffnet er Lio die Augen und kann ihn dazu bewegen zur Polizei zu gehen.«

»Und wenn er nicht freiwillig will, machen wir eine Vermisstenanzeige«, sagte Jannes.

»Okay«, sagte Andreas. »Stefanie, magst du zu mir kommen? Dann bist du nicht so allein. Ich setze Jannes bei sich zu Hause ab, damit er zu Lio fahren kann, und bin in circa zwanzig Minuten daheim.«

Stefanie war über das Angebot froh, denn ihr war etwas unbehaglich zumute, weil ihr Schlüssel fehlte. Immerhin konnte sie nicht zu einhundert Prozent ausschließen, dass Lio doch herausgefunden hatte, wer ihr Ex war. »Würdest du mich abholen? Mein Auto ist in der Werkstatt.«

»Natürlich, bis nachher.« Andreas legte auf.

Stefanie dachte darüber nach, ob sie Helena anrufen sollte, um ihr von den Vorfällen zu erzählen, aber damit fühlte sie sich nicht wohl.

Lios Frau war nicht umsonst gegangen und sollte damit nicht mehr behelligt werden.

Stefanie wählte Annas Nummer in der Hoffnung, es würde sich doch alles auflösen. Vielleicht war sie mittlerweile doch wieder zu Hause.

Aber ihre Freundin nahm nicht ab. War es möglich, dass sie sich aus Angst vor ihrem Ex versteckte? Aber warum war sie dann nicht wie geplant zu Stefanie gekommen?

13

Lio saß seit einiger Zeit in Jürgens Wohnzimmer und ließ sich ein Bier nach dem anderen einschenken, auch wenn es für Alkohol viel zu früh war.

Als sein Nachbar so dreckig vor seiner Tür gestanden hatte, waren bei ihm alle Alarmglocken angegangen. Er musste mehr aus Jürgen herausbekommen, deshalb hatte er vorgeschlagen, dass sie gemeinsam zu ihm gingen, um etwas Zeit zu verbringen. Er wollte schauen, ob er irgendetwas in der Wohnung finden konnte, was ihm verraten würde, warum Jürgen so schlammverschmiert war. Außerdem fragte er sich, ob sie zusammen unterwegs gewesen waren, weil sie beide so aussahen. Immerhin hatte Lio einen Filmriss.

»Warum bist du so schmutzig?«, sagte er in der Hoffnung, dass er Antworten aus seinem Nachbarn herausbekommen würde.

Jürgen zuckte mit den Schultern. »Ich konnte nicht schlafen, deshalb bin ich rumgelaufen.«

»Du warst also nachts unterwegs?«

»Ja, nachdem du gegangen bist.« Jürgen schaute ihn eindringlich an.

Lio wusste nicht, ob er nach etwas suchte oder ob es nur seine Art war. »Das stimmt, aber du warst nicht zu Hause. Ich habe ewig vor der Tür auf dich gewartet und bin dann nach Hause zurückgekehrt.«

Jürgen lachte laut. »Du bist witzig. Wir haben Bier getrunken und gekniffelt. Plötzlich warst du ganz komisch und bist gegangen.«

»Wie *komisch*? Was habe ich denn getan?«

»Du hast gesagt, dass es nicht nach Plan läuft und du sauer bist, weil keiner deiner Freunde auf deine Anrufe reagiert. Dann bist du aus meiner Wohnung gestürmt.«

Lio wurde mulmig, weil seine Erinnerung eine ganz andere war. »Und was hast du anschließend gemacht?«

»Ich wollte ins Bett, aber ich war nicht müde. Also bin ich spazieren gegangen.«

»Ich war ganz sicher nicht dabei?«, hakte Lio nach, weil er sich noch immer fragte, weshalb sie beide so schmutzig waren.

Jürgen nickte.

»Warst du bis eben spazieren, ehe du vor meiner Tür standest?«

Jürgen nickte, seine Wangen erröteten.

»Du siehst aus, als hättest du im Schlamm gespielt. Was hast du denn getrieben?«

Jürgen drehte die Hände hin und her und betrachtete sie lächelnd. »Meine Schwester sagt immer, dass dreckige Hände fleißige sind.«

»Wo hast du sie dir so dreckig gemacht?«, fragte Lio.

»Ich bin hingefallen.« Dann zeigte Jürgen auf seinen Kühlschrank. »Wollen wir noch ein Bier trinken?«

Lio wusste nicht, ob sein Nachbar absichtlich vom Thema ablenkte oder ob das Abschweifen an Jürgens Persönlichkeit lag. Da er selbst schon etwas beschwipst war und nicht mehr allzu klar denken konnte, gab er auf und nickte.

Jürgen holte neues Bier und setzte sich wieder auf das heruntergekommene Sofa. »Bist du immer noch sauer auf deine Freunde?«

Lio verspürte eher Traurigkeit statt Wut, weil seine Freunde sich so abwandten. »Ich verstehe nicht, warum sie mir nicht wenigstens einmal zuhören. Ich würde ihnen gern erklären, weshalb ich dieses Spiel gespielt habe.« Lio trank aus der Bierflasche. Ihm war schon speiübel, weil er genug Restalkohol vom Vortag intus hatte, doch er genoss den Nebel in seinem Kopf. So hielt er den Mist, den er verzapft hatte, besser aus. »Aber meine Freunde hauen mir lieber eine rein.« Er tupfte sich die Nase ab, die nach Andreas' Schlag schmerzte.

»Ich liebe Spiele. Vor allem die mit einem Würfel.«

Lio sah Jürgen schon verschwommen, so betrunken war er. »Ich weiß nicht recht, ob ich Würfel noch mag. Die bringen mir kein Glück. Vielleicht hätte ich mir für den Thriller lieber etwas anderes ausdenken sollen.«

Jürgen starrte ihn an, senkte dann den Blick. »Es war nur ein Unfall.«

Lio konnte erst nicht folgen, weil Jürgens Aussage nicht zu seiner Antwort gepasst hatte. Doch er begriff schnell, worauf sein Nachbar hinauswollte. »Stimmt, du weißt, wie gefährlich Würfel sind.« Er kannte Jürgens Geheimnis um seine Schwester, bei deren Tod ebenfalls ein Würfel eine Rolle gespielt hatte. Lio verurteilte ihn deshalb nicht, weil der es nicht absichtlich getan hatte.

»Es war nur ein Unfall«, wiederholte Jürgen.

»Ich weiß. Manchmal können Spiele ganz schön gefährlich werden, was?«

Eifrig nickte Jürgen und strahlte ihn an. Anscheinend hatte er den Vorfall mit seiner Schwester bereits vergessen. »Warum hast du mit uns gespielt, wenn du Würfel nicht magst?«

»Ich habe mich wegen des Thrillers mit dem Zufallsprinzip befasst. Und was funktioniert da besser als ein Würfel? In meinem Buch werde ich die Opfer ein Spiel spielen lassen und der Zufall entscheidet, was mit ihnen passiert. Um gute Szenen zu erschaffen, habe ich es mit euch getestet. Ich wollte eure Reaktionen beobachten und diese dann für die Story nutzen. Im Buch füge ich noch Verbrechen hinzu.« Lio bekam plötzlich eine Gänsehaut, denn mittlerweile war dieses Spiel im realen Leben auch schon zu einem Krimi geworden.

»Es ist nur ein Spiel«, flüsterte Jürgen fasziniert, als könnte er Lios Gedanken lesen, und nahm einen Würfel in die Hand.

Lio fröstelte. »Du bist mir manchmal echt unheimlich.«

Jürgen grinste. »Erzähl mir was über das Spiel in deinem Buch«, sagte er, ohne auf die Aussage einzugehen.

Lio seufzte, er hatte echt Probleme, Jürgen zu folgen. »Der Würfel wird bei den Protagonisten das Symbol der

Gerechtigkeit und des Schicksals sein. Sie werden um ihr Leben spielen.« Er senkte den Kopf und quälte sich erneut mit der Frage, warum er Annas Ex angerufen und Jannes' Kredithai kontaktiert hatte.

»Was ist?«, hakte Jürgen nach und starrte ihn mit glänzenden Augen an.

Lio wischte den Gedanken bei Seite. »Nichts. Alles in Ordnung.« Er wollte mit Jürgen nicht darüber reden, was ihn umtrieb, damit er sich nicht noch mehr Feinde machte.

»Was willst du noch in deinem Buch schreiben?«

»Meine Idee ist, dass die Charaktere alle ein dunkles Geheimnis haben. Sie haben etwas Böses getan, aber wurden dafür nie zur Rechenschaft gezogen. Wenn sie würfeln, entscheidet die Augenzahl über ihr Schicksal und die Gerechtigkeit für ihre Opfer.«

»Haben deine Freunde etwas Böses getan?«, hakte Jürgen nach.

»Nicht wirklich.«

»Warum sind deine Freunde dann so sauer?«

Lio schluckte. Die Wahrheit wollte er Jürgen weiterhin nicht erzählen. Hatte er auch etwas getan, was Jürgen schaden konnte? Viel hatte er nicht über seinen Nachbarn herausgefunden, nur der Vorfall mit seiner Schwester war ihm bekannt. Er wusste nicht, wer seine Eltern waren und ob sie noch lebten, könnte diese also nicht kontaktieren, um ihnen die Wahrheit zu erzählen. Darüber war Lio froh, denn gerade glaubte er, eine Gefahr für jeden zu sein.

Jürgen stieß Lio gegen die Schulter und lachte. »Hey, antworte mir.«

»Sie sind sauer, weil ich ihre Geheimnisse verraten wollte.« Das war zwar keine Lüge gewesen, aber nur die halbe Wahrheit. Lio war sich sicher, dass Jürgen nicht misstrauisch werden würde. »Du warst ja im ersten Moment auch sauer und hast mich angegriffen«, schob er sicherheitshalber hinterher, um glaubhafter zu wirken. »Ich werde es ihnen noch einmal ganz in Ruhe erklären, sobald sie sich beruhigt haben. Sie werden verstehen, dass ich es nur gut gemeint habe.«

Lios Handy vibrierte.

Er schaute drauf.

Jannes rief an.

Lio hatte Angst vor dem, was der ihm zu sagen hatte, nachdem sie nach Anna gesucht hatten. Er wollte nicht wissen, wenn sie verletzt oder gar tot gefunden wurde und er dafür verantwortlich war. Deshalb ging er nicht dran.

»Sollen wir ein bisschen würfeln?«, fragte Jürgen.

Lio trank den letzten Rest seines Biers aus. »Nein, danke. Ich muss mich zu Hause etwas ausruhen. Es ist noch nicht mal Mittag und ich bin schon wieder angetrunken.« Er erhob sich aus dem alten, zerfledderten Sessel und hatte Mühe, gerade zu stehen. Einen Augenblick lang balancierte er sein Gleichgewicht mit den Armen aus. Dann wankte er zur Tür. »Wir sehen uns, Jürgen.«

Auf der Straße schlug ihm ein kühler Herbstwind ins Gesicht. Es fühlte sich an, als würde dieser ihm eine Ohrfeige geben, um ihn nüchtern zu machen.

Auf der anderen Straßenseite lief ein Mann vorbei, der Lio intensiv anstarrte.

Lio runzelte die Stirn. Die Person kam ihm bekannt vor. Diese Augen leuchteten so eisblau, dass er sie nie vergessen hatte. »Matthes?«, fragte er mit brüchiger Stimme.

Doch der Mann schaute weg und ging weiter.

Lio schüttelte den Kopf. Er musste sich geirrt haben. Langsam wurde der Alkohol wohl etwas zu viel.

Matthes wohnte schon lange nicht mehr in Koblenz. Warum sollte er ausgerechnet an diesem Tag hier herumlaufen?

Gedankenverloren schwankte Lio über die Straße zu seinem Haus. Die grauen Wolken ließen den Tag nicht richtig hell werden, was seinen Gemütszustand widerspiegelte. Er fragte sich, ob er seinen Freunden beichten sollte, dass er diesen Mist mit Annas Ex und dem Kredithai gebaut hatte. Doch er traute sich nicht recht aus Angst, sie gänzlich zu verlieren.

In deinem Zustand kannst du eh nicht rational denken. Also beschloss er, erst einmal seinen Rausch auszuschlafen und dann mit klarem Kopf zu überlegen, was er als Nächstes tun würde.

Davon überzeugt, die richtige Entscheidung getroffen zu haben, freute er sich auf sein Bett. Als er seinem Haus näherkam, sah er eine Silhouette vor seinem Küchenfenster stehen.

Die Gestalt schien hineinzuschauen, als würde sie ein Geheimnis im Haus wittern.

Lios Herz raste. Seine tränenden Augen machten es schwer, den Blick zu fokussieren und die Person zu erkennen.

Wer war das?

Er zwang sich, näher heranzugehen, und gab sich dabei große Mühe, dass seine Schritte nicht hörbar waren, damit er nicht entdeckt wurde, falls es sich bei der Gestalt um jemanden Gefährliches handelte. Schweiß lief ihm über die Stirn.

Die Person hob die Hand und ein dumpfes Klopfen ertönte gegen das Glas. »Ich weiß, dass du da bist! Mach auf!« Die Stimme war kratzig gewesen, doch Lio kannte sie. Es war die von Jannes.

Lio blieb stehen. Erleichterung durchflutete ihn und ließ ihn beinahe in die Knie sinken, so sehr wackelten seine Beine. Seine Hände zitterten, als er nach dem Schlüssel in seiner Tasche griff. Auch wenn er nun wusste, dass keine Gefahr von der Person ausging, ließ das Gefühl der Angst ihn nicht los. Es hätte genauso Annas Ex oder Jannes' Gläubiger gewesen sein können, die sich Informationen bei ihm abholen wollten. In diesem Augenblick wurde Lio erst richtig klar, wie sehr er sich selbst damit gefährdet hatte, dass er sie kontaktiert hatte.

Jannes drehte sich um und starrte Lio an. »Wo warst du?«

Lio zeigte die Straße nach oben. »Bei Jürgen«, lallte er.

»Bist du betrunken?«

Lio senkte den Kopf. Es war ihm peinlich, dass Jannes ihn schon wieder in diesem Zustand antraf. »Es war ein bisschen viel los in den letzten Stunden.«

Jannes funkelte ihn an. »Anstatt Andreas und mir zu helfen, Anna zu suchen, hast du dich mit deinem neuen Freund besoffen? Ist das jetzt ein Dauerzustand?«

»Natürlich nicht, ich mache mir auch Sorgen um Anna.«

Jannes zog die Augenbrauen leicht nach oben. »Bitte verzeih mir, wenn ich dir das nicht abnehme. Du verhältst dich nicht, als ob du darüber nachdenkst, wo sie stecken könnte.«

Lio konnte diese Skepsis sogar verstehen, weil er lieber seinen Frust in Alkohol ertränkte, als etwas wegen Anna zu unternehmen. Doch er war wie gelähmt, seitdem er wusste, dass er etwas mit ihrem Verschwinden zu tun hatte. Trotzdem wollte er sich das in diesem Moment nicht vor Jannes anmerken lassen. Also lief er zur Haustür und schloss auf. Dabei bemühte er sich, nüchtern zu wirken. »Was willst du hier? Du glaubst mir doch eh nicht.«

»Ich möchte vernünftig mit dir reden. Wir machen uns große Sorgen um Anna. Bitte sag mir, ob du etwas weißt.«

Lio schluckte schwer. Er trat ins Haus und bat Jannes, ihm zu folgen. Im Wohnzimmer setzte er sich auf sein Sofa. »Ich kann dir nicht sagen, wo sie ist. Es ist die Wahrheit, dass ich mich nicht erinnern kann, was gestern Nacht passiert ist. Ich war total betrunken.«

Jannes' Augen glänzten. Sein Mund stand halb offen, es sah aus, als wollte er etwas sagen, doch keine Worte kamen ihm über die Lippen.

Lio senkte den Kopf und schluckte erneut, aber der Kloß hing hartnäckig in seiner Kehle. Er holte tief Luft und zwang sich, mit der Wahrheit herauszurücken.

Jannes war sein bester Freund und allein da. Vielleicht würde er irgendwie verstehen, dass Lio in einem unguten Zustand Annas Ex kontaktiert hatte. Und wenn kein anderer reinredete, würde sein Freund eventuell ruhiger bleiben.

»Ich glaube nicht, dass ihr Ex sie hat«, sagte Lio zögerlich.

Jannes runzelte die Stirn. »Woher willst du das wissen?«

Lio schniefte. »Mich hat es nicht losgelassen, dass ich ihn wirklich angerufen haben soll, also habe ich bei dieser Nummer auf Wahlwiederholung gedrückt. Es war tatsächlich die von Sascha Schnitzer. Der Typ war stinksauer, dass ich noch einmal angerufen habe, und er hat mich gefragt, wo Anna ist. Er hat gedroht, dass er sie finden werde, egal, wo sie sich verstecke.«

»Es kann gelogen sein, dass er sie noch sucht, damit du das glaubst.« Jannes schüttelte fassungslos den Kopf. »Du hast sie in seine Arme geschickt.«

»Ich hatte wirklich das Gefühl, dass er sie nicht erwischt hat.«

Jannes stand abrupt auf. »Aber wo ist sie dann?« Er lief im Zimmer auf und ab.

»Es kann doch möglich sein, dass sie untergetaucht ist, weil sie solche Angst vor Sascha hat. Vielleicht hat sie alles daheim gelassen, damit sie wirklich nicht gefunden wird.«

Sein Freund schüttelte energisch den Kopf. »Das Haus sieht aus, als hätte es einen Kampf gegeben.« Er kam vor Lio zum Stehen und starrte ihn an.

»Was?« Lio bekam Sorge, weil Jannes' Mimik bedrohlich wirkte.

»Du warst heute Morgen voller Schlamm und du hast Kratzer auf den Armen. Warum? Warst du bei ihr und hast ihr etwas angetan?«

»Wie kannst du so etwas behaupten? Ich mag Anna, ich würde ihr niemals wissentlich etwas antun.« Lio war nicht wirklich geschockt über diesen Verdacht, denn er hatte sich ja schon selbst gefragt, ob er eventuell etwas damit zu tun haben könnte. Trotzdem war er empört darüber, wie direkt Jannes es angesprochen hatte.

»Reden wir Tacheles«, sagte Jannes mit fester Stimme. »Deine Wahnvorstellungen sind zurück. Vielleicht kannst du dich deshalb nicht erinnern, was du getan hast. Wir wissen beide, dass du gefährlich werden kannst, wenn du eine akute Phase hast. Geht es dir schon länger nicht gut?«

Lio blinzelte seinen Freund an. Sein Atem stockte. Die Worte brannten sich in seinen Geist, aber er weigerte sich, sie wirklich an sich heranzulassen. »Wie kommst du auf solch einen Unsinn?«, fragte er in scharfem Ton, der ihm ein Schutzschild bieten sollte. »Ich habe keine Wahnvorstellungen, weil ich meine Medikamente regelmäßig nehme.«

Jannes hob die Hände in einer beruhigenden Geste, doch sein Blick war unverändert durchdringend. »Denk nach, Lio. Als wir vor einigen Tagen zum Essen hier waren, hast du ständig davon gesprochen, dass Helena oben im Bett liegt und das Essen vorbereitet hat. Den ganzen Abend hast du so getan, als wäre Helena anwesend und hast mit ihr gesprochen. Du hast mir von einem Streit erzählt, der nicht existieren konnte, weil deine Ex nicht mal im Haus war. Sie lebt schon seit vier Jahren nicht mehr hier, weil du sie damals bei einem Schub schwer verletzt hast.«

»Hör auf mit dem Quatsch«, schrie Lio und starrte Jannes an. »Was stimmt mit dir nicht? Ich bilde mir das doch nicht ein. Meine Therapie hat angeschlagen und ich lebe sehr gut mit der Schizophrenie.«

»Du trinkst seit Längerem ständig Alkohol, die Medikamente könnten dadurch an Wirkung verlieren. Deshalb wolltest du möglicherweise auch dieses komische Spiel spielen. Du bildest dir nur ein, uns damit zu helfen.«

Lios Puls hämmerte in den Schläfen. Die Erinnerung an den Abend war klar und lebendig, als hätte dieser sich gerade eben erst zugetragen. Seine Frau war sauer, weil er nicht geholfen hatte, niemals hatte er sich das eingebildet.

Und weshalb behauptete Jannes, dass er Helena verletzt hatte?

Das wollte Lio nicht auf sich sitzen lassen, sein Freund musste sich irren. »Ich habe Helena nichts angetan. Sie war bei unserem Treffen im Haus, nur die Kinder waren nicht da.«

Jannes' Gesicht verhärtete sich. Er presste die Lippen zusammen und legte den Kopf leicht zur Seite, es wirkte wie ein Ausdruck voller Bedauern und Misstrauen. »Du hast Helena und deinen Sohn seit vier Jahren nicht mehr gesehen. Bei unserem Treffen war der fünfte Todestag deiner Tochter, mit dem fing deine Erkrankung an und vielleicht hat der emotionale Stress jetzt einen Schub ausgelöst. Du warst damals mit ihr in einer Bank, als ein maskierter Typ mit einer Waffe hereinkam und die Filiale ausrauben wollte. Der Wachmann hat sich von hinten an den Kerl angeschlichen, um ihn zu überwältigen. Dabei hat sich ein Schuss gelöst und deine süße Maus getroffen.«

Lio schüttelte den Kopf. Woher wusste Jannes von seinem Traum? »Helena ist mit den Kindern ausgezogen, weil sie mein Verhalten nicht mehr ertragen hat, aber sie kommen wieder, sobald ich das Buch fertig habe.«

»Greta ist tot, Lio. Du konntest dir das nie verzeihen, hast oft gesagt, dass du schuld bist, weil du sie nicht beschützt hast. Durch dieses traumatische Erlebnis hast du Wahnvorstellungen entwickelt. Ungefähr ein Jahr nach dieser grausamen Tat hast du Helena angegriffen.«

Warum erzählte Jannes ihm solche Märchen? Was wollte er damit bezwecken?

Lio schüttelte erneut den Kopf, brachte aber kein Wort heraus.

»Du hast deine Frau im Wahn angegriffen, es tat dir danach sehr leid. Aber für sie und euren Sohn wurde es zu gefährlich, weil sie jederzeit damit rechnen mussten, dass du sie verletzt. Deshalb ist sie mit ihm ausgezogen. Ich denke, dass du wieder in so einem Schub bist und dadurch glaubst, dass wir mit unseren Geheimnissen

Hilfe brauchen. Wir haben leider falsch reagiert, möglicherweise hast du dich provoziert gefühlt. Vielleicht warst du bei Anna, sie wollte nicht mit dir reden und es kam zum Streit.«

Die Worte trafen Lio wie ein Schlag gegen die Brust. Das Blut pochte in seinem Kopf. *Das ist nicht wahr.* Trotzdem nagte eine leise Unsicherheit an ihm. Er wollte sie sich aber nicht eingestehen. »Das stimmt nicht.« Es war kaum mehr als ein Flüstern gewesen. Seine zitternden Finger gruben sich in die Sessellehne, als müsste er sich an etwas festhalten.

Jannes schüttelte langsam den Kopf. »Gehst du noch regelmäßig zur Therapie?«

In Lios Kopf wirbelten die Informationen wild durcheinander, er schaffte es nicht, sie zu sortieren. »Ich glaube, ich war vor ein paar Tagen dort. Aber ich bin mir nicht sicher.« Er fuhr sich durch die Haare. Es machte ihn kirre, dass er sich nicht erinnerte. Die Bilder von seiner Frau und seinen Kindern, wie sie durch das Haus wirbelten, fühlten sich wie Nebel vor seinen Augen an. War der Streit mit Helena vor ein paar Tagen nur eine Lüge seines eigenen Verstands?

»Du kannst deinen Therapeuten gleich anrufen und ihn fragen, ob du da warst. Aber der kann am Telefon wahrscheinlich eh nicht viel ausrichten. Wir müssen dringend Anna finden, das hat gerade Priorität. Vielleicht hast du ihr in einem Schub etwas getan. Versuche bitte, dich zu erinnern.«

Vielleicht hast du ihr in einem Schub was getan, hallte es in Lios Verstand wider.

Das Zimmer schien sich zu bewegen, die Wände wölbten sich leicht nach innen und zurück, so als würden sie atmen.

Er konnte Jannes' Stimme kaum hören, so laut war das Dröhnen seiner eigenen Gedanken. Es fühlte sich an, als stünde er auf einem Seil, hoch über einem dunklen Abgrund, und als gäbe es nichts, woran er sich festhalten konnte. In wenigen Sekunden würde er abstürzen und für immer in der Dunkelheit verschwinden.

»Lio!« Jannes' Stimme hatte durch das Dröhnen in Lios Kopf geschnitten. »Bleib bei mir! Schau mich an! Atme tief durch.«

Lio blinzelte und erblickte Jannes' Gesicht verschwommen vor sich. Es wirkte, als würde er durch trübes Glas hindurchsehen.

»Ganz ruhig, mein Freund. Ich bin da, um dir zu helfen.«

Das Dröhnen in Lios Kopf ließ langsam nach, aber die Wände um ihn herum schienen weiterhin zu wanken. Er zwang sich, tief durchzuatmen und seinen Blick auf den Boden zu fixieren.

»So ist es gut,« sagte Jannes.

Langsam setzte sich Lio wieder aufrecht hin. Seine Hände zitterten und seine Kehle fühlte sich trocken an. »Es tut mir leid«, murmelte er, seine Stimme war kaum mehr als ein Flüstern. »Du hast recht, ich muss etwas Schlimmes verbrochen und alle in Gefahr gebracht haben.« Er schüttelte den Kopf. »Ich weiß nicht, warum ich trotz Medikamenten und Therapie plötzlich einen Rückfall haben sollte.«

Jannes legte eine Hand auf seine Schulter. »Was genau hast du getan?«

Lio schluckte schwer, versuchte, Worte zu finden, die Jannes alles erklären könnten, aber sie blieben ihm im Hals stecken.

»Nun rede schon, Lio. Hat es etwas mit Anna zu tun?« Jannes verengte seine Augen und spannte seinen Körper an.

»Nein.« Lio hob den Blick und sah Jannes eindringlich an. »Es geht um … deinen Gläubiger. Joachim Leimar.« Seine Stimme war bei dem Namen fast gebrochen. Sein Herz hämmerte. Er ließ Jannes nicht aus den Augen, weil er befürchtete, dass sich dieser auf ihn stürzen würde.

Dessen Miene verhärtete sich. »Was ist mit ihm?«

Lio holte tief Luft, es fühlte sich an, als würde er keinen Sauerstoff bekommen. »Ich habe ihm eine E-Mail geschickt. Daran kann ich mich nicht erinnern, ich schwöre es, aber ich habe es vorhin am Computer geprüft, nachdem klar war, dass ich Annas Ex angerufen habe. Ich wollte wissen, ob ich noch mehr Mist gebaut habe, und da habe ich gesehen, dass ich ihm geschrieben habe.«

Die Farbe wich aus Jannes' Gesicht. »Was für eine E-Mail?« Seine Stimme war leise gewesen, doch sie hatte trotzdem bedrohlich geklungen.

Lio krallte die Finger in seine Oberschenkel. »Ich habe ihm gesagt … dass ich weiß, wo du bist.« Das Geständnis schnürte ihm die Brust zusammen.

Einen Moment lang herrschte Stille.

Dann stieß Jannes ein bitteres Lachen aus. »Das ist ein schlechter Scherz, Lio.«

»Ich wünschte, es wäre so.« Lio hob die Hände. »Es tut mir leid. Ich wollte dir keinen Ärger bescheren.«

Jannes beugte sich vor, kam ganz nah an Lios Gesicht heran und hämmerte mit der Faust auf den Tisch, sodass eine Tasse darauf vibrierte. »Keinen Ärger bescheren?« Seine Stimme hatte sich beinahe überschlagen. »Du hast Leimar geschrieben, wo ich bin, und glaubst, ein ‚Es tut mir leid‘ macht das wieder gut? Weißt du überhaupt, was es bedeutet, wenn er mich findet?«

Lio wich aufgrund der plötzlichen Heftigkeit zurück, sein Atem wurde schneller. »Ich habe nur eine Andeutung gemacht, dass ich weiß, wo du bist, mehr nicht. Er hat zwar per E-Mail nachgehakt, aber ich habe nicht mehr darauf geantwortet.« Lio faltete die Hände. »Es tut mir wirklich schrecklich leid. Ich … ich war nicht ich selbst.«

»Jetzt nimmst du deine Schizophrenie als Ausrede, oder was?« Jannes' Augen funkelten vor Zorn. »Wir vier haben dir beigestanden, deine Krankheit akzeptiert, gelernt, damit umzugehen. Nun ist Anna verschwunden, bei Stefanie bist du eingebrochen und mein Leben ist in Gefahr.«

Speichel spritzte Lio ins Gesicht. Jannes' Worte prasselten wie Schläge auf ihn ein. Er musste seinen Kumpel beruhigen. »Vielleicht verliert er das Interesse daran, weil ich ihm deine Adresse nicht verraten habe.«

Jannes lachte wieder, dieses Mal beinahe hysterisch. »Dieser Mann lässt mich niemals in Ruhe. Er wartet nur darauf, mich in die Finger zu bekommen. Du hast ihm die Tür zu meinem Leben geöffnet. Was glaubst du, was er jetzt tun wird? Einen netten Brief schreiben, in dem er mich höflich um eine Ratenzahlung bittet?«

Lio stand auf, weil er sich mit der Nähe seines aufgebrachten Freundes immer unwohler fühlte. »Ich werde das wieder in Ordnung bringen, Jannes.«

»Wie sollte ich dir noch vertrauen? Du sagst doch selbst, dass du nicht weißt, was du tust.« Jannes' Stimme war eiskalt gewesen. »Du hast nicht nur mich in Gefahr gebracht, sondern auch dich selbst. Wenn du ihm nicht verrätst, wo ich bin, wird er dich wie eine Zitrone zerquetschen, bis du es ausgesprochen hast. Danach wird er dich beseitigen, denn du bist dann ein Zeuge.«

Lios Herz flatterte vor Angst.

Tränen standen in Jannes' Augen. »Und was sollten die Fotos auf Stefanies Tisch? Was hast du bei ihr getan? Hast du da auch jemanden aus ihrem Leben kontaktiert?«

Lio wurde heiß. Zwar hatte er sich denken können, dass er etwas angestellt hatte, aber er erinnerte sich nicht daran, was. »Ich weiß es nicht, ich habe nur gemerkt, dass die Bilder weg sind.«

Jannes schüttelte den Kopf. »Wie bist du so ohne Weiteres in ihr Haus gekommen?«

»Ich …« Lio dachte nach. Wo sollte er in der Nacht sonst noch alles gewesen sein? Bei Jürgen, Anna und nun auch noch bei Stefanie? »Ich kann mich nicht erinnern, bei ihr gewesen zu sein.«

»Natürlich nicht. Und trotzdem hast du es getan. Für den Anruf bei Annas Ex und die E-Mail an Leimar hast du ja selbst die Beweise gefunden. Und nur du hattest die Fotos, die bei Stefanie aufgetaucht sind. Die hat bestimmt niemand bei dir gestohlen und zu ihr nach Hause gebracht.« Jannes schaute ihn einen Moment fragend an. »Vielleicht inszenierst du das alles, weil du es genauso in deinem Thriller schreiben willst. Gehst du wirklich so weit?«

Hastig schüttelte Lio den Kopf. »Ich schwöre dir, mein Plan war niemals, dass euch etwas zustößt. Möglicherweise hast du ja doch recht, dass ich Wahnvorstellungen habe.«

»Dann stell dich der Polizei. Sag ihnen, dass du den Ex angerufen hast.«

»Ist dir klar, dass ihr alle auffliegen würdet? Anna würde dafür belangt werden, dass sie einen Mord vertuscht hat. Sie würden Leimar kontaktieren, du müsstest dich mit ihm auseinandersetzen und er würde danach wissen, wo du steckst. Und Andreas würde sich auch dafür verantworten müssen, dass er jahrelang verheimlicht hat, einen Patienten zum Pflegefall gemacht zu haben. Wollt ihr das wirklich?« Lio hoffte, dass diese Ausführungen reichten, um seinen Freund von dem Vorhaben, die Polizei einzuschalten, abzubringen.

Jannes drehte sich jedoch um und stürmte zur Tür. An der alten Kommode blieb er plötzlich stehen. Er griff in die Glasschale, die Helena dort aufgestellt hatte, um für Gäste Bonbons hineinzulegen. Jannes hielt einen Schlüssel hoch.

Es war Stefanies.

Lio erkannte ihn an dem Hello-Kitty-Anhänger, über den sich alle lustig machten.

Jannes presste die Lippen zusammen und funkelte Lio an. »Ich habe gewusst, dass du hinter dem Einbruch steckst. Warum sollte er sonst hier liegen?«

Lio schluckte. »Ich weiß es nicht.« Sein Körper zitterte.

Jannes verließ das Haus mit dem Schlüssel, ohne ein weiteres Wort zu sagen.

»Was habe ich nur getan?«, flüsterte Lio noch einmal.

Die Wände begannen erneut, sich zu bewegen.

Lio bekam kaum Luft, weil die Verzweiflung ihm den Atem raubte. Er hatte große Angst, dass er noch mehr angestellt hatte. Wie konnte er das Unheil, das er angerichtet hatte, stoppen?

14

Ein leises Summen drang in seine Ohren. Er wusste nicht, woher es kam, doch es blieb hartnäckig da. Überhaupt fühlte sich etwas komisch an, er konnte nicht benennen, was dieses Gefühl auslöste. Es war einerseits so, als wäre er wach, andererseits glaubte er zu träumen.

Dann bemerkte er eine Berührung an seinem Arm, nicht eindeutig, nur ganz zart. War das echt oder Einbildung? Er konzentrierte sich darauf und spürte, wie das Kribbeln an seinem Arm stärker wurde. Seine Lider flatterten und ein Licht strahlte ihn an.

»Da ist Regung«, sagte eine Männerstimme.

»Oh Gott, bitte wach endlich auf, Luke.«

Schon wieder redete wer mit einem Luke.

Er öffnete die Augen langsam und das Licht brannte darin. Es war, als würde die Dunkelheit, die ihn die ganze Zeit gefangen gehalten hatte, von einem grellen Scheinwerfer verdrängt werden. Er blinzelte gegen die Helligkeit an. Alles wirkte verschwommen, nebelig.

Gesichter tauchten über ihm auf. Es waren nur undeutliche, verzerrte Fratzen.

»Luke? Hörst du mich? Es ist alles in Ordnung. Deine Augen brauchen Zeit, um sich an das Licht zu gewöhnen«, drang eine ruhige Stimme aus der Ferne zu ihm.

Wieso nannten sie ihn immer wieder so? Oder war er gar nicht gemeint?

Er versuchte, etwas zu sagen, doch er konnte nur röcheln. Sein Hals fühlte sich trocken an, seine Zunge war rau wie Sandpapier. Sein Blick wanderte durch den Raum, stolperte über Geräte, Kabel, eine weiße Decke.

Dann tauchte eine Frau nah vor seinem Gesicht auf. In ihren Augen glänzten Tränen. »Luke! Oh, mein Schatz, du bist endlich wach!« Sie griff nach seinen Fingern.

Er fühlte sich mit der Berührung nicht wohl und zog seine Hand zurück.

Das Lächeln auf ihrem Gesicht erstarrte. »Schatz«, krächzte sie.

»Wer … bist du?« Seine Stimme hatte seltsam fremd geklungen, so kratzig und brüchig, als würde sie jemand anderem gehören. Müsste er seine eigene Stimme nicht erkennen?

Die Lippen der Frau bebten. »Luke, ich bin's. Mama. Weißt du denn nicht, wer ich bin?« Ihr Ton war fast flehend gewesen. Wie konnte sie behaupten, seine Mutter zu sein?

Er hatte die Frau nie zuvor gesehen.

Ein Mann im weißen Kittel stellte sich neben sie. »Geben Sie ihm einen Augenblick Zeit. Er ist gerade erst aufgewacht und muss sich orientieren.«

Die Frau trat ein Stück zurück und wischte sich Tränen aus den Augen.

Er suchte in ihrem Gesicht nach irgendeiner Vertrautheit, die bewies, dass sie seine Mutter war. Aber er spürte keine Verbundenheit zu ihr. »Ich … kenne dich nicht.«

Die Frau brach in Tränen aus und drehte sich weg.

Der Mann in dem weißen Kittel beugte sich über ihn. »Ich bin Dr. Maier. Du hattest einen schweren Unfall und sehr schlimme Kopfverletzungen. Deshalb hast du lange geschlafen. Wir werden dir alles erklären, sobald es dir etwas besser geht. Mach dir keine Sorgen, hier will dir niemand etwas Böses.«

Ein anderer Mann stellte sich an das Bett. »Hallo Luke, vielleicht erkennst du mich. Ich bin dein Papa.«

Er betrachtete auch diesen Mann genau, doch der war ihm ebenso völlig unbekannt. Deshalb schüttelte er den Kopf.

»Warum weiß er nicht, wer wir sind?«, fragte die Frau schluchzend.

»Es ist möglich, dass er an einer retrograden Amnesie leidet. So ein Gedächtnisverlust kann durch solch ein schweres Trauma kommen«, erklärte der Arzt.

»Geht das wieder weg?«, hakte der Mann nach, der behauptete, sein Vater zu sein.

»In vielen Fällen schon, meist sogar bereits nach wenigen Stunden. Es gibt jedoch auch Fälle, bei denen es dauerhaft anhält. Je größer der Gedächtnisverlust in Bezug auf die Dinge ist, die er vor dem Unfall wusste, desto wahrscheinlicher ist es, dass die Erinnerungen nicht wiederkehren.«

»Wie bitte?« Die Frau riss die Augen auf. »Soll das etwa heißen, dass Luke uns nicht mehr als seine Eltern erkennen wird?«

»Möglich ist das. Aber es gibt Mittel und Wege, die Luke helfen werden, sich an die neue Situation anzupassen. Er wird ihnen dadurch schnell vertrauen. Wir müssen ihm Zeit geben. Er lag über vier Wochen im Koma und muss erst einmal zu Kräften kommen. Wir werden zu einem späteren Zeitpunkt Psychologen dazu holen, die Sie dabei unterstützen werden, sich auf seine neue Situation einzustellen.« Der Arzt sah ihn an. »Kennst du deinen Namen?«

Er schüttelte den Kopf. »Ich heiße nicht Luke, aber ich weiß meinen echten Namen nicht.«

Der Frau entwich ein tiefer Seufzer.

»Erinnerst du dich, wie alt du bist oder woher du kommst?«

Er schüttelte den Kopf.

Die Frau weinte bitterlich. »Es tut mir leid, es ist nur …« Sie legte die Hand auf ihre Brust.

Es störte ihn nicht, dass die Frau so emotional reagierte. Vielmehr interessierte er sich dafür, wieso er in dieser seltsamen Situation war. Er blickte noch einmal durch den Raum, in dem er angeblich vier Wochen geschlafen hatte. »Warum bin ich hier? Was ist mit mir passiert?«

Dr. Maier schaute betroffen. »Du hattest einen Unfall. Wir haben dich die letzten Wochen hier im Krankenhaus behandelt und sind sehr froh, dass du nun aufgewacht bist. Später werden wir dir alles in Ruhe erklären, aber nicht heute, dafür bist du noch zu schwach und die Situation ist sicher so schon beängstigend für dich. Deine Genesung wird Zeit brauchen. Wenn du richtig zu Kräften kommst, wirst du dich vielleicht auch wieder an dein Leben, deine Freunde und Verwandten erinnern können. Ich verspreche dir, dass wir dich unterstützen.«

Er schloss die Augen. *Luke.* Es fühlte sich nicht richtig an, so zu heißen. Er konnte noch so stark darüber nachdenken, wer er war. Es schien, als würde sein Gedächtnis von einer dicken Wand blockiert werden.

15

Jannes' Herz pochte wild, als er sein Auto startete. Er wählte Andreas' Nummer.

»Endlich rufst du an. Konntest du bei Lio etwas erreichen?«

»Dieses Arschloch hat Leimar geschrieben«, keuchte Jannes ins Telefon.

»Jetzt beruhig dich, ich verstehe dich nicht richtig. Wem hat er geschrieben?«

»Joachim Leimar ist der Mann, der mich seit Jahren sucht und mir jeden Knochen brechen will.«

»Warum möchte dich dieser Kerl finden?«, hakte Andreas nach.

Jannes atmete tief ein.

Da nun die Geheimnisse seiner Freunde offenbart waren, saßen sie mittlerweile alle im selben Boot.

»Die Wahrheit, die Lio über mich aufdecken wollte, ist, dass ich mich seit Jahren in Koblenz verstecke«, sagte er deshalb. »Ihr wisst nicht, mit wem ihr es wirklich zu tun habt, nur Lio habe ich von meiner Flucht erzählt.«

»Soll das heißen, dass du gar nicht Jannes Stein heißt?«

Jannes schluckte und fuhr sich durchs Gesicht. »Ich bin Jannes Stein, Jannes ist aber mein zweiter Vorname. Mehr möchte ich nicht dazu sagen. Es geht um mein Leben und wenn ihr meinen vollen Namen kennt, ist auch eure Sicherheit bedroht. Es ist besser, ihr wisst ihn nicht.«

»Was hast du getan, dass du so in Gefahr bist?«, fragte Andreas.

Ein Schweißtropfen lief langsam über Jannes' Stirn und an der Schläfe herunter. »Ich schulde einigen zwielichtigen Gestalten viel Geld. Mir ging es damals nicht sehr gut, ich wurde spielsüchtig, habe mir immer wieder Geld von denen geliehen. Sie haben mir beide Beine gebrochen und mir genau sieben Tage Zeit gegeben, um zu bezahlen. Ich bin nach dem Krankenhausaufenthalt mit zwei Gipsbeinen noch vor Ablauf der Woche verschwunden. Keiner weiß, wo ich bin.«

»Nicht einmal deine Familie?«, hakte Andreas nach.

»Nein. Ich habe seit Jahren nichts von ihnen gehört.«

»Du meine Güte, das ist schrecklich«, murmelte sein Freund. »Und du denkst, Lio hat ihm geschrieben, dass du in Koblenz bist?«

»Lio behauptet, dass er Leimar nur gesagt hat, er wisse, wo ich bin, aber nicht den Ort verraten hat. Er hat auch zugegeben, dass er Annas Ex angerufen hat. Außerdem habe ich Stefanies Schlüssel bei ihm gefunden. Ich will gar nicht wissen, was er noch alles getan hat. Vielleicht hat er die Familie des Patienten kontaktiert, für dessen Schicksal du verantwortlich bist.«

Auf der anderen Seite der Leitung rauschte nur der schwere Atem seines Freundes.

Jannes seufzte. »Wie konnte Lio das nur tun? Wir sind beste Freunde.«

»Das ist echt heftig.«

»Wir müssen zur Polizei gehen. Ich gebe zu, dass Lio gute Gründe dafür hatte, warum wir es nicht tun sollten, aber die Sache gerät außer Kontrolle. Allein finden wir Anna nicht, falls sie überhaupt noch lebt. Wir könnten bei der Polizei einfach nur anzeigen, dass sie vermisst wird. Von unseren Geheimnissen sagen wir nichts, dann können wir nicht belangt werden. Und sollte Lio die erwähnen, erzählen wir den Beamten, dass er Wahnvorstellungen hat und es nicht stimmt.«

»Wir können nicht zur Polizei«, sagte Andreas mit rauer Stimme. »Ich habe eine Drohung bekommen und ihr werdet unter Garantie auch eine erhalten haben.«

»Was?«, schrie Jannes empört.

»Sie lag in meinem Briefkasten. Jemand will mich verraten, wenn ich die Behörden einschalte.« Andreas' Atem klang gepresst. »Wir müssen uns einen anderen Plan überlegen. Komm zu mir. Stefanie ist schon hier.«

Jannes seufzte. »Wir können Lio nicht ernsthaft damit durchkommen lassen.«

»Glaub mir, das ist das Letzte, was ich tun möchte. Doch wir dürfen nichts machen, was uns selbst gefährdet. Also komm erst einmal her, dann reden wir darüber.« Andreas legte auf.

Jannes holte tief Luft, blinkte und bog rechts ab, um zu

Andreas' Haus zu fahren.

Im Bachweg in Koblenz-Metternich stieg er aus und eilte auf die Tür zu.

Diese war nur angelehnt.

Kurz hielt er inne, weil ihm diese Tatsache komisch vorkam, schließlich hatte Andreas am Telefon ziemlich ängstlich geklungen. Er überlegte, ob er ins Haus gehen oder doch laut nach ihnen rufen sollte. Weil er davon ausging, dass Andreas ihm die Tür bereits geöffnet hatte, da der wusste, dass Jannes auf dem Weg war, entschied er sich für die erste Variante. Trotzdem schlich er die Treppen zum Gebäude nach oben und lauschte erst einen Moment lang an der Tür.

Stimmen drangen nach draußen.

Eindeutig die seiner beiden Freunde.

Jannes klopfte an, ehe er eintrat.

»Wir sind hinten im Garten«, rief Andreas.

Jannes lief durch das Wohnzimmer, das zur Terrasse führte.

Andreas und Stefanie saßen in einer Decke eingemummelt auf der Hollywoodschaukel und rauchten eine. Ihre Gesichter waren angespannt.

Andreas griff nach einem Brief und hielt ihn hoch, seine Finger zitterten leicht. »Das ist die Drohung.«

Jannes nahm das Papier und überflog die maschinengeschriebenen Zeilen.

Gehst du zur Polizei, werden die Angehörigen erfahren, was wirklich passiert ist. Ich sorge dafür, dass auch die Leitung der Klinik davon Kenntnis erlangt. Nichts wird mich aufhalten, ich habe genügend Beweise. Wir spielen das Spiel zu Ende.

Jannes sah Andreas an. »Wer könnte Beweise haben und welche?«

Andreas zuckte mit den Schultern. »Außer Lio, Jürgen und euch wissen es noch zwei andere Personen, die aber niemals etwas verraten würden, weil auch ihre Karriere auf dem Spiel steht.« Er zeigte auf den Brief, den Jannes in der Hand hielt. »Da steht, dass wir das Spiel zu Ende spielen. Das kann doch nur von Lio kommen. Er hat sich schließlich diese seltsamen Aufgaben ausgedacht.«

»Wenn Lio dahintersteckt, hat er womöglich auch bei dir eine Person kontaktiert, die mit dem ganzen Geschehen von damals zu tun hatte. Wir täuschen uns in unserem Freund und sollten dringend zur Polizei gehen. Wie ich sagte, wir müssen unsere Geheimnisse nicht offenbaren, sondern Lio nur wegen Annas Verschwinden verdächtigen.«

»Was, wenn er wirklich Beweise hat? Dann funktioniert dein Plan nicht, ihn als unzurechnungsfähig darzustellen. In dem Fall wäre ich fällig und Anna auch.«

»Wenn er wirklich welche hat, wird es halt unangenehm für uns alle. Tue ich nichts, ist die Gefahr zu groß, dass sich Leimar von Lio meine Adresse holt. Ich kann nicht warten, dass er auftaucht.« Jannes holte tief Luft. »Vielleicht ist es sogar besser, wenn ich meine Schulden zugebe. Die Behörde könnte mich vor Leimar schützen.«

Andreas blies geräuschvoll Luft aus seinen Wangen. »Ich werde nicht zur Polizei gehen. Mein Geheimnis darf niemals herauskommen. Ich habe durch Fahrlässigkeit einen Patienten in Lebensgefahr gebracht. Er hat deshalb einen Hirnschaden erlitten und ist schwerstbehindert. Die Familie hätte Schmerzensgeld verdient. Das Krankenhaus hätte für sie zahlen müssen, stattdessen haben ein Arzt, ein Pfleger, der mich anleiten sollte, und ich über diesen Vorfall geschwiegen, damit nie etwas davon ans Licht kommt. Falls es doch jemand ausplaudert, verliere ich meinen Job. Sollte die Wahrheit über die Ursache des Hirnschadens in anderen Einrichtungen die Runde machen, fasse ich nie wieder Fuß. Du weißt, dass ich das Geld für dieses Haus hier brauche. Und denk an Anna. Wenn sie noch lebt und die Polizei von ihrem Geheimnis erfährt, geht sie in den Knast. Ihr Ex hat Beweise dafür, dass sie den Mord begangen hat. Wir tun uns keinen Gefallen damit, die Behörden einzuschalten. Lieber sollten wir uns Gedanken machen, wie wir uns selbst helfen können.«

Jannes sah Andreas an. »Und wenn Lio die Angehörigen doch informiert hat? Dann gehen die sowieso zur Polizei.«

Andreas zog die Schultern hoch. »Ich weiß ehrlich gesagt nicht, ob ich ihm je erzählt habe, wer die Familie ist, auch nicht, wer an der Vertuschung beteiligt war. Möglicherweise im Suff. Ihr wisst, wie er tickt. Er ist ein neugieriger Fatzke, der immer genau wusste, wie er uns alles aus der Nase ziehen konnte. Er hätte einen wunderbaren Journalisten abgegeben. Oder warum kennt er auch eure Geheimnisse?«

»Recherchieren hat er wirklich drauf. Wir waren so leichtsinnig und haben ihm alles anvertraut. Jetzt sitzen wir in der Scheiße. Ich habe echt Schiss. Wie sollen wir das nur allein hinkriegen?« Jannes sah Stefanie an. »Willst du etwa auch nicht zur Polizei? Du hast ja eigentlich nichts zu befürchten. Dass du damals bei einer Aussage gelogen hast, wird dir jetzt nicht mehr auf die Füße fallen.«

»Ich möchte verhindern, dass meine ehemaligen Freunde noch einmal mit der Sache konfrontiert werden. Sie wurden damals von meinem Ex schwer verletzt und sind deshalb sicher durch die Hölle gegangen. Doch ich weiß, dass sie nun ein unbeschwertes Leben führen, weil ich sie auf den sozialen Medien verfolge. Sie haben Kinder, sind verheiratet. Ich will, dass sie glücklich bleiben. Wenn Lio wirklich hinter all den Vorkommnissen steckt, wird er sie vermutlich kontaktieren wollen. Schalten wir aber die Behörden ein, machen wir es für Anna und Andreas schlimmer. Für die beiden steht alles auf dem Spiel. Auch du als Kreditnehmer eines dubiosen Kredithais kannst rechtlich belangt werden, denn du hast an illegalen Transaktionen teilgenommen, indem du das Geld akzeptiert hast. Kannst du denn die Schulden zurückzahlen? Den Kapitalbetrag schuldest du weiter.«

Jannes holte tief Luft. »Verdammt, nein, ich könnte nichts zahlen. Es handelt sich um hohe Summen.« Er schlug sich gegen den Oberschenkel. »Wenn wir uns von der Drohung einschüchtern lassen, machen wir uns für Lio erpressbar.«

»Wir finden eine andere Lösung.« Andreas räusperte sich. »Ich denke ständig darüber nach, ob er es schon immer geplant hat, dieses Spiel zu spielen, und uns über unser gesamtes Leben ausgequetscht hat, um es irgendwann gegen uns zu verwenden.«

Stefanie schüttelte hastig den Kopf. »Ich glaube nicht, dass er böse Absichten hat. Er ist krank und möglicherweise echt davon überzeugt, dass er uns damit hilft. Er hat diesen Leimar und Annas Ex sicher in einem Schub kontaktiert. Ich glaube ihm, dass er sich nicht erinnern kann.«

Jannes hob die Augenbrauen. »Ich bin mir da nicht sicher, aber ich möchte es ihm auch nicht zutrauen. Wir hätten doch in den Jahren merken müssen, wenn er böse Absichten hatte, oder?«

Es entstand eine unheimliche Stille und jeder schien seinen eigenen Gedanken nachzugehen.

Jannes fuhr sich durch die Haare. »Ich habe kein gutes Gefühl dabei, gar nichts zu unternehmen. Wenn es an seiner Erkrankung liegt, sollten wir ihn in die Klinik bringen. Die Therapeuten könnten vielleicht durch gezielte Fragen herausfinden, ob er in der Nacht bei Anna war und sie verschwinden lassen hat.«

Stefanie räusperte sich. »Er braucht auf alle Fälle Hilfe, das steht fest. Aber wenn er sich in die Ecke getrieben fühlt, wird er dichtmachen und sich wehren. Das kennen wir von ihm aus der Vergangenheit. Dann haben wir nichts erreicht und finden Anna auch nicht. Und die Klinik würde doch die Polizei einschalten, sobald die Ärzte erfahren, welchen Verdacht wir gegen Lio haben, oder?«

»Aber was sollen wir tun, um Anna zu helfen und Lio zu stoppen?«, fragte Jannes etwas zu laut.

»Wir brauchen einen Zugang zu ihm. Zuerst müssen wir Vertrauen zu ihm aufbauen und als Freunde agieren, ohne zu zeigen, dass wir sauer sind. Eventuell könnte es nützen, wenn er seinen vertrauten Therapeuten anruft. Mit dem hat er eine gute Verbindung. Vielleicht benötigt er eine neue Dosis seiner Tabletten.«

»Das habe ich ihm vorhin schon empfohlen. Ich hoffe, er tut es«, erwiderte Jannes darauf. »Er war heute ziemlich betrunken. Warten wir noch ab, bis er nüchtern ist, dann reden wir mit ihm.«

Andreas lief ins Wohnzimmer und schlug gegen die Terrassentür. »Ich kann nicht einfach nur herumsitzen, das macht mich fertig. Seine Erkrankung ist für mich keine Entschuldigung. Ich schlage Lio windelweich, bis er mir sagt, wo Anna ist. Und ich finde heraus, was er noch getan hat, um uns zu gefährden.« Er griff nach seiner Jacke.

»Andreas!«, rief Jannes und packte ihn am Arm. »Du tust dir damit keinen Gefallen. Wir beruhigen uns erst und dann fahren wir gemeinsam zu ihm.«

»Beruhigen?« Andreas lachte bitter. »Lio verdient es, dass ein Typ wie Leimar bei ihm auftaucht und ihm eine Tracht Prügel verpasst. Wir sollten deinen Kredithai zu ihm schicken.«

Jannes spürte, dass ihm die Kontrolle entglitt. »Das wäre ein großer Fehler. Du würdest mich damit erst recht in Gefahr bringen. Leimar würde ihn nicht einfach

verprügeln, er würde ihn so lange foltern, bis er auspuckt, wo ich mich aufhalte. In der Verfassung, in der Lio
ist, wird er mich schnell verraten.«

Andreas riss sich los und marschierte zur Tür. »Ich
muss raus, sonst drehe ich durch. Wartet hier.«

Jannes stöhnte auf. »Bitte tu nichts Unüberlegtes,
Andreas. Ich flehe dich an.«

Die Tür knallte ins Schloss.

Stefanie schaute Andreas seelenruhig nach. Dann
stand sie auf und ging ins Wohnzimmer. »Es ist frisch.«

»Ist das alles, was du dazu sagen willst?«, fragte Jannes
zornig, weil Stefanie sich nicht mal bemüht hatte, Andreas
aufzuhalten. »Was, wenn er Mist baut?«

»Leimar wird er nicht kontaktieren, er kennt doch
seine Kontaktdaten gar nicht. Er wird sich ins Auto setzen, seine Lieblingssongs aufdrehen und ein paar Runden
über die Autobahn rasen, bis er sich beruhigt hat. Dann
kommt er wieder.«

In diesem Moment ertönte das Quietschen von Autoreifen. Die Fenster zitterten bei dem Bass der Musik, die
nach drinnen dröhnte.

Jannes ließ sich schwer auf die Couch fallen. Seine
innere Unruhe ließ jedoch nicht nach und er schaute auf
die Uhr.

Plötzlich klirrte es in der Küche.

Stefanie schrak hoch. »Was war das?«

Jannes starrte in die Richtung, aus der das Geräusch
gekommen war. »Keine Ahnung.« Er stand auf und
schlich auf Zehenspitzen zur Küche.

»Bleib hier«, flüsterte Stefanie.

Das Klirren wiederholte sich, gefolgt von einem leisen Knarren.

Jannes griff nach der schweren Goldfigur, die Andreas auf seinem Sideboard stehen hatte, und bewegte sich weiter Richtung Küche. Als er die Tür erreichte, hielt er inne und lauschte.

Stefanie hatte sich hinter ihn gestellt.

Alles war still.

Jannes nickte Stefanie zu und riss dann die Tür mit einem Ruck auf. Die Figur hielt er hoch.

Das Zimmer war leer.

Von der Küche aus gab es noch eine Tür zur Terrasse hinaus, die geöffnet war. Die Scheibe war auf Höhe des Griffs eingeschlagen.

Jannes eilte zur Terrasse, konnte aber niemanden mehr sehen.

»Wer war das?«

»Weiß ich nicht.« Jannes drehte sich um.

Auf dem Küchentisch lag ein Brief. Der Umschlag war rot.

»War der vorhin auch schon da?«, fragte Jannes.

»Nein, ganz sicher nicht. Wir saßen eine Weile in der Küche und haben Kaffee getrunken, ehe wir rausgegangen sind«, antwortete Stefanie mit zittriger Stimme.

Jannes öffnete den Umschlag. »Jetzt spielen wir das wahre Spiel«, las er laut vor.

Stefanie schnappte nach Luft. »Was ist damit gemeint?«

»Dass wir in eine echt beschissene Lage gekommen sind.«

»Mir macht das Ganze echt Angst.« Stefanie schluckte schwer und sah sich um. Sie schloss die Terrassentür, eilte ins Wohnzimmer.

Jannes folgte ihr, um zu prüfen, dass niemand auf sie lauerte.

Auch dort schloss sie die Tür und die Fenster. »Wir müssen Andreas anrufen.« Sie griff nach ihrem Handy, das auf dem Couchtisch lag, und tippte etwas ein. Dann hielt sie es sich ans Ohr. Nach einer Weile schüttelte sie den Kopf. »Er geht nicht ran.«

»Andreas kommt sicher gleich wieder.« Jannes setzte sich auf das Sofa.

»Ich finde die Vorkommnisse echt gruselig«, sagte Stefanie und nahm neben ihm Platz. »Lio steckt niemals hinter den Drohungen. Er würde nicht so weit gehen und ich bin mir nicht sicher, ob er sich in seinem Zustand etwas derart Komplexes ausdenken könnte.«

»Er würde es uns ganz bestimmt nicht sagen, wenn es so wäre.« Jannes wischte sich über das Gesicht. »Aber ich traue ihm das auch nicht zu. Er war vorhin völlig fertig und durcheinander, das kann nicht gespielt gewesen sein. In dem Zustand hätte er niemals hier so einbrechen können, ohne erwischt zu werden.«

»Was sollen wir jetzt machen?«

Jannes antwortete nicht darauf, seine Gedanken rasten. »Ich muss an die frische Luft.« Er stand auf und ging zur Terrasse.

»Bitte lass sie zu«, flehte Stefanie. »Was, wenn derjenige noch da draußen ist?«

»Ich ersticke hier drinnen. Mir ist das alles zu viel, ich brauche Sauerstoff. Mach dir keine Sorgen, die Person, die den Umschlag hingelegt hat, ist bestimmt nicht mehr in der Nähe, wir haben sie längst verscheucht. Außerdem ist die Scheibe eh schon kaputt, er könnte also jederzeit wieder rein.«

30. September 2023

Andreas fuhr die Dreißigerzone vom Bachweg zur Trierer Straße mit einer Wut im Bauch, die ihm Schmerzen bereitete. Seit dem komischen Spiel bei Lio rasten die schlimmsten Vorstellungen durch seine Gedanken. Wenn die Vertuschung des medizinischen Fehlers herauskam, müsste nicht nur er sich vor Gericht verantworten, sondern auch die beiden Kollegen, die an diesem Tag für ihn verantwortlich gewesen waren, würden belangt werden.

Er dachte an den hektischen Frühdienst, der eigentlich niemals hätte so stattfinden dürfen. Es hatte an dem Morgen zwei Krankmeldungen auf seiner Station gegeben. Er war noch in der Einarbeitung gewesen, weil er erst frisch angefangen hatte. Sein erfahrener Kollege hatte die Verantwortung für acht schwerstkranke Patienten gehabt.

Andreas hatte einen jungen Mann waschen und den Verbandswechsel an dem zentralen Venenkatheter vornehmen sollen. Keine schwierige Aufgabe, doch beim Abschneiden des Verbandes hatte er versehentlich auch den Schlauch getroffen. Binnen Sekunden war das Blut aus der Halsvene gelaufen. Erst hatte Andreas versucht, das Missgeschick noch zu retten, indem er auf die Vene gedrückt hatte, aber schon kurz darauf hatte der Überwachungsmonitor alarmiert.

Als sein Kollege in das Zimmer gekommen war, hatte der Patient bereits so viel Blut verloren, dass er reanimationspflichtig geworden war. Zwar hatten sie den Patienten retten können, doch durch einen Sauerstoffmangel war es zu irreversiblen Hirnschäden gekommen. Der Patient war schwerstbehindert, weil Andreas diesen Schlauch erwischt und sich anschließend falsch verhalten hatte.

Plötzlich schrak Andreas auf, weil er beim Rechtsabbiegen auf die Trierer Straße den Bordstein mitgenommen hatte. Erschrocken starrte er auf den Tacho, der noch immer siebenundzwanzig anzeigte. Sein Fuß stand nicht auf dem Gaspedal. Hatte er etwa vergessen, zu bremsen, weil er so in Gedanken gewesen war?

Hinter ihm hupte es und der Fahrer winkte, dass Andreas Gas geben sollte. Gott sei Dank war der nicht schon ein paar Sekunden früher da gewesen, sonst hätte es wahrscheinlich gekracht.

Andreas beschleunigte. Obwohl er sich zur Konzentration zwang, blieben seine Gedanken bei dem Mann, dessen Leben er zerstört hatte.

Zu verheimlichen, dass es durch einen Fehler zu dem Notfall gekommen war, war die Idee des Arztes gewesen, weil sowohl er und als auch der erfahrene Pfleger niemals hätten zulassen dürfen, dass ein neuer Kollege mit unzureichender Anleitung an solch einem Patienten arbeitete.

Schon oft hatte sich Andreas gefragt, ob es nicht besser gewesen wäre, es zu melden. Er hätte möglicherweise nur eine Verwarnung erhalten und die Angehörigen wären entschädigt worden. Aber seine Kollegen hätten deutlich mehr Ärger bekommen und an dem Zustand des Patienten hätte es auch nichts geändert.

Seine Schultern sanken ein Stück tiefer, weil das grausame Bild wieder vor seinem inneren Auge aufflammte: der Patient, der blass wie das Laken dalag, das viele Blut, das sich auf dem Bett verteilte, und seine zittrigen Hände, die den ZVK durchgeschnitten hatten.

Andreas schüttelte den Kopf, um die Erinnerung loszuwerden.

Niemand außer den beteiligten Kollegen und seinen Freunden wusste, was er getan hatte. Es sollte dabei bleiben, dass es kein weiterer Mensch erfuhr.

Er strich sich übers Gesicht. Seine Handfläche war feucht vom Schweiß.

Es begann zu regnen. Die Tropfen trommelten leise auf das Glas.

Sein Blick fiel auf den Tacho und er bemerkte, dass er viel zu schnell unterwegs war. Erschrocken trat er auf die Bremse.

Doch das Pedal gab keinen Widerstand.

Eine Eiseskälte durchlief seinen Körper. Er betätigte es erneut, diesmal fester.

Das Auto gehorchte nicht. Es beschleunigte weiter, weil es etwas bergab ging.

»Was zum Teufel …«, sagte er mit zittriger Stimme. Er umklammerte das Lenkrad, seine Finger verkrampften sich um das glatte Leder. Der dumpfe Rhythmus seines Herzschlags dröhnte in seinen Ohren. Panik stieg in ihm auf, die ihm die Kehle zuschnürte. »Nein, nein, nein!«

Er kam der Kreuzung zur Rübenacher Straße näher.

Auf der fuhr ein Lkw geradewegs auf ihn zu.

Andreas' Herz setzte aus. Wieder und wieder trat er auf das Pedal, als könnte er es durch bloße Willenskraft zum Funktionieren bringen. Er riss das Lenkrad zur Seite, schaffte es knapp, vor dem Lkw auf die Kreuzung zu donnern.

Ein grelles Hupen zerriss die Luft.

Andreas schrie.

Das Auto hob leicht ab, rumpelte über die Verkehrsinsel.

Das Lenkrad drehte sich wild in Andreas' Händen. Für einen Sekundenbruchteil dachte er, er könnte es unter Kontrolle bringen, doch dann entglitt es ihm vollständig.

Mit einem dumpfen Krachen donnerte der Wagen gegen die Mauer der Grundschule.

Andreas prallte auf den Airbag auf und wurde nach hinten geschleudert. Sein Kopf schlug hart gegen die Fensterscheibe, ein brennender Schmerz schoss ihm durch den Schädel. Ein schrilles Fiepen füllte seine Ohren. Der metallische Geschmack von Blut breitete sich in seinem Mund aus. Er wollte sich bewegen, doch seine Gliedmaßen gehorchten ihm nicht. Sein Körper fühlte sich taub an, als wäre er unter einer schweren Decke aus Blei begraben.

Verzerrte Schreie drangen von draußen herein.

Das Licht vor seinen Augen wurde gleißend hell.

Die Geräusche verschwanden allmählich.

Er spürte nur noch Frieden.

17

30. September 2023

Lio schreckte aus einem Albtraum hoch, in dem er seine Tochter blutüberströmt in den Armen gehalten hatte. Sein Atem ging stoßweise, Schweiß klebte an seiner Stirn und lief kalt seinen Rücken hinab. Sein Herz schlug wie ein Vorschlaghammer, und sein Blick wanderte gehetzt durch den Raum. Er brauchte einen Moment, bis er erkannte, dass er auf seinem Sofa lag.

Schon wieder hatte er von dem schrecklichen Überfall auf seine Tochter geträumt, und er fragte sich, weshalb. Schlagartig fielen ihm Jannes' Worte ein, der behauptet hatte, dass es wirklich so passiert war. Lio wollte einfach nicht glauben, dass seine Erkrankung wieder ausgebrochen war, er sich die Anwesenheit seiner Familie nur eingebildet und seine Freunde in Gefahr gebracht hatte. Er rieb sich die Augen und schaute auf seinem Handy nach, ob sich Helena endlich gemeldet hatte.

Das Display zeigte keine verpassten Anrufe an.

Lio warf die Decke von sich und schwang die Beine auf den Boden. Er strich über die kalte Oberfläche des Displays. Der Akku war beinahe leer, doch er wählte trotzdem noch einmal Helenas Nummer. Er musste mit ihr sprechen als Beweis dafür, dass sie vor ein paar Tagen einen bösen Streit gehabt hatten. Außerdem vermisste er seine Kinder. Er hielt das Handy an sein Ohr. *Bitte nimm ab.*

Hoffentlich hatte sich ihre Wut etwas gelegt, damit sie gewillt war, mit ihm zu sprechen.

Doch auch dieses Mal ging kein Anruf durch.

Lio runzelte die Stirn. »Was soll das denn? Sie wird sich doch nicht so lang im Wald aufhalten.« Er wählte die Nummer erneut, wieder ertönte kein Freizeichen.

Sein Brustkorb zog sich zusammen, die Luft im Raum fühlte sich stickig an.

Hatte Helena ihre Nummer gewechselt?

Er überlegte krampfhaft, ob er das vielleicht vergessen hatte. Hatte sie es ihm gesagt, während er ständig damit beschäftigt gewesen war, eine Story auf Papier zu bekommen?

Seine Hände zitterten, als er hektisch die Kontakte danach durchsah, ob er eine neue Nummer seiner Frau gespeichert hatte. Aber er fand keine andere von ihr.

Hatte Jannes etwa recht?

Es gab nur eine Person, die Lio das beantworten konnte.

Er suchte die Nummer seines Therapeuten, Dr. Martin Held, und wählte sie mit dem wilden Funken Hoffnung, dass der ihm versichern konnte, alles sei mit ihm in Ordnung.

Nach einigen Sekunden wurde die Leitung verbunden.

»Herr Keller?« Die Stimme am anderen Ende hatte gewohnt ruhig geklungen, jedoch ebenso überrascht. »Ist alles in Ordnung?«

Lio fiel ein, dass er die Nummer nur für Notfälle bekommen hatte. Aber das war einer. Er schnappte nach Luft, weil ihm ein Knoten in der Brust saß. »Irgendetwas stimmt nicht. Ich … ich weiß nicht, was los ist. Alles fühlt sich falsch an. Ich … ich glaube, ich verliere den Verstand.« Seine Stimme war dünn gewesen und hatte vor Verzweiflung gezittert.

Der Therapeut atmete hörbar durch. »Ganz ruhig. Sagen Sie mir, was passiert ist.«

Lio erzählte ihm von Jannes' Behauptung. »Und jetzt kann ich Helena nicht erreichen, es geht kein Anruf zu ihr durch. Aber ich erinnere mich, dass sie vor ein paar Tagen noch hier war. Das habe ich mir nicht eingebildet.«

Am anderen Ende blieb es still.

Das Schweigen des Arztes beunruhigte Lio noch mehr. »Dr. Held?«

»Ihr Freund hat recht. Helena hat Sie vor vier Jahren mit Ihrem Sohn verlassen, weil Sie Ihre Frau während eines Krankheitsschubes schwer verletzt haben. Daraufhin haben Sie die Therapie in einer Klinik begonnen und im Anschluss bei mir weitergemacht. Da Sie sich selbst als Gefahr gesehen haben, haben Sie freiwillig auf das Sorgerecht für Ihren Sohn verzichtet und mit Ihrer Frau vereinbart, jeglichen Kontakt abzubrechen. Sie hat versucht, Sie davon zu überzeugen, dass das nicht der richtige Weg sei. Der Vorschlag Ihrer Frau war, sich mit

Ihnen nach der Therapie wieder zusammenzusetzen, um
einen Plan zu machen, wie die Treffen mit ihr und Ihrem
Sohn aussehen könnten. Aber Sie wollten es nicht, Ihnen
war es zu gefährlich. Es kann sein, dass Ihre Frau die
Nummer geändert und Ihnen nichts gesagt hat, weil es
Ihr eigener Wunsch war, keinen Kontakt zu haben.«

In Lios Kopf hämmerte es. »Also stimmt es, dass
meine Tochter tot ist?«

»Ja, leider. Sie können sich nicht erinnern?«

»Ich habe von diesem Überfall geträumt, aber es hat
sich nicht real angefühlt.« Lio schluchzte. »Ich habe Greta
doch hier vor ein paar Tagen im Haus gesehen. Sie war
nicht tot.«

»Ich denke, dass Sie gerade wieder an Ihren Wahnvorstellungen leiden. Hatten Sie übermäßig Stress?«

Tränen stiegen in Lios Augen. Er fühlte sich so schlecht,
dass er am liebsten einschlafen und nie wieder aufwachen
wollte. Wenn er seine Freunde in Gefahr gebracht hatte,
würde er sich das niemals verzeihen.

»Herr Keller, sind Sie noch dran?«

Lio erschrak. Er hatte sich in seinen Gedanken verloren.
»Entschuldigen Sie, mich macht das gerade fertig. Ich glaube, dass ich großen Mist gebaut habe. Was war Ihre Frage?«

»Ob Sie derzeit vermehrt Stress haben, der einen
neuen Schub begründen könnte.«

»Ein wenig vielleicht mit der Arbeit. Aber ich nehme
meine Tabletten und komme regelmäßig zu den Termi-
nen. Wie kann es sein, dass ich einen solchen Rückfall
habe?«

»Wir haben uns seit Wochen nicht gesehen, Sie haben unsere letzten Termine immer abgesagt. Erinnern Sie sich nicht?«

Lio schüttelte den Kopf, obwohl sein Therapeut es nicht sehen konnte. »Das … das habe ich nicht getan. Ich …« Er verstummte, als sich ein weiterer Gedanke in seinen Geist schlich: Was, wenn er tatsächlich seine Termine vergessen hatte? Falls es wirklich so schlimm um ihn stand, musste Dr. Held ihm helfen. »Die Tabletten scheinen nicht zu wirken, ich brauche ein Rezept für eine höhere Dosis.«

»Das geht nicht so einfach. Wir haben die vor acht Wochen bereits erhöht, weil Sie mir gesagt haben, dass es Ihnen schlechter geht und Sie häufiger zu Alkohol greifen, um sich zu betäuben. Wenn diese Dosis nicht ausreicht, müssen wir sehen, was das Problem ist. Ich hätte gleich morgen um zehn Uhr Zeit für Sie.«

»Ich … komme. Danke.« Lio legte auf. Die Angst lag wie ein kalter Stein in seinem Magen und machte es unmöglich, dass sich Lio bewegen konnte. Warum wirkten seine Tabletten nicht mehr? Hatte er angefangen zu trinken, weil er gespürt hatte, dass etwas nicht stimmte?

Ein Donnern an der Tür ließ ihn aufschrecken. Sein Herz setzte für einen Moment aus.

Erneut klopfte jemand kräftig.

Lio zögerte, stand jedoch auf, weil er hoffte, dass Jannes zurückkommen würde. Er brauchte dringend seinen Freund zum Reden. So wie sich das Klopfen anhörte, vermutete Lio allerdings eher einen wütenden Andreas vor dem Haus. Stumm betete er, dass er nicht noch mehr Mist gebaut hatte.

Vorsichtig schlich er in Richtung Tür.

An der Garderobe roch es beißend, als hätte er Alkohol oder Lösungsmittel verschüttet. Er runzelte die Stirn und schnüffelte wie ein suchender Hund an den Kleidungsstücken, die im Flur hingen.

Tatsächlich stank eine seiner Jacken danach.

Als er sie sich anschaute, fand er einen klaren Fleck darauf. Er strich darüber, es fühlte sich wie Öl an.

»Lio, bist du da?«, rief Jürgen lautstark.

Lios Schultern sackten leicht zusammen. Er öffnete. »Warum schlägst du so gegen die Tür? Du hast mich erschreckt.«

»Entschuldige.« In seiner Hand, die mit einem Verband versehen war, hielt Jürgen eine Flasche Whisky. Unter seinem Arm klemmte eine Schachtel, deren Ecken abgenutzt und mit Flecken übersät waren.

Lio war ein wenig genervt von seinem Nachbarn, weil dieser seit dem Spiel ständig auftauchte. »Was machst du hier?«, fragte er betont freundlich.

Jürgen grinste breit. Es war eine Mischung aus einem aufgeregten Lächeln, das ein Kind zeigte, wenn es sich auf etwas arg freute, und einem herausfordernden Grienen, so als wollte Jürgen ihn testen. »Wir haben unser Spiel nicht zu Ende gespielt.« Er schwenkte die Whiskyflasche und drückte sich ohne Einladung an Lio vorbei in die Wohnung. »Das können wir jetzt tun. Dann bist du nicht allein.«

»Ich habe keine Zeit.« Lio folgte ihm ins Wohnzimmer, weil Jürgen einfach weiterlief.

Dieser ließ sich auf die Couch fallen, stellte die Flasche auf den Tisch und öffnete die Schachtel.

Darin befanden sich jede Menge Würfel.

Er blickte auf, sein Grinsen war verschwunden. »Oder hast du etwa Angst zu spielen?«

Lio schluckte. »Nein, ich habe keine Angst. Warum auch?«

»Weil du es gespielt hast, um unsere Wahrheit zu erfahren. Vielleicht kommt auch von dir eine heraus.« Jürgen schob die Würfel in Lios Richtung. »Ich kann dir noch mehr Geheimnisse verraten. Welche Aufgaben gibt es?«

Lio wurde Jürgens Verhalten immer unheimlicher.

Wahrscheinlich meinte der es gar nicht so böse oder gruselig. Möglicherweise hatte er nicht mal verstanden, dass Lio seine Freunde verletzt hatte. Jürgen schien sich mittlerweile nichts mehr daraus zu machen, dass Lio ihn vor all den anderen mit seiner Schwester geoutet hatte.

»Ich denke, du hast da etwas missverstanden. Das Spiel sollte nur an dem einen Abend stattfinden. Danach wollte ich bloß beobachten, wie ihr mit euren Problemen umgeht und was ihr unternehmt, um sie zu bewältigen.«

Jürgen goss Whisky in zwei alte Gläser, die noch vom Abend zuvor dort herumstanden.

Lio verzog angewidert den Mund, weil er eigentlich nicht schon wieder trinken wollte. Er schob das eine Glas beiseite und stieß versehentlich gegen Jürgens verbundene Hand.

»Aua«, schrie dieser auf und zog den Arm mit schmerzverzerrtem Gesicht weg.

»Was hast du denn angestellt?«

Jürgen winkte ab. »Ach, ich habe mich nur geschnitten.« Er trank noch einen Schluck Whisky. »Warum hast du das Würfelspiel überhaupt angefangen, wenn du es gar nicht weiterspielen willst?« Er betrachtete ihn über den Rand seines Glases hinweg. »Man beginnt kein Spiel, ohne es zu Ende zu spielen.«

»Es ist zu Ende. Mein Plan war, dass jeder seine Karten vorliest und sein Geheimnis verrät. Das ging gehörig schief. Ich hätte das nicht tun sollen.« Lio nahm schließlich doch einen großen Schluck vom Alkohol, weil er hoffte, sein schlechtes Gewissen damit hinunterspülen zu können. Der Whisky brannte in seiner Kehle und löste sofort ein wohliges Gefühl aus, nach dem er in letzter Zeit häufiger lechzte.

»Ich habe eine gute Idee für eine neue Runde. Wenn ich eine Eins bis Drei würfle, musst du mir eine Frage beantworten, und bei einer Vier bis Sechs kannst du mir eine stellen.«

»Ich habe keine Lust dazu.« Lio schenkte sich nach und trank dieses Glas ebenso auf Ex.

»Bitte.«

Lio war neugierig auf Jürgens ganze Geschichte. Bisher kannte er nur Bruchstücke. Er wollte gern wissen, wie sich sein Nachbar fühlte, nachdem seine kleine Schwester während eines Spiels durch ihn zu Tode gekommen war.

Besaß Jürgen überhaupt ein Gerechtigkeitsempfinden?

Schließlich nickte Lio. »Na gut. Fang an.«

Jürgen grinste. Er rollte den Würfel über den Tisch.

Der zeigte eine Eins.

Mist, dachte Lio, der gehofft hatte, er könnte an Informationen kommen. Allerdings musste er ja nicht wahrheitsgemäß antworten, wenn ihm eine Frage nicht gefiel. »Schieß los, was willst du wissen.«

»Du hast uns mit unseren Geheimnissen konfrontiert. Welches hast du?« Jürgens Stimme hatte beiläufig geklungen wie die eines Kindes, das neugierig nachhakte. Doch sie hatte ebenso einen leichten vorwurfsvollen Unterton gehabt, der bei einem Kind sicher nicht da gewesen wäre.

Lio schluckte. *Jede Menge Geheimnisse sogar.* Aber keins davon würde er Jürgen erzählen, denn mit seiner Vergangenheit hatte er abgeschlossen und wollte die nie wieder aufgreifen. »Nicht solche heftigen wie ihr.« Er griff nach dem Würfel.

»Nein.« Jürgen legte die Hand darauf. »Du würfelst nicht, nur ich.«

»Das ist nicht fair. Ein Spiel spielt man doch zusammen.«

»Bei deinen Regeln waren immer nur die anderen dran. So spielen wir weiter.« Jürgen klatschte aufgeregt und wirkte sofort wieder wie ein Kleinkind.

Sein wechselndes Verhalten irritierte Lio zunehmend.

Jürgen würfelte.

Die Eins erschien Lio plötzlich groß und grell. Noch einmal würde er eine Frage beantworten müssen, das machte ihn nervös.

»Was fasziniert dich an den Geheimnissen von anderen?«

Lio seufzte. »Mich fasziniert nichts daran. Noch einmal, ich wollte nur aus Recherchezwecken beobachten, was sie tun. Das habe ich dir nun schon mehrfach erklärt.«

Jürgen blickte ihn eindringlich an, so als würde er seine Gedanken lesen wollen. Er rollte den Würfel erneut, der die Drei zeigte. »Ist Anna wegen deiner Recherche verschwunden?«

Lios Händen zitterten. Ihm wurde mulmig zumute, weil er sich fragte, worauf Jürgen hinauswollte. »Woher weißt du davon?« Er trank ein weiteres Glas Whisky, da er sich unwohl fühlte.

Jürgen grinste unsicher und rieb sich den Nacken. »Ich habe doch vor der Tür gestanden, als deine zwei Freunde dich geschlagen haben, und alles gehört.« Abermals ließ er den Würfel über den Tisch rollen.

Das Klackern hörte sich in Lios Ohren viel lauter als eben noch an.

Die Spannung in der Luft wurde unerträglich.

Lio sah zu, wie das Teil sich drehte, bis es schließlich zur Ruhe kam.

Wieder eine Eins.

»Ich spiele nicht mehr mit«, sagte Lio gereizt.

In diesem Moment klingelte sein Handy.

Er erhob sich, ging zum Esstisch, auf dem er es abgelegt hatte, und schaute auf das Display.

Das zeigte eine unbekannte Nummer an.

Seine Finger schwebten über dem Annehmen-Button. Eine innere Stimme warnte ihn davor, dranzugehen, denn er dachte sofort an Annas Ex.

Vielleicht hatte auch dieser Leimar seine Nummer herausgefunden. Es wäre ein Leichtes gewesen, schließlich war Lio so leichtsinnig gewesen und hatte die E-Mail mit seinem Autorenaccount versendet, die seinen vollen Namen beinhaltete. Ein Blick in sein Impressum und schon hatte man seine Nummer.

Ehe er eine Entscheidung getroffen hatte, verstummte das Klingeln, begann jedoch kurz darauf erneut.

»Willst du nicht abnehmen?«, fragte Jürgen und grinste wieder dabei, als wäre das Leben beschwerdefrei.

Die Luft im Wohnzimmer fühlte sich plötzlich schwer an und Jürgens Blick stach Lio wie ein Messer in den Bauch.

»Geh dran, damit wir weiterspielen können.«

Lio drückte den grünen Hörer, weil es auch ein wichtiger Anruf seiner Freunde sein könnte. »Hallo?«, sagte er mit brüchiger Stimme.

Es kam keine Antwort. Am anderen Ende ertönte nur ein leises Atmen.

»Wer ist da?«, fragte er fast flüsternd. Er wusste nicht, ob er das überhaupt erfahren wollte.

Wieder rauschte nur der schwere Atem.

Lio hielt den Lautsprecher ans Ohr gepresst. Seine Hand krampfte sich um das Handy und ein kalter Schauer lief ihm über den Rücken. »Wer auch immer Sie sind, hören Sie bitte damit auf.«

»Das wahre Spiel hat sein zweites Opfer gefordert«, ertönte eine blecherne Stimme.

Dann klickte die Leitung.

Stille.

Lio ließ das Handy auf den Tisch fallen. Sein Atem war so flach und keuchend, dass er dachte, er würde ersticken.

Jürgen hob sein Glas. »Du siehst blass aus. Ist alles okay?«

Lio wollte antworten, doch die Worte blieben in seiner Kehle stecken. Ein ungutes Gefühl kroch kalt in ihm hoch.

Was hatte der Anrufer mit einem zweiten Opfer gemeint? Wurde noch jemand vermisst?

Lio hatte ein Spiel begonnen, um seinen Freunden zu helfen, und seitdem entwickelte sich deren und sein Leben zu einem Albtraum. Hastig tippte er Jannes' Kontakt an, doch der nahm nicht ab.

Andreas und Stefanie genauso nicht.

Panik breitete sich in Lio aus.

18

1997

Seit acht Tagen langweilte sich Luke in diesem Krankenzimmer. Zwar hatte er den Namen mit Hilfe psychologischer Unterstützung mittlerweile akzeptiert, aber er gefiel ihm nicht.

Auch der Mann und die Frau, die sich als seine Eltern ausgaben, waren ihm weiterhin völlig fremd. Sie redeten nett mit ihm und taten alles, damit er sich gut fühlte, doch es war unheimlich, dass sie Dinge erzählten, bei denen er keine Ahnung hatte, ob sie überhaupt stimmten.

Dass es gruselig war, konnte auch der Psychologe Dr. Friedrich nicht ändern, der fast täglich mit ihm über den Gedächtnisverlust sprach. Er und Dr. Maier sagten, dass es manchmal sogar Jahre dauern konnte, bis das Gedächtnis wiederkam. Das machte Luke große Angst. Er wollte nicht mit für ihn fremden Personen in einem Haus zusammenleben, das er nicht kannte. Bestimmt würde er sich unwohl fühlen. Was, wenn seine echten Eltern irgendwo auf ihn warteten und vor Sorge weinten? Vielleicht hatten diese fremden Menschen Luke entführt, sein Gedächtnis ausgelöscht und behauptet, er wäre ihr Sohn. Doch wo hatten sie dann all die Fotos von ihm her?

Das Klopfen an der Tür unterbrach seine beängstigenden Gedanken.

Dr. Maier kam mit Dr. Friedrich ins Zimmer.

Den Psychologen mochte Luke, weil der nicht nach Arzt aussah. Er trug eine Jeans und einen Pullover mit kleinen lachenden Gesichtern darauf. Das sah albern aus, aber es war besser als die weißen Kittel.

Dr. Maier hörte seine Lunge ab und lächelte freundlich. »Wie geht es dir heute?«

Luke zuckte mit den Schultern. »Eigentlich gut, ich finde es nur immer noch komisch, dass ich mich an nichts erinnere. Ich habe Angst und möchte nicht mit den fremden Menschen nach Hause gehen.«

»Deine Sorgen sind nachvollziehbar«, sagte Dr. Friedrich in einem ruhigen Ton. »Das alles ist für dich sehr verwirrend. Wir werden dich nicht ins kalte Wasser werfen, die Entlassung steht ja auch noch nicht an. Bis dahin werde ich mit dir viele Unterhaltungen führen. Vielleicht schaffen wir es, deine Erinnerungen zurückzuholen, dann wirst du erkennen, dass der Mann und die Frau deine Eltern sind. Heute werden wir über deinen Unfall sprechen«, erklärte er.

Lukes Beine spannten sich unter der Decke an. Er wusste nicht, ob er über den Unfall reden wollte.

»Es ist für deinen Heilungsprozess wichtig, auch den Auslöser deines Gedächtnisverlustes zu verarbeiten. Es könnte dich aber eventuell etwas aufwühlen«, sagte Dr. Friedrich.

Luke wandte den Blick ab. »Ich will mich gar nicht daran erinnern, es war bestimmt schrecklich.«

»Wir versuchen es langsam und wenn es dir zu viel wird, brechen wir ab. Du kannst jederzeit stopp sagen. Bist du einverstanden?«

Obwohl Luke Angst hatte, nickte er, denn er wollte unbedingt sein Gedächtnis zurückhaben und wissen, wer wirklich seine Eltern waren.

»Manchmal ist die Wahrheit schwer zu ertragen, aber sie hilft uns, zu verstehen, was passiert ist«, fuhr der Psychologe fort. »Deshalb werde ich dir heute erzählen, was genau geschehen ist. Bist du einverstanden?«

»Ja«, krächzte Luke.

Dr. Friedrich setzte sich neben sein Bett. Dann sah er Dr. Maier an. »In Ordnung, wir beginnen jetzt. Bitte sorgen Sie dafür, dass in der nächsten Stunde niemand das Zimmer betritt.«

Dr. Maier nickte und verließ den Raum.

Dr. Friedrich lächelte Luke an. »Wie immer bleibt alles, was wir besprechen, unter uns. Ich verrate niemandem etwas, vor allem, wenn du es nicht möchtest. Entscheidest du, selbst mit jemandem über unsere Gespräche zu reden, kannst du das gern tun. Alles, was dich dabei unterstützt, gesund zu werden, ist richtig. Okay?«

Luke sah den Mann eindringlich an. »Erzählen Sie es auch nicht dem Mann und der Frau?«

»Nein, werde ich nicht. Ich gebe ihnen lediglich darüber Auskunft, ob deine Erinnerung noch weg ist. Was du mir sagst, bleibt unser Geheimnis, wenn du das möchtest.«

»Okay. Ich habe nämlich ein bisschen Angst, dass die beiden nur so tun, als wäre ich ihr Sohn.«

»Die Angst verstehe ich. Es ist nicht einfach für dich, weil du das Gefühl hast, sie noch nie vorher gesehen zu haben. Das kommt durch deinen Gedächtnisverlust. Ich werde dir helfen, dass die Situation einfacher wird. Zuerst kümmern wir uns darum, dass du das Trauma verarbeitest. Das hat der Unfall ausgelöst. Hast du weiterhin keine Erinnerungen daran?«

Luke schüttelte den Kopf.

»Ich erzähle dir, was passiert ist. Wir können jederzeit aufhören, sollte es dir zu viel sein. Wenn du dich doch an etwas erinnern kannst, sage mir das.«

Luke war etwas beruhigter, weil er das Ganze jederzeit Zeit abbrechen könnte. »Okay.«

»Du bist vor ein paar Wochen mit dem Fahrrad unterwegs gewesen und hattest ein bisschen zu viel Geschwindigkeit drauf. Dabei hast du fast ein Mädchen umgefahren. Die Kleine hat dadurch ihren Würfel verloren, der in einen Gullydeckel gefallen ist. Sie wollte ihn unbedingt herausholen. Du bist zu ihr auf die Straße gegangen, um sie auf den Gehweg zu holen. Leider kam ein Auto um die Ecke geschossen und hat dich überfahren.«

Luke hörte aufmerksam zu und versuchte, sich alles vorzustellen, doch seine Fantasie machte nicht mit.

»Du bist mehrere Meter weggeschleudert worden und hast dir schwere Kopfverletzungen zugezogen.«

Luke empfand nichts, als er von seinem Unfall hörte, er

hätte keine Angst davor haben müssen. Doch eines ging im nicht aus dem Kopf. »Wurde das kleine Mädchen auch verletzt oder konnte ich es noch rechtzeitig auf den Fußweg bringen?«

Der Psychologe schluckte und senkte für einige Sekunden den Kopf. »Wir bleiben besser erst einmal bei dir.«

Dr. Friedrichs Reaktion versetzte Luke wieder in Angst. »Sagen Sie es mir. Ist sie auch überfahren worden?«

Dr. Friedrich presste die Lippen zusammen. »Leider ja, sie ist bei dem Unfall gestorben.«

Die Worte bohrten sich wie scharfe Klingen in Lukes Herz. Seine Brust zog sich zusammen, er konnte kaum noch atmen. »Sie ist tot?«, stieß er hervor. »Wegen mir?«

»Das darfst du nicht denken. Der Autofahrer ist schuld. Er ist viel zu schnell um die Kurve gekommen.«

»Aber wenn ich sie nicht angerempelt hätte, wäre der Würfel nicht in den Gully gefallen und sie wäre nicht auf der Straße gewesen.« Tränen sammelten sich in seinen Augen. »Wie alt war sie?«

»Vier Jahre.«

Luke packte die Bettkante mit den Händen und drückte so fest zu, dass die Knöchel weiß hervortraten. »Warum bin ich nicht tot?«

Der Blick des Psychologen ruhte eine Weile auf Luke, dann senkte er den Kopf. »Es ist nie schön, wenn ein Mensch getötet wird, und besonders hart ist es für diejenigen, die an einem dramatischen Unfall beteiligt waren. Das Schicksal entscheidet, wem was passiert, wer lebt oder stirbt. Bei dir hat es sich für dein Leben entschieden und darüber sind viele Menschen froh.«

»Aber da draußen sind bestimmt viele, die sehr traurig über den Tod des Mädchens sind.« Lukes Sicht verschwamm. Eine dicke Träne rollte seine Wange hinab. »Und ich bin schuld daran.«

»Nein, das bist du nicht.«

Warum fühlte es sich dann an, als würde er unter einer gewaltigen Last begraben?

Mit einem Mal tauchte ein Lichtstrahl vor seinem inneren Auge auf. Es ertönten ein scharfes Quietschen und Schreie. Er schlug die Hände auf die Ohren, weil die Geräusche ihm durch Mark und Bein gingen.

»Was hast du, Luke?«, fragte Dr. Friedrich. »Kannst du dich an etwas erinnern?«

In seinem Kopf wurde der Druck immer stärker, es schmerzte höllisch. Luke war verwirrt. Warum fühlten sich die Geräusche und die Lichter so komisch an? Hatte er die wirklich wahrgenommen? Sein Gedächtnis wirkte doch immer noch leer. »Ich weiß nicht, ob das eine Erinnerung ist« flüsterte er schließlich. »Ich sehe … nicht viel. Nur … Licht. Und ich höre quietschende Geräusche.« Seine Hände glitten von den Bettkanten und sanken schlaff auf die Decke. »Jemand schreit, aber ich bin mir nicht sicher, ob es echt ist.«

Dr. Friedrich nickte langsam. »Das ist normal. Möglicherweise sind das Erinnerungen an den Unfall. Oft kommen diese nach und nach zurück. Es ist wie ein Puzzle, das sich Stück für Stück zusammensetzt.«

Luke war mit einem Mal sehr müde. Die Vorstellung, weiter nach etwas zu suchen, das er nicht begreifen konnte, schnürte ihm die Kehle zu. »Ich will nicht mehr«, sagte er leise. »Bitte hören Sie auf.«

Dr. Friedrich beobachtete ihn einen Moment lang und erhob sich dann. »In Ordnung, Luke. Wir lassen es für heute gut sein. Ich komme morgen wieder.« Er sammelte seine Unterlagen zusammen. »Ruh dich erst einmal aus.« Er verließ das Zimmer.

Luke holte Luft, weil er das Atmen für einen Augenblick vergessen hatte.

Im Raum breitete sich eine gespenstische Stille aus.

Er ließ sich in die Kissen zurücksinken und versuchte krampfhaft, sich Bilder von diesem Autounfall und dem Mädchen vorzustellen.

War sie blond oder schwarzhaarig gewesen? Wie hatte sie ausgesehen, als der Mann sie überfahren hatte? Was für ein Auto war es gewesen?

Voller Verzweiflung, weil überhaupt keine Vorstellungen in seinem Kopf entstanden, schlug er auf das Bett. »Was ist nur los mit meinem nutzlosen Gehirn?« Noch einmal schloss er die Augen und versuchte es mit viel Ruhe, doch da störte ihn ein Klopfen an der Tür.

»Entschuldige, Luke«, sagte eine Krankenschwester. »Hier ist ein Junge, der dich gern besuchen möchte. Er meint, er sei ein Schulfreund von dir. Magst du ihn empfangen oder soll ich ihn lieber wegschicken?«

Luke zögerte. Er wollte wissen, wer seine Freunde waren, vielleicht konnten die ihm helfen, sich an etwas aus seiner Vergangenheit zu erinnern. »Ich versuche es mal.«

Die Schwester lächelte. »Das finde ich toll. Vielleicht tut dir ein Besuch von jemandem in deinem Alter gut. Wenn du nicht mehr magst, klingelst du einfach. Dann komme ich und schicke den Jungen fort.«

Luke nickte nur.

Die Schwester ging hinaus.

In Lukes Magen flatterte es, weil er aufgeregt war. Jeder Mensch, der behauptete, ihn zu kennen, war für ihn wie eine Überraschung, denn er selbst traf ihn zum ersten Mal, obwohl das ja nicht so war. Trotzdem war er neugierig, ob er sich an denjenigen vielleicht doch erinnerte.

Ein Junge betrat das Zimmer. Er war recht groß und schmal gebaut. Seine Augen leuchteten faszinierend eisblau.

Luke kannte ihn nicht und war deshalb enttäuscht.

Einen viel zu langen Moment starrte der Junge Luke an, ehe er lächelte. »Hey!« Er breitete die Arme aus. »Gut, dass du wieder wach bist! Du hast allen einen Riesenschrecken eingejagt, Mann.«

Luke blinzelte, sein Blick wanderte unsicher über das Gesicht seines Besuchers. »Wer … wer bist du?«

Das Lächeln des Jungen flackerte einen Moment lang, bevor es voll zurückkehrte. »Ach, stimmt, du erinnerst dich nicht. Die haben mir das draußen schon gesagt und in der Schule haben sie es auch erklärt.« Er setzte sich auf den Stuhl neben dem Bett. »Ich bin Matthes. Wir sind Freunde. Na ja, eigentlich fast wie Brüder.«

Luke runzelte die Stirn.

Die Worte hatten geklungen, als wären sie gelogen gewesen.

»Freunde?«

»Na klar.« Matthes lehnte sich zurück und legte die Hände auf die Armlehnen. Er musterte Luke genau. »Wir haben immer zusammen abgehangen. Weißt du nicht mehr? Manchmal hast du bei meinem Spiel mitgemacht.« Er zog einen kleinen, abgenutzten Würfel aus seiner Tasche und ließ ihn zwischen seinen Fingern rollen.

Luke betrachtete ihn. Etwas an dem Anblick sorgte dafür, dass sich sein Magen zusammenzog. »Was hat es mit diesen komischen Würfeln auf sich?«

Matthes hob die Schultern. »Die sind cool. Fast jedes Kind sammelt die. Für mich sind sie ein Glücksbringer.« Sein Blick wurde ernster. »Du weißt wirklich gar nichts mehr, oder?«

Luke schüttelte langsam den Kopf und ballte die Hände zu Fäusten. »Nein. Nichts.«

»Hm.« Matthes lehnte sich vor, der Würfel ruhte auf seiner offenen Handfläche. »Das kommt von dem Unfall, richtig?«

Luke schluckte. »Du weißt davon?«

Matthes neigte den Kopf leicht zur Seite. »Jeder weiß davon. Das arme Mädchen hat auch immer gern mit ihrem Bruder gewürfelt. Wie schlimm, dass ausgerechnet so ein kleines Ding so eine schlimme Sache ausgelöst hat.«

»Woher kanntest du sie?«

Matthes senkte den Blick. »Ist doch egal. Du hast überlebt, das ist wichtiger. Nur krass, dass du dich an all das gar nicht erinnerst.«

»Woher kanntest du das Kind?«, fragte Luke noch einmal energischer.

Matthes hob die Hände. »Hey, beruhig dich. Ich bin ein Freund der Familie der Kleinen. Das weißt du. Ich habe immer mit ihrem Bruder abgehangen. Aber seit dem Unfall habe ich ihn nicht mehr gesehen.«

»Ich weiß gar nichts!«, rief Luke wütend. »Wie hieß sie?«

Matthes stand auf, sein Blick wanderte zur Tür. »Ich will das nicht sagen. Du hast genug zu verarbeiten. Die Ärzte haben gemeint, dass ich dich nicht aufregen soll. Besser, ich gehe jetzt.«

»Nein, warte!«, bat Luke. »Tut mir leid, ich wollte dich nicht anschreien, ich bin nur so verzweifelt, weil ich mich an nichts erinnere. Ich weiß nicht mal, dass ich Luke heiße.«

Matthes setzte sich wieder und blies geräuschvoll Luft aus. »Krass. Ich kann mir das gar nicht vorstellen. Was glaubst du denn, wie du sonst heißt?«

Luke hatte die letzten Tage oft darüber nachgedacht. »Lio fühlt sich richtig an, aber meine Eltern wollen nicht, dass ich mich so nenne.« Er schaute Matthes verzweifelt an. »Bitte sag mir die Wahrheit. Bin ich wirklich dieser Luke oder verarscht ihr mich alle?«

»Du bist Luke Preiner und gehst in der Koblenzer Innenstadt auf das Gymnasium in die fünfte Klasse. Und du bist jetzt ein kleiner Star, weil alle voll interessiert daran sind, wie du dein Gedächtnis verloren hast.«

Die Anspannung in ihm wuchs. Seine Finger krallten sich in die Bettdecke. »Bist du hier, weil du den anderen später erzählen willst, dass ich wirklich einen Matschkopf habe?«, fragte er schließlich misstrauisch. »Oder wie ein kranker Typ aussieht, nachdem er von einem Auto überrollt wurde?«

Matthes grinste. »Klar sind wir neugierig, das ist normal. Aber ich wollte auch sehen, wie es dir geht. Wir sind doch Freunde und Freunde achten aufeinander.«

Der Junge konnte alles erzählen, schlussendlich würde Luke die Wahrheit an diesem Tag nicht erfahren. Für ihn klang alles falsch, solange er sich nicht erinnern konnte, wer er war.

Die Tür klackte.

Matthes war auf einmal gegangen.

Eine Gänsehaut überkam Luke, als er auf den Nachttisch sah.

Dort lag der abgenutzte Würfel, den Matthes in der Hand gehalten hatte.

Die Sechs starrte Luke an und ihm wurde heiß.

Der Würfel wirkte wie eine dicke Drohung an ihn. So als würde er ihm sagen, dass dieses kleine Mädchen hatte spielen wollen, bis Luke sie mit dem Fahrrad erfasst und damit eine große Tragödie in Gang gesetzt hatte.

19

30. September 2023

»Wo willst du hin?«, fragte Jürgen und klang sogar besorgt. So viel Empathie hatte Lio ihm gar nicht zugetraut. »Du bist angetrunken und solltest lieber zu Hause sein.«

»Nerv mich nicht«, lallte Lio. »Geh heim in deine komische Würfelwelt und lass mich in Ruhe.« Er wollte einfach nur aus diesem Haus, weil die Wände ihn zu zerquetschen drohten.

»Aber wir sind Freunde.« Jürgen sah ihn mit einer Mischung aus Neugier, Traurigkeit und Ernst an. »Wir können noch ein wenig weiterspielen.«

»Du bist seltsam mit deinen Würfeln. Wie ein Riesenbaby. Verschwinde.« Lio griff nach seiner Jacke und wankte aus der Tür. Es waren gemeine Worte gewesen, doch Jürgen schien es anders nicht zu verstehen, dass er ihn nicht bei sich haben wollte. Lio stürzte nach draußen und der frische Wind gab ihm eine Ohrfeige. Er holte tief Luft und lief die Straße hinunter, ohne ein Ziel zu haben.

Klar zu denken fiel ihm schwer, weil er zu viel Whisky getrunken hatte. Aber den gespenstischen Anruf hatte er nicht vergessen.

Es konnte nur Annas Ex-Mann oder Leimar gewesen sein. Diese Geister hatte Lio höchstpersönlich geweckt.

Er steckte die Hände tief in die Taschen. Seine Schritte wurden immer schneller, als könnte er vor seinen Dämonen davonrennen.

Plötzlich krachte er gegen etwas, verlor das Gleichgewicht und knallte mit dem Gesäß auf den Boden.

»Nanu, Sie sind aber stürmisch«, sagte eine Männerstimme.

Lio stand mühevoll auf. »Bitte verzeihen Sie, ich …« Er stockte. Wieder starrten ihn die eisblauen, leuchtenden Augen an, die er schon vor ein paar Stunden gesehen hatte. »Matthes?« War das Realität oder bildete er sich auch das ein?

Matthes grinste. »Du bist es tatsächlich, Luke. Ich war mir heute Morgen nicht sicher.«

»Ich habe doch deinen Namen gerufen, aber du bist einfach weitergegangen.«

»Ja, das tut mir leid, ich war in Eile und Gedanken. Meine Güte siehst du bescheiden aus. Du bist ganz schön dünn geworden.« Matthes hob leicht amüsiert eine Augenbraue.

Die unerwartete Begegnung ließ Lio frösteln, denn er hatte gehofft, die Menschen aus seiner Vergangenheit nie wieder zu sehen. »Bitte nenn mich nicht Luke, sondern Lio.«

Matthes runzelte die Stirn. »Bist du immer noch nicht zu deinem wahren Ich geworden? Ich hätte gedacht, dass du dich wieder an alles erinnerst.«

Lio schluckte und drehte sich um, um sicherzugehen, dass ihnen niemand zuhörte. »Nein, ich weiß immer noch nichts aus der Zeit vor dem Unfall. Ich habe mit dem Kapitel *Luke* längst abgeschlossen. Meine Freunde kennen mich nur unter Lio.«

»Wie bitte? Sie kennen deine echte Identität nicht?« Matthes pfiff durch die Zähne. »Mich irritiert es, dass du dich angeblich nicht an deine Vergangenheit erinnerst, weil du mit der damaligen Geschichte ein namhafter Schriftsteller geworden bist. Ich habe deinen Bestseller gelesen. Du hast zwar einiges geändert, aber ich weiß ja über die Geschichte bestens Bescheid und habe sie wiedererkannt.«

Lios Magen verkrampfte sich. »Du hast das Buch gelesen?«, fragte er unnötig nach.

Matthes nickte und trat näher. Seine Augen funkelten im schwachen Licht der Straßenlaterne, und für einen Moment hatte Lio das Gefühl, dass Matthes ihn musterte, als wäre er seine Beute, die keine Chance hatte zu entkommen. »Natürlich, wenn ein mit mir befreundeter Autor solch einen Bestseller raushaut, muss ich den lesen. Deshalb bin ich irritiert, dass du dich angeblich weiterhin nicht erinnern kannst.«

Nervös strich sich Lio über das Gesicht. »In dem Buch steht nicht die Geschichte von mir und dem Mädchen damals. Möglicherweise habe ich Einzelheiten genutzt, die mir meine Eltern und der Psychologe damals in der Klinik erzählt haben, aber es hat nichts mit diesem schrecklichen Unfall zu tun«, entgegnete er hastig. Sein Mund war plötzlich ganz trocken.

»Klar, natürlich ist es nicht die Geschichte.« Matthes lachte schelmisch. »Hach, was war das aber auch für ein Unglück, nicht wahr? Ich erinnere mich oft an die kleine Leni, sie war erst vier Jahre alt. Ich habe gesehen, wie ihre ganze Familie gelitten hat, vor allem ihr Bruder. Er war ein Wrack, weil er sie nicht von der Straße gezogen hatte. Diese Sache werde ich niemals vergessen können.«

»Das war wirklich sehr tragisch.« Lio fühlte sich zunehmend unwohler.

Matthes schüttelte den Kopf. »Dass das Schicksal an diesem Tag über Lenis Tod entschieden hat, ist schon faszinierend, wie du es in deinem Bestseller *Des Würfels Schicksal* genannt hast. Es klingt ein wenig danach, als hätte dieses gewürfelt und entschieden, dass sie bei der Eins bis Drei stirbt, bei der Vier bis Sechs überlebt.« Er lachte laut auf. »Stell dir mal vor, das wäre so abgelaufen.«

Lio versuchte, trotz der Ironie in Matthes' Stimme ruhig zu bleiben. Doch die Tatsache, dass dieser diese Art von Spiel erwähnt hatte, die dem, das er mit seinen Freunden gespielt hatte, sehr ähnelte, machte ihn nervös.

War das eine Anspielung? Hatte Matthes möglicherweise etwas mit den Vorkommnissen der letzten Tage zu tun?

Schnell verwarf Lio den Gedanken.

Woher sollte der von den Geheimnissen seiner Freunde wissen? Die Anrufe bei Annas Ex und Jannes' Kredithai waren außerdem eindeutig von Lio ausgegangen.

Matthes winkte mit der Hand vor Lios Gesicht. »Hey, du wirkst abwesend. Stimmt etwas nicht? Bin ich dir mit der Erwähnung über die Ähnlichkeit zwischen deinem Buch und Lenis Schicksal zu nah getreten?«

Lio räusperte sich. »Wie gesagt, ich habe nicht über sie geschrieben«, log er, weil er plötzlich Angst bekam. »Ich würde große Probleme bekommen, wenn ich eine wahre Story schreibe, ohne Beteiligte um Erlaubnis zu fragen.« Er hatte sich stark mit den Persönlichkeitsrechten beschäftigt und die Story so abgeändert, dass Personen und Handlungen nicht mehr erkennbar waren, damit das Recht auf Kunstfreiheit griff. Lediglich die Würfelsache hatte er genutzt und es so aufgebaut, dass ein Spiel über das Schicksal seiner Figur entschieden hatte.

»Ist ja okay, jeder Autor lässt sich von wahren Situationen aus dem eigenen Leben inspirieren. Das spinnt nun mal die besten Geschichten. Mir war die Ähnlichkeit halt wegen der Würfelsache aufgefallen, das hat mich sofort an die unschuldige kleine Leni erinnert.« Matthes schüttelte theatralisch den Kopf. Er zog etwas aus der Tasche und hob es hoch. »Ich trage übrigens immer noch Würfel als Glücksbringer bei mir, das hat sich nicht geändert. Gott sei Dank hat mich so ein Ding bisher nicht umgebracht.«

»Was sollen deine komischen Anspielungen?«, krächzte Lio, dem nicht nur von zu viel Whisky übel war.

Matthes sah ihn mit übertrieben heruntergeklappter Kinnlade an. »Was für Anspielungen? Ich spreche über deinen Bestseller. Gratulation noch einmal.«

Lio war der Verzweiflung nahe. So langsam glaubte er, dass er Teil einer riesengroßen Verschwörung war. Alles hatte mit diesem schicksalhaften Würfelspiel begonnen.

Wie war er auf diese hirnrissige Idee gekommen? Er hatte doch schon aufgrund des schrecklichen Unfalls als Kind diese Dinger gehasst. Dann war er ausgerechnet auf Jürgen getroffen, der von Würfeln besessen war und hatte diesen Einfall für das Experiment gehabt. Nun stand Matthes vor ihm, der auch schon immer von solchen Spielen fasziniert war und ständig für alles hatte würfeln wollen. War es nur Zufall, dass diese Dinger gerade schon wieder sein Leben bestimmten? Oder bildete er sich bloß ein, gerade mit Matthes zu sprechen, so wie auch der Streit mit Helena nur in seinem Kopf stattgefunden hatte? War seine Schizophrenie fortgeschritten?

Das Lachen seines Bekannten riss ihn aus den Gedanken. »Meine Güte, du siehst echt fertig aus, seit ich mit dem Thema angefangen habe. Ich hätte nicht erwartet, dass es dich noch immer so mitnimmt.«

Lio hatte keine Lust, weiter mit Matthes über die Vergangenheit zu reden. Viel mehr interessierte ihn, weshalb der in der Stadt war. »Was machst du hier? Du lebst doch schon seit Jahren nicht mehr in Koblenz.« Seine Stimme war leicht rau vom Alkohol.

Einen kurzen Moment lang schaute Matthes nach oben. »Ach, ich bin beruflich in der Gegend«, erwiderte er mit einem schiefen Lächeln, das Lio bereits früher immer auffällig gefunden hatte. »Ich wollte einen kleinen Spaziergang durch meine alte Heimat machen.« Sein Blick wanderte ungeniert über Lios Gestalt. »Ich mache mir echt Sorgen. Du siehst aus, als wäre ich ein Geist. Was ist denn nur los?«

Lios Kopf schwirrte. »Ich muss gehen«, murmelte er, um dem Gespräch endlich zu entkommen.

»Natürlich«, sagte Matthes und trat beiseite. »Vielleicht sieht man sich ja noch einmal, ehe ich abreise.«

Lio drängelte sich an Matthes vorbei und stolperte weiter den Klausenbergweg entlang. Er hatte nicht die Richtung nach Hause eingeschlagen, denn da Matthes in diese lief, wollte er den Weg unbedingt vermeiden. Sein Kopf flehte nach Alkohol, um die Konfrontation aus seinem Gehirn zu verbannen. Deshalb entschied er, einen Absacker in der Kneipe zu trinken.

Seit über zehn Jahren hatte er nichts mehr mit seinem alten Ich zu tun gehabt. Niemand in seinem neuen Leben kannte Luke. Er hatte lange gebraucht, bis er wirklich zu Lio Keller geworden war. Sogar mit seinen Eltern hatte er keinen Kontakt mehr.

Mit Helena hatte er deshalb oft Streit gehabt. Sie konnte nicht verstehen, dass er sie nicht seinen Eltern vorgestellt hatte. Selbst bei der Hochzeit waren Rosie und Harald nicht dabei gewesen. Es war nicht leicht und sicher nicht fair seinen Eltern gegenüber, den Kontakt zu meiden. Sie hatten alles dafür getan, dass er sich bei ihnen wohlfühlte. Aber er hatte nach dem Unfall keine Bindung zu ihnen aufbauen können und oft den Schmerz in ihren Augen gesehen, weil er ihnen gegenüber so kalt war. Er wollte ihnen nicht mehr weh tun.

Außerdem nahm er ihnen übel, dass sie ihn jahrelang davon abgehalten hatten, Lio zu werden. Konsequent hatten sie seinen Wunsch ignoriert, ihn so zu nennen, dafür hatte er kein Verständnis. Wollten Eltern nicht eigentlich immer, dass es ihrem Kind gutging?

Wahre Freunde hatte er als Luke damals nie gehabt. In der Schule war er beschuldigt worden, Leni umgebracht zu haben, weil es ihr Bruder herumerzählt hatte. Lios Kindheit war einsam gewesen, er hatte nicht mehr Luke sein wollen.

Kurz nachdem er Helena kennengelernt hatte, war ihm klar gewesen, dass er sie heiraten wollte und ihren Namen annehmen würde. Als er sein Debüt unter dem Pseudonym *Lio Keller* veröffentlicht hatte, war er endgültig zu dieser Person geworden.

Helena fand es etwas unfair, dass er Luke Preiner verstoßen hatte, denn schlussendlich hatte dessen Geschichte ihn erst zu dieser Idee für das Buch gebracht. Das hatte ihm den Bestseller ermöglicht, ohne den sie sich dieses Traumhaus nicht hätten leisten können. Lio war Luke jedoch egal, er existierte einfach nicht mehr für ihn. Für ihn zählte nur, dass sich sein Leben zum Guten gewendet hatte.

Er hatte die Therapien wegen seiner Gedächtnisstörung, das Trauma aufgrund des Unfalles und die seelischen Qualen seiner Kindheit hinter sich gelassen. Das würde er sich nicht mehr nehmen lassen.

Unsicher auf den Beinen lief Lio zur Humboldtstraße und von da in die Hofstraße zu dem beliebten Pub in Koblenz-Ehrenbreitstein. Von außen sah er, dass es recht voll war, was er eigentlich nicht leiden konnte, aber dieser Pub war der einzige, den er in seinem Zustand noch zu Fuß erreichen konnte. Also holte er tief Luft und trat ein.

»Hey Lio«, begrüßte ihn der Barkeeper. »Schön, dass du dich mal wieder blicken lässt. Was darf es sein?«

Er bestellte einen Whisky, leerte ihn sofort, nachdem er ihn bekommen hatte, und orderte gleich einen zweiten.

»Harter Tag?«, fragte der Barkeeper.

»So in der Art.«

Der Barkeeper lächelte freundlich, so wie er es immer tat, und stellte ihm das zweite Glas auf den Tresen.

Lio kaute die Begegnung mit Matthes erneut in Gedanken durch. Er konnte nicht glauben, dass dessen Anspielungen nur Zufall gewesen waren.

In seinem Nacken prickelte es, so als würde er angestarrt werden. Unruhig schaute er durch den hell beleuchteten Raum.

In der hintersten Ecke saß ein Mann, den er noch nie zuvor in dem Pub gesehen hatte. Dessen Blicke durchbohrten ihn regelrecht.

Lio wandte schnell den Kopf ab, versuchte, sich auf sein Glas zu konzentrieren. Doch das Gefühl, beobachtet zu werden, ließ ihn nicht los. Langsam drehte er sich erneut zu dem Herrn um, aber die Ecke war leer.

Die Tür der Bar stand einen Spalt offen.

»Warum können die Leute die Tür nicht schließen? Ist das echt so schwer?«, schimpfte der Barkeeper. »Lars, geh sie bitte zumachen«, wies er seinen jüngeren Kollegen an.

Lio starrte minutenlang zum Ausgang, auch wenn der fremde Mann schon längst weg war. Ein kalter Schauer lief ihm über den Rücken.

Hatte der ihn aus einem bestimmten Grund beobachtet? War es ein Handlanger von diesem Leimar, vielleicht sogar der Kredithai selbst?

Oder spann sich sein Gehirn die Gefahr zusammen, die er überall und in jedem sah?

Die Luft fühlte sich plötzlich stickig an.

Lio griff nach seinem Glas, kippte den Inhalt in einem Zug herunter, legte einen Fünfzigeuroschein auf den Tresen und stand hastig auf. Mit dem Gefühl zu ersticken, hastete er auf die Straße. Er wollte in sein Bett, einschlafen und hoffen, dass am nächsten Tag sein Leben wieder in Ordnung sein würde.

Er taumelte die Humboldtstraße hoch. Der Whisky hatte seine Glieder schwer und seine Gedanken träge gemacht. Der Eindruck, beobachtet zu werden, ließ ihn nicht los. Mehrmals drehte er sich um, doch die Straße war menschenleer.

Seine Kräfte verließen ihn schnell. Seine Schritte wurden langsamer, ständig stolperte er, bis er schließlich an einer Parkbank ankam. Er ließ sich darauf fallen. Der kalte Wind biss in seine Haut, er spürte seine Glieder nicht mehr, aber er war zu betrunken, um sich weiterzubewegen. Sein Kopf sank gegen das Holz der Bank und er schloss die Augen. Was um ihn herum passieren würde, war ihm egal, er wollte einfach nur seine Ruhe.

20

30. September 2023

»Wo ist er denn nur?« Stefanie lief in Andreas' Wohnzimmer auf und ab. Sie wählte zum gefühlt hundertsten Mal seine Nummer.

Wieder nahm niemand ab.

»Vielleicht muss er sich weiter abreagieren. Er hat große Angst, dass dieser Fehler von damals doch noch ans Licht kommt und er seinen Job verliert«, erwiderte Jannes.

Stefanie seufzte. »Wir sind eine ganz schön geheimnisvolle Truppe, was? Hättest du das von uns allen gedacht?«

Jannes zuckte die Schultern. »Es heißt doch, Gleich und Gleich gesellt sich gern. Das haben wir wohl unbewusst gemacht. Unsere Geheimnisse sind ja nicht grad belanglos und wir alle haben auf irgendeine Art andere Menschen reingezogen. Am krassesten finde ich Annas Situation. So viele Jahre weiß sie vom Tod ihrer großen Liebe, die ihr Ex-Mann getötet hat, und sie sagt nichts. Der Typ gehört in den Knast.«

Stefanie senkte den Blick. »Sie hat große Angst vor dem Typen, das verstehe ich so gut. Mir geht es ähnlich,

ich habe mich ebenfalls nicht mit Ruhm bekleckert. Meine Freunde wurden verletzt, doch ich habe dafür gesorgt, dass die Wahrheit nicht ans Licht kommt. Ich habe sie als Lügner hingestellt und die Angst vor meinem Ex über die Loyalität meiner besten Freunde gestellt.«

Jannes blies Luft aus. »Das ist heftig. Sie haben sich auf dich verlassen.«

»Danke, das weiß ich auch. Wie viele Menschen hast du denn mit deiner Spielsucht vor den Kopf gestoßen?« Stefanie verschränkte die Arme und sah Jannes erwartungsvoll an.

Sein Gesicht errötete. »Entschuldige, es sollte nicht vorwurfsvoll klingen, ich bin nur extrem nervös. Ich habe jede mir nahestehende Person gekränkt, deshalb bin ich untergetaucht und habe niemandem gesagt, wo ich mich aufhalte. Außerdem schulde ich wirklich vielen Menschen Geld.«

Stefanies Wut verflog sofort. Auch ihre Nerven waren wie Drahtseile gespannt. »Wir haben alle große Fehler gemacht, aber das können wir nicht mehr ändern. Deshalb sollten wir uns jetzt auch keine Gedanken darüber machen, wessen Geheimnis schwerwiegender ist, sondern überlegen, wie wir mit den aktuellen Problemen umgehen. Ich habe Angst, dass Lio auch meine damaligen Freunde auf irgendeine Art kontaktiert hat. Die wollen mich ganz sicher nie wiedersehen und schon gar nicht noch einmal mit der schrecklichen Sache konfrontiert werden. Wie finden wir heraus, was Lio noch getan hat?«

Jannes seufzte. »Ich weiß es nicht.«

Stefanie versuchte es noch einmal bei Andreas und endlich nahm dieser ab. Ihr Herz machte einen erleichterten Hüpfer. »Wo treibst du dich rum? Wir machen uns Sorgen.«

»Guten Tag, mit wem spreche ich?«, meldete sich eine Frauenstimme.

Stefanie wurde mulmig zumute. »Wer sind Sie und warum haben Sie Andreas' Handy?«

Jannes runzelte die Stirn. Er lehnte sein Ohr nah ans Handy.

Stefanie stellte die Lautstärke hoch.

»Ich bin Polizeioberkommissarin Frankus, guten Abend. Kennen Sie den Besitzer dieses Handys?«

»Natürlich. Andreas ist mein bester Freund. Was ist mit ihm?« Stefanie schaute Jannes an, der so aussah, wie sie sich fühlte. Ihr wurde heiß.

Was hatte Andreas nur angestellt? Hatte er doch Lio aufgelauert?

»Sagen Sie mir bitte Ihren Namen, damit ich weiß, mit wem ich es zu tun habe.«

»Stefanie Scherer.«

»Leider ist ein schrecklicher Unfall passiert, bei dem Ihr Freund Andreas Rinner verunglückt ist.«

»Was?«, schrie Stefanie entsetzt. »Wie geht es ihm? Ist er schwer verletzt? Wo ist er jetzt?« Stefanie ließ ihre Fragen wie Bomben auf die Polizistin einprasseln, ohne ihr auch nur die Chance für eine Antwort zu geben. Sie zwang sich, tief durchzuatmen.

»Haben Sie Kontakt zu Familienangehörigen des Herrn, die wir kontaktieren könnten, Frau Scherer?«

»Nein.« Stefanie schluchzte. »Andreas hat niemanden außer uns Freunde. Er ist ledig und kinderlos. Seine Eltern leben schon lange nicht mehr.« Ihre Sorge wuchs.

Warum hatte die Polizistin nicht auf ihre Fragen geantwortet? Die Kommissarin schien tief einzuatmen.

»Ich kenne ihn in- und auswendig«, fuhr Stefanie fort. »Was müssen Sie denn wissen? Krankheiten hat er keine und Medikamente nimmt er nicht. Sagen Sie mir doch bitte, wie es ihm geht.«

»Es tut mir leid, ich verstehe, dass Sie sich große Sorgen machen. Es ist jedoch nicht schön, Ihnen am Telefon Auskunft über den Zustand Ihres Freundes zu geben. Könnten Sie in das Stadtklinikum kommen?«

»Natürlich, ich mache mich sofort auf den Weg.«

»Sie können noch einen Augenblick warten, ehe Sie losfahren. Er ist bisher nicht dort. Es dauert noch eine Weile, bis wir …«

Stefanie hatte das Zittern in der Stimme der Frau gehört und sie wusste genau, was das zu bedeuten hatte. »Er ist tot, nicht wahr?«

»Es tut mir wirklich sehr leid.«

Stefanies Beine gaben nach. Sie sank nach unten, versuchte, Luft zu holen, doch irgendetwas hinderte sie daran.

»Hallo? Sind Sie noch dran?«

»Ja«, krächzte Stefanie. »Was ist passiert?« Ihr Körper zitterte.

»Laut Augenzeugen ist Herr Rinner ungebremst mit einer Mauer kollidiert.«

»Das glaube ich nicht, er ist ein sehr vorsichtiger Fahrer. Wo ist das geschehen?«

»An der Kreuzung von der Trierer und der Rübenacher Straße in Metternich.«

»Das ist in der Nähe seines Hauses. Wir sind dort, ich kann sofort kommen.«

»Tun Sie sich das bitte nicht an. Es ist alles abgesperrt, wir nehmen Spuren auf, das Areal sollten Außenstehende deshalb nicht betreten. Kommen Sie in die Klinik, dort könnten Sie uns bestätigen, ob es sich wirklich um Herrn Rinner handelt.«

Jannes war kreidebleich und schüttelte den Kopf.

»Kann es denn sein, dass es vielleicht gar nicht Andreas ist?«

»Derzeit müssen wir davon ausgehen, dass es sich bei dem Opfer um Andreas Rinner handelt. Es war sein Auto und der Fahrer hatte eine Geldbörse mit seinen Dokumenten in der Gesäßtasche. Trotzdem wäre es hilfreich, wenn wir zur Sicherheit eine Bestätigung bekommen.«

Stefanies Hoffnung, dass die Leiche trotzdem nicht Andreas war, blieb bestehen. »Natürlich.«

»Noch eine letzte Frage. Sie sagten, Sie befinden sich gerade in der Wohnung des Opfers. Haben Sie mitbekommen, dass sein Auto defekt war?«

»Nein. Wir haben gehört, wie er weggefahren ist. Warum fragen Sie das?«

»Wir wollen nur herausfinden, warum er nicht gebremst hat und ob es möglicherweise ein technisches Problem gab. Die Ermittlungen nehmen wir auf, weil es kein natürlicher Tod war. Vielen Dank für Ihre Antworten. Wir sehen uns in der Klinik.«

Stefanie legte auf, ließ ihren Oberkörper auf den Boden sinken und schrie.

Jannes hockte sich neben sie und legte eine Hand auf ihren Rücken. Auch er zitterte. »Du großer Gott, Stefanie, das ist nicht wahr, oder?«

Sie schnäuzte sich. »Warum sollte er ungebremst in eine Mauer rasen?«

»Er war so wütend, als er hier fortgefahren ist, möglicherweise hat er sich deshalb einfach nicht konzentriert.« Jannes erhob sich und schlug seine Faust gegen die Wand. »Das ist alles Lios Schuld. Wenn er diese Drohung nicht geschickt hätte, wäre Andreas nicht so zornig davongebraust.« Er wischte sich Tränen aus den Augen.

»Wir wissen nicht mit Gewissheit, ob Lio wirklich mit diesen Drohungen zu tun hat.« Stefanie erhob sich, balancierte sich mit den Armen aus, weil ihre Beine wackelten. »Wir stellen ihn zur Rede, aber erst fahren wir zum Krankenhaus. Ich muss mich davon überzeugen, dass Andreas wirklich tot ist. Begleitest du mich bitte? Ich schaffe das nicht allein.«

»Natürlich.« Jannes hielt sich den Magen mit schmerzverzerrter Miene.

»Alles in Ordnung?«

Er schüttelte den Kopf. »Erst verschwindet Anna, dann verunglückt Andreas tödlich. Ob das wirklich nur ein Unfall war, kann ich bei der Drohung, die er erhalten hat, nicht glauben. Mir macht das Bauchschmerzen, Stefanie. Ich hatte in meinem Leben noch nie solch eine Angst.«

Durch Stefanie floss eine heiße Welle, weil sie sich nicht ausmalen wollte, dass Andreas durch Absicht zu Tode gekommen war. »Annas Verschwinden ist immer noch sehr mysteriös und könnte ein Verbrechen sein. Aber wenn der Tote Andreas ist, hatte er nur einen Unfall. In unserer Situation ist der Zeitpunkt zwar makaber, doch ich denke, wir sollten jetzt ruhig bleiben und nichts Falsches hineininterpretieren.«

Jannes presste die Lippen zusammen und nickte. Er wippte nervös mit den Beinen und rieb sich ständig über das Gesicht.

»Bringen wir es hinter uns, dann fahren wir zu Lio. Er sollte erfahren, was passiert ist.« Stefanie zog sich ihre Jacke über, nahm ihre Handtasche und verließ Andreas' Haus. Mit einem Fels im Magen schaute sie noch einmal darauf, als sie auf der Straße stand. »Ich möchte nicht, dass er tot ist.«

»Gleich haben wir Gewissheit.« Jannes folgte ihr einen Moment später. »Ich fahre«, sagte er und lief zu seinem Auto.

Stefanie war froh darüber, ihr Auto war sowieso nicht in der Nähe, da Andreas sie abgeholt hatte. Sie wäre aber gar nicht in der Lage gewesen, sich in diesem Moment hinters Steuer zu setzen, zu groß war der Schock.

Es hatte über eine Stunde gedauert, bis sie in der Klinik fertig gewesen waren. Bis zuletzt hatte Stefanie gehofft, dass nicht Andreas am Steuer gesessen hatte, auch wenn alles dafürgesprochen hatte.

Das Bild seiner Leiche war grausam gewesen. Andreas hatte auf einer kalten Zinkbahre gelegen. Sein ganzer Körper war übersät mit Hämatomen, aber es war eindeutig ihr bester Freund gewesen.

Die Polizistin hatte Stefanie gefragt, ob Andreas möglicherweise beabsichtigt gegen die Mauer gefahren sein könnte, was sie vehement abgestritten hatte.

»Niemals hätte Andreas sich das Leben genommen, dafür hat er es viel zu sehr geliebt«, sagte sie laut vor sich hin und starrte geradeaus auf die Straße.

Jannes und sie waren auf dem Weg nach Koblenz-Ehrenbreitstein zu Lio.

»Nein, das denke ich auch nicht«, erwiderte Jannes. »Trotzdem frage ich mich, warum er nicht gebremst hat. Er muss doch gesehen haben, dass er auf die Wand zufährt.«

»Vielleicht war er durch etwas abgelenkt, hat aufs Handy geschaut und dann war es zu spät.«

»Laut den Zeugen ist er mindestens einen Kilometer die Straße runtergerast. So lang soll er abgelenkt gewesen sein? Mich lässt das Gefühl nicht los, dass es kein Unfall war.«

»Wir werden es erfahren. Die Polizei untersucht das Auto, weil es zu viele Fragen gibt.«

Jannes bog in die Brentanostraße ein, um zum Klausenbergweg zu gelangen. Auf der Höhe der Rheinburg bremste er ab. »Liegt da jemand?«

Stefanie musste die Augen zusammenkneifen, um in der dunklen Straße etwas zu erkennen. »Ja, sieht so aus, als würde jemand auf der Bank schlafen. Die Nächte Ende September sind doch schon viel zu kalt.«

»Ich schau sicherheitshalber lieber mal nach, zur Not rufen wir die Polizei oder einen Rettungswagen.« Jannes blieb stehen, öffnete die Tür und stieg aus. »Hallo?« Er ging näher an die Bank. Dann drehte er sich mit weit aufgerissenen Augen zu Stefanie. »Das ist Lio.«

Stefanie sprang aus dem Auto. »Warum liegt er hier? Ist er in Ordnung?« Sie rüttelte an ihm. »Lio, wach auf.«

Dieser stöhnte leise.

»So wie er riecht, ist er sturzbetrunken. Hat wohl den Heimweg nicht mehr geschafft«, sagte Jannes.

»Er ist schon ganz kalt.« Noch einmal ruckelte Stefanie an ihm. »Steh auf.«

Jannes stöhnte genervt, packte Lio, legte dessen Arm um seinen Hals und schleifte ihn zum Auto.

Stefanie öffnete schnell die hintere Tür.

Jannes ließ Lio auf die Rückbank fallen und zog ihn von der anderen Seite hinein. »Bringen wir ihn heim.« Er setzte sich ans Steuer.

»Lio hat sich in den letzten Wochen ständig betrunken, und es wird immer schlimmer«, sagte Stefanie besorgt. »Was ist nur mit ihm los?«

»Ich verstehe es auch nicht, es war alles okay, nachdem er die Therapie angefangen hatte. Vielleicht ist es, weil er Stress mit seinem neuen Buch hatte. Reicht das, um seine Schizophrenie wieder zu verschlimmern?«

»Ich habe davon zu wenig Ahnung, aber der Alkoholkonsum in Kombination mit seinen Medikamenten kann nicht gesund sein.«

Jannes fuhr weiter in die Sonneneck und parkte das Auto vor Lios Haus. »Bei ihm brennt sogar noch überall das Licht.« Er stieg aus und schleifte Lio zum Eingang.

Plötzlich stand dessen Nachbar in der Tür, der bei diesem komischen Würfelspiel anwesend gewesen war. »Habt ihr ihm wehgetan?«

»Warum sollten wir ihn verletzen?«, fragte Jannes angesäuert. »Was machst du überhaupt in Lios Haus?«

»Lio und ich sind Freunde. Wir haben gewürfelt und das Spiel weitergespielt. Wir beide mögen Würfelspiele.« Der Nachbar grinste breit.

Jannes trug Lio hinein und legte ihn auf dem Sofa ab.

Stefanie folgte zögerlich. Ihr war dieser Jürgen unheimlich, vor allem, weil er allein im Haus gewesen war, während Lio draußen auf einer Bank geschlafen hatte. »Hast du nicht bemerkt, dass er weg war? Er lag betrunken unten an der Rheinburg. Wären wir nicht gekommen, wäre er in seiner spärlichen Kleidung dort unterkühlt. Nachts ist es schon richtig kalt.«

»Er war ein bisschen ängstlich und ist einfach gegangen. Ich wusste nicht, wohin und habe hier gewartet.«

»Wovor hatte er Angst?«, hakte Jannes streng nach.

»Er hatte einen Anruf. Ich habe genau gesehen, dass Lio danach ganz komisch war.« Der Nachbar nestelte mit den Händen. »Er hat mich dann angeschrien und ist gegangen.«

»Weißt du, von wem der Anruf kam?«, fragte Jannes, seine Schultern waren angespannt.

Jürgen schüttelte den Kopf. »Lio hat gesagt, dass er damit aufhören soll.«

Jannes schaute zu Stefanie. »Hier stimmt etwas nicht. Vielleicht hat nicht Lio die Drohung an uns geschickt. Was, wenn das an seinem Telefon Leimar war? Oder Annas Ex?«

Stefanie rüttelte an Lios Armen und grub ihre Fingernägel leicht in seine Haut. »Jetzt komm schon, Lio! Wach auf. Was war hier los?«

Lio öffnete die Augen einen Spaltbreit. Sein Blick war glasig. Über sein Gesicht huschte ein schiefes, schläfriges Lächeln. »Stefanie … du bist ja auch daaa! Schön.« Er winkte fahrig mit der Hand. »Lass uns … einen trinken. Auf alte Zzzeiten!« Er versuchte aufzustehen, sank aber sofort wieder gegen die Sofalehne. Erneut griente er und schaute sich um. »Was macht ihr alle hier? Ist das 'ne Party?« Er rülpste und schloss die Augen. »Ich bin so müde.«

»Das kann doch nicht dein Ernst sein«, murmelte Stefanie und warf Jannes einen flehenden Blick zu. »Hilf mir mal, der ist völlig hinüber.«

Jannes, der schweigend mit verschränkten Armen dagestanden hatte, machte plötzlich einen Schritt vor. Sein Gesicht war von Wut gezeichnet. »Das reicht. Ich will wissen, was hier vor sich geht und mit wem er telefoniert hat.« Ohne ein weiteres Wort packte er Lio unter den Armen und zog ihn grob hoch.

»Heeeey, Jannes! Sssanfter bitte! Ich … ich bin keinnn Sack Kartoffeln!«, protestierte Lio. Seine Beine sackten unter ihm weg.

Jannes schleifte ihn Richtung Badezimmer. »Mal sehen, ob du so wieder zu Sinnen kommst.«

Stefanie folgte ihnen hastig. »Was hast du vor?«

Jannes drehte das Wasser in der Dusche auf und schob Lio ohne Vorwarnung unter den Wasserstrahl.

»Spinnst du?!«, brüllte dieser. »Das ist Mord, sag ich dir!« Er ruderte wild mit den Armen durch die Luft, doch Jannes hielt ihn fest.

Das Wasser prasselte auf Lio nieder.

»Jannes, es reicht«, forderte Stefanie ihn auf, er ist schon unterkühlt.

Jannes ließ schließlich los.

Lio rutschte an den Fliesen in der Dusche hinunter und starrte Jannes an. »Was sollte dasss? Das war … eiskalt.« Er zitterte.

»Bist du jetzt aufnahmefähig?«, fragte Jannes in einem etwas ruhigeren Ton. »Wir müssen dringend mit dir sprechen.«

Lio kicherte leise, dann prustete er und rieb sich die Augen. »Du bist echt nicht nett, weißßßt du? Kaltes Wasser ist bruuutal. Das … Was hast du gefragt?« Er schüttelte sich und versuchte, sich aufzurichten, rutschte aber in die Dusche zurück.

Stefanie griff nach einem Handtuch und reichte es Jannes. »Hol ihn da raus.«

Jannes sah zu ihr, dann zu Lio, der auf allen vieren in

der Dusche kniete. »Komm. Wir müssen dringend mit dir reden.« Er half ihm hoch.

Lio schlang das Handtuch um sich und wankte aus dem Bad. Er ließ sich wie ein nasser Sack auf das Sofa fallen.

Stefanies schriller Klingelton hallte durch den Raum und ließ ihr Herz kurz erstarren. »Gott, warum ist das Ding so laut?!« Sie nahm ab. »Hallo?«

»Spreche ich mit Stefanie Scherer?«, fragte eine weibliche Stimme, die Stefanie sofort erkannte. Es war die der Polizistin, die ihr zuvor die Nachricht von Andreas' Tod übermittelt hatte. Diese Stimme würde sie nie wieder vergessen.

»Ja.«

»Hier ist noch mal Polizeikommissarin Frankus. Da Herr Rinner keine nahen Angehörigen hat, melden wir uns bei Ihnen. Ich bitte Sie, zu uns auf das Präsidium im Moselring zu kommen. Es wäre gut, wenn Sie Herrn Stein mitbringen, der ja offenbar auch ein Freund des Verstorbenen war.«

Stefanie war irritiert. »Ja, natürlich. Aber weshalb? Wir haben Andreas doch schon identifiziert.«

»Das ist richtig. Es geht dabei um eine Befragung, denn wir haben nun Grund zu der Annahme, dass der Unfall keiner war. Die Kriminaltechnik hat festgestellt, dass der Bremsschlauch durchgeschnitten war.«

»Was?«, brüllte Stefanie entsetzt ins Telefon. »Sie meinen, er wurde …« Stefanie wollte es nicht aussprechen.

Jannes' Bauchgefühl hatte recht gehabt.

»Wir müssen dahingehend ermitteln und würden uns gern mit Ihnen darüber unterhalten, ob Sie einen Verdacht haben, wer dahinterstecken könnte.«

»Nein.« Stefanie konnte kaum atmen. Sie sah Lio an, der noch immer grinsend auf dem Sofa hockte. Ihr wurde klar, dass er es nicht gewesen sein konnte.

Er war viel zu betrunken gewesen, um zu Andreas nach Koblenz-Metternich zu gelangen und seinen Bremsschlauch durchzuschneiden.

»Wir kommen heute noch. Danke.« Sie legte auf. »Lio, wir müssen dir etwas sagen.«

Der weitete die Augen. »Worum geht es denn? Ich habe nichts mehr gemacht.«

»Was ist los, Stefanie?«, fragte Jannes.

»Du hattest recht, es war kein Unfall. An seinem Auto wurde der Bremsschlauch durchgeschnitten.«

Jannes ballte die Hände. Sein Blick ging zu Lio. »Hast du dich herumgetrieben, um so eine Sabotage durchzuziehen?«, plärrte er Lio an. Er hob seine Faust.

»Jannes, beruhige dich!«, flehte Stefanie. »Das glaube ich nicht.«

»Wer soll es sonst gewesen sein? Erst verschwindet Anna, nachdem Lio ihren Ex-Mann angerufen hat, dann schreibt er Leimar eine Mail und nun stirbt Andreas, weil die Bremsen manipuliert wurden.«

»Was redet ihr da? Andreasss ist … nicht tot«, lallte Lio kichernd.

Jannes ging ganz nah an sein Gesicht. »Doch, das ist er. Stefanie und ich haben ihn identifiziert, während du dir deinen Kopf weggeballert hast. Er wurde umgebracht und ich wette, dass es deine Schuld ist, genau wie du für Annas Verschwinden verantwortlich bist.«

Stefanie stellte sich vor Jannes, um ihn von Lio fernzuhalten. Sie hatte Sorge, dass er gleich zuschlagen würde. »Ich glaube nicht, dass Lio etwas mit Andreas' Tod zu tun hat. Du sagtest, dass er heute Vormittag schon betrunken war. Jetzt ist er maßlos voll. Wie sollte er zu Andreas gekommen sein, um den Schlauch durchzuschneiden? Es kann erst vor Kurzem passiert sein, weil er mich vorhin mit dem Auto noch abgeholt hat.« Ihr wurde ganz mulmig, als ihr bewusst wurde, dass es geschehen war, während sie sich in dem Haus aufgehalten hatten.

Im Wohnzimmer herrschte eine eisige Stille.

Lio stierte Jannes mit offen stehendem Mund an. Dann lachte er auf einmal los. »Das ist zu witzig, oder? Erst verschwindet Anna spurlos so wie ihre große Liebe und keiner weiß, wo die beiden stecken. Dann schneidet jemand Andreas' Bremsschlauch durch so wie er den zentralen Venenkatheter bei seinem Patienten. Das ist doch Ironie des Schicksals.«

Stefanie sah, wie sich Jannes' Gesicht rot färbte. Sie konnte nicht mehr verhindern, dass seine Faust auf Lios eh schon ramponierte Nase krachte.

»Du Schwein. Was hast du getan?«

Jürgen hielt sich die Ohren zu und trat mit den Füßen von einer Seite zur anderen.

Stefanie zog ihn von Lio fort. »Es macht gerade keinen Sinn, ein Gespräch mit Lio zu führen, weil er völlig betrunken ist, Jannes. Wir fahren jetzt zur Polizei, um deren Fragen zu beantworten.«

Jannes funkelte Lio an. »Ja, wir werden dort alles sagen, was in den letzten Tagen passiert ist, auch welchen Verdacht ich habe. Mach dich bereit, dass du gleich abgeholt wirst.« Wütend stampfte er aus dem Wohnzimmer.

Stefanie schluckte, als sie Lio betrachtete. »Ich bin mir sicher, dass du Andreas das nicht selbst angetan hast, und es war bestimmt nicht deine Absicht, dass er stirbt. Hoffentlich hast du nichts getan, das nun zu seinem Tod geführt hat. Er war der wichtigste Mensch in meinem Leben. Ich würde dich auf ewig hassen, wenn du jemandem Andreas' Geheimnis verraten hast, der ihn deshalb umgebracht hat.« Dann ging sie auch.

Jannes wartete bereits im Auto. Er startete den Motor, sobald Stefanie auf dem Sitz saß. »Ab jetzt verheimlichen wir der Polizei nichts mehr. Ich habe Angst um mein Leben, Stefanie. Anna ist wahrscheinlich auch längst tot. Was, wenn einer von uns als Nächstes dran ist? Ich denke immer noch, dass Lio für all das verantwortlich ist.«

»Das glaube ich nicht, er ist kein Mörder. Er hat Annas Ex, Leimar und möglicherweise auch jemanden kontaktiert, der an Andreas' Geheimnis beteiligt war. Ich denke aber nicht, dass er diese Menschen dazu anstiften wollte, seine Freunde umzubringen. Bis jetzt gibt es keinen Beweis, dass Anna tot ist. Vielleicht ist Lio an den Arzt oder den Pfleger herangetreten, die damals mit dabei waren, und die haben Andreas aus eigenem Antrieb zum Schweigen gebracht. Die haben aber nichts mit Anna zu tun.«

»Selbst wenn, dann ist trotzdem Lio schuld. Ich werde definitiv sterben, wenn Leimar das hat, was er will.«

Stefanie seufzte und wischte sich die Tränen aus den Augen. Auch sie war verzweifelt, weil ihr die Geschehnisse zusetzten und sie Angst hatte, was als Nächstes passieren würde. »Offenbar hat Lio doch selbst einen Anruf bekommen, der Panik bei ihm ausgelöst hat. Vielleicht sind wir alle im Fokus eines Täters. Es muss irgendetwas mit dem Spiel zu tun haben. Es ist nur dieser …«

Stefanies Handy piepste, kurz darauf Jannes'.

Sie las die eingegangene Textnachricht.

Kein Wort zur Polizei, sonst bist du die Nächste.

Entsetzt starrte sie Jannes an. »Wird dir auch gedroht?«

Er knirschte mit den Zähnen. »Ich rufe die Nummer an.« Er wählte. »Wenn das von Lio ist, gehe ich zurück und schlage ihm den Schädel zu Brei.« Er wartete und legte dann auf. »Es nimmt keiner ab.«

Stefanie schaute den Weg zu Lios Haus hinauf.

Im Fenster stand die gewaltige Statur des Nachbarn. Er hielt ein Handy in der Hand und starrte direkt in das Auto.

Gänsehaut übermannte Stefanie. »Ich wollte gerade sagen, dass nur dieser Jürgen anscheinend von diesen ganzen merkwürdigen Vorkommnissen verschont bleibt, dabei war er auch bei diesem Spieleabend. Schau doch, wie er uns da aus dem Fenster beobachtet. Er ist unheimlich. Fahr, Jannes.«

»Nein, ich werde mir diesen Jürgen jetzt vorknöpfen, um herauszufinden, ob er uns gerade diese Nachricht geschickt hat. Er war mir von der ersten Begegnung an suspekt, weil er dauernd grinst. Was findet er so lustig an dem Ganzen? Und hast du gesehen, dass er einen Verband an seiner rechten Hand trägt? Den hatte er vor wenigen Tagen noch nicht. Vielleicht hat er den Schlauch durchgeschnitten und sich dabei verletzt. Oder als er die Scheibe eingeschmissen hat.«

»Klingt logisch. Und er ist dauernd bei Lio im Haus. Er könnte Lio ständig betrunken und damit willig machen, um so an alle Informationen von uns zu kommen.«

»Vielleicht hat er mit Lios Handy Annas Ex angerufen und mit seinem E-Mail-Account Leimar geschrieben.« Jannes öffnete die Tür. »Den schnappe ich mir.«

Stefanie packte seinen Arm. »Du gehst nicht darein. Sollte er es wirklich sein, ist er gefährlich.«

»Sollen wir seine Drohung ernst nehmen und der Polizei nichts erzählen? Unsere Leben stehen auf dem Spiel.«

»Nein, wir sagen nichts. Lio könnte sonst in Gefahr geraten, wenn Jürgen ihn als Geisel nimmt, sobald wir hier mit der Polizei auftauchen. Lio ist in seinem Zustand ein leichtes Opfer. Wir müssen uns in Ruhe etwas anderes überlegen. Ich frage mich nur, warum Jürgen uns das antun sollte. Er kennt uns doch gar nicht.«

Jannes fuhr los. »Vielleicht ist er ein Sadist. In seinem Geheimnis hieß es, dass er Schuld am Tod seiner Schwester hat. Möglicherweise steckt schon immer ein Krimineller in ihm.«

Über zwei Stunden waren sie von der Polizei befragt worden. Beide hatten die Warnung ernst genommen und nichts gesagt.

Jannes stoppte in der Einfahrt zu Stefanies Haus.

»Danke, dass du mich gefahren hast. Ich weiß nicht, wie ich die Nacht heute überleben soll. Es ist alles so schrecklich.« Wieder traten ihr Tränen in die Augen.

»Ich komm mit rein, wir können noch darüber sprechen. Niemand muss allein sein.«

»Das ist wirklich nicht nötig, du musst nicht auf mich aufpassen. Fahr ruhig nach Hause und schau dort nach dem Rechten. Morgen reden wir mit Lio, wenn wir ihn allein und nüchtern antreffen.«

»Keine Widerrede. Ich habe noch Lust auf einen Tee und ich weiß, dass du den besten im Schrank hast.«

Stefanie lächelte. »Dann komm.« Sie lief vor, schloss die Tür auf, ließ Jannes eintreten und schaltete das Licht im Flur ein. Die warmgelben Wände und der vertraute Geruch nach Vanillekerzen beruhigten ihre Nerven sofort etwas. In diesem Haus fühlte sie sich in schlimmen Zeiten am wohlsten. Sie wäre gern allein, aber sie wollte Jannes nicht vor den Kopf stoßen. »Ich mach uns den Tee. Setz dich schon ins Wohnzimmer.«

»Ich kann dir helfen.« Jannes folgte ihr in die Küche.

Auf dem Tresen waren noch immer die Fotos, die ihr irgendjemand hingelegt hatte. Doch da lag noch etwas aus Stoff.

»Was ist das?«, flüsterte Jannes.

Stefanie zog es auseinander.

Jannes blickte mit weiten Augen auf den weinroten großen Schal. »Der gehört Anna.«

Stefanie schluckte, war nicht in der Lage zu antworten.

Jannes drehte sich zu ihr. »Wieso hast du den? War sie etwa doch bei dir, kurz bevor sie verschwunden ist?«

Stefanie schüttelte den Kopf. »Der lag am Morgen nicht hier. Es ist heute schon mal jemand bei mir eingebrochen und hat mir diese Fotos hingelegt.«

»Bist du sicher?«, hakte Jannes nach. Sein Blick war skeptisch.

»Natürlich. Ich schwöre es.« Stefanies Hals kratzte.

Jannes ging zur Terrassentür. »Sie ist verschlossen. Die Haustür war es auch.« Er kontrollierte die Fenster. Dann ging er zu Annas Schal und betrachtete ihn. »Keine sichtbaren Spuren drauf.«

Unerträgliche Stille.

»Du meine Güte, was hast du getan?«, flüsterte Jannes.

Stefanie starrte den Schal an, Panik kroch ihr in die Knochen. Sie hob ihn hoch.

Unter dem Tuch lagen ein Cuttermesser und ein Zettel.

»Das gehört mir nicht, ich schwöre.« Sie weinte. Dann las sie die Notiz.

Andreas - Bremsen. Anna - Keine Spuren hinterlassen.

»Das ist doch deine Handschrift, oder nicht?« Jannes starrte sie an. In seinen Augen stand das pure Entsetzen.

Stefanie wurde übel. »Ja.« Mehr brachte sie nicht heraus. Sie schaute sich den merkwürdigen Zettel genauer an. »Es sieht aus wie kopiert oder so.«

Jannes wich ein paar Schritte zurück. »Hast du das den beiden angetan?«

»Natürlich nicht. Glaubst du, ich hätte das hier einfach so offen liegen gelassen, wenn ich die Täterin wäre? Andreas hat mich abgeholt, er hätte das gesehen. Vorhin lagen aber nur die Bilder auf dem Tresen.«

Jannes presste die Lippen zusammen. Seine Augen füllten sich mit Tränen. »Er kann das leider nicht mehr bezeugen. Und du wusstest ja nicht, dass ich heute hierherkomme. Deshalb hast du auch versucht, mich zu überreden, dass ich direkt nach Hause fahre.«

»Bitte glaube mir, ich habe mit Andreas' Tod und Annas Verschwinden nichts zu tun. Jemand war in meiner Wohnung und hat mir diese Sachen hingelegt. Vielleicht solltest du bei dir nachschauen, was da zu finden ist.«

»Hast du eine Drohung bekommen, so wie Andreas?« Es hatte nicht nach einer Frage geklungen, eher nach einem Vorwurf. »Ich weiß nicht, ob ich dir jetzt glauben kann.« Jannes schüttelte den Kopf.

Stefanie eilte zum Briefkasten.

Er war leer.

Als sie wieder hineinkam, stand Jannes im Flur und sah auf ihre Hände. »Warum hat dir die Person, die das alles ausgeheckt hat, keinen Brief eingeworfen, wenn du selbst nicht die Täterin bist?«

»Ich habe im Auto vorhin auch eine Drohung erhalten. Du hast gehört, wie sie angekommen ist. Wie soll ich sie mir geschickt haben? Ich schwöre, das hier hängt mir jemand an.«

»Mir wird das gerade zu viel. Ich muss meinen Kopf ausschalten und schlafen.«

Stefanie nickte. Sie spürte, dass Jannes Angst vor ihr hatte und eine Ausrede finden wollte, um das Haus zu verlassen.

Jannes drehte sich um und stürzte hinaus.

Stefanie hielt sich die Hand auf die Brust, weil sie das Gefühl hatte zu ersticken. Sie konnte nicht fassen, dass ihr Freund ihr wirklich zutraute, Andreas getötet zu haben. Ihre Kräfte waren am Ende. Sie sackte auf den Boden und schrie.

21

1. Oktober 2023

Seit einigen Stunden wartete er an dem Esstisch in seinem Elternhaus, um zu überprüfen, ob Leni wirklich weg war.

Der Raum war still.

Nicht die Art von Stille, die beruhigte, im Gegenteil, er war innerlich zappelig. Er strich wieder über den dunklen Holztisch, dessen Oberfläche so abgenutzt war, dass sie sich fast wie Pergament unter seinen Fingern anfühlte. Spätestens wenn er das tat, tauchte Leni normalerweise auf.

Er spürte ihre Energie nicht mehr.

Leni kam nicht.

Er wischte sich mit zitternden Fingern über die Stirn. Es war, als hätte er dafür gesorgt, dass Leni zum zweiten Mal gestorben war.

Aber es hatte funktioniert, dass sie ihm nicht mehr erschien. Das war das, was zählte.

Die Erinnerungen an das Spiel blitzten in seinem Kopf auf. Der Würfel, der sich gedreht hatte. Das scharfe Klicken, als er auf den Boden gefallen war. Ihre großen

Augen, in denen erst Faszination und dann Angst aufgetaucht war. Die letzten Schritte, mit denen sie in den dunklen Wald verschwunden war. Die Schatten der Bäume, die sie verschluckt hatten.

Sein Blick wanderte zum Fenster.

Der Wald lag wie erstarrt unter einer Wolkendecke. Die wirkte so schwer, wie Lenis Tod auf seine Schultern drückte.

Er legte die Hände flach auf den Tisch, atmete langsam ein und aus. Zum ersten Mal seit Jahren spürte er, dass er allein war, so wie er es gewollt hatte. Es gab keine flüchtigen Bewegungen aus dem Augenwinkel mehr, kein Flehen und kein leises Wispern in den Ecken des Hauses. Er war endlich frei. Trotzdem traf ihn der Schmerz. Er vermisste Leni. Das würde er immer tun.

Um sich nun auf das Wesentliche zu konzentrieren, schüttelte er die Gedanken über den Verlust seiner Schwester ab. Er zog sein zerfleddertes Notizbuch zu sich heran, das er auf dem Tisch abgelegt hatte. Auf den Seiten schrieb er seit Tagen seinen Plan für Gerechtigkeit bis ins kleinste Detail auf.

Weil der Himmel immer mehr von den dunklen Wolken bedeckt wurde und es kein Licht mehr in die Küche schaffte, schaltete er die alte Tischlampe ein, damit er seine Notizen besser lesen konnte.

Für alle Spielteilnehmer hatte er eine andere Idee gehabt, um sie zu verängstigen, damit sie ihre Schuld zu spüren bekamen. Es war genauso gelaufen, wie er es sich vorgestellt hatte. Bis auf den Tod. Den hatte er nicht geplant. Aber der Weg zur Gerechtigkeit war trotzdem der richtige, also musste er den Tod in Kauf nehmen.

Er hatte jedem von ihnen gezeigt, was sie falsch gemacht hatten. Zufriedenheit breitete sich in ihm aus.

Noch war er nicht ganz fertig, er musste eine weitere Sache beenden, die erst gar nicht in seinem Plan gestanden hatte. Es war jedoch notwendig, um seine Seele endlich zu heilen.

Ein letztes Mal sah er sich im Raum um. Insgeheim hatte er sich vielleicht doch gewünscht, dass Leni ihn noch einmal anlächelte, ehe er das Haus für immer verließ.

Sie kam aber nicht wieder.

Er lief hinaus und ließ die unzähligen glücklichen Stunden seiner Kindheit mit seiner Familie, die er dort verbracht hatte, hinter sich. Nie wieder würde er zurückkehren, denn wenn er mit seinem Plan fertig war, würde er nicht mehr in den schlimmen Erinnerungen gefangen sein. Er sorgte dafür, dass Leni und er Frieden fanden.

22

Lio öffnete blinzelnd die Augen.

Eine rhythmische Melodie drang in seine Ohren. Woher kam sie? War sie real?

Er lauschte und begriff, dass das Radio einen Song von Bob Marley spielte. Warum war es an? Lio schaltete es so gut wie nie ein. Ein stechender Schmerz schoss durch seine Schläfen. Sein Kopf fühlte sich an, als würde ein Schrank darin gezimmert werden. Seine Zunge war rau wie Sandpapier und er hatte den widerlichen Geschmack von Alkohol im Mund. Er lag quer auf dem Sofa, die Decke hing halb auf dem Boden und halb über seinen Beinen.

In der Küche klirrte es. Jemand sang schief mit.

Es schmerzte in Lios Ohren. Er drehte den Kopf zur Seite und kniff die Augen zusammen. »Was …« Ein bitterer Würgereflex unterbrach ihn. Er hielt sich die Hand vor den Mund.

»Guten Morgen, Lio«, begrüßte Jürgen ihn fröhlich. Er hatte die alte Küchenschürze an, die Helena immer getragen hatte.

Lio richtete sich langsam auf. »Wer hat dich reingelassen?«

Jürgen lachte und stellte Lio eine Tasse Kaffee auf den Couchtisch. »Ich war gar nicht zu Hause, sondern habe auf dem Sessel übernachtet. So konnte ich dir heute Morgen gleich Kaffee kochen. Soll ich dir ein Ei braten?«

Lio würgte erneut bei dem Gedanken an etwas Essbares. Er fuhr sich mit einer zittrigen Hand durch das Haar. »Nein danke, Kaffee reicht.« Er trank einen Schluck davon und kontrollierte dann sein Handy, ob sich einer seiner Freunde gemeldet hatte. Noch immer hoffte er auf die erlösende Nachricht, dass Anna wieder aufgetaucht war.

Das Display zeigte etliche verpasste Anrufe von seinen Freunden und seinem Psychotherapeuten.

Lio hörte seine Mailbox ab und kniff dabei die Augen zu. *Bitte lass Anna wieder da sein.*

»Hallo Herr Keller, ich warte seit dreißig Minuten auf Sie. Kommen Sie noch?« Keine Nachricht zu seiner Freundin, sondern von seinem Therapeuten.

»Herr Keller, ich gehe davon aus, dass Sie nicht mehr kommen. Ich habe jetzt den nächsten Patienten. Bitte melden Sie sich bei mir.«

Krampfhaft versuchte Lio, sich zu erinnern. Hatte er einen Termin mit seinem Therapeuten gehabt? Doch es war ihm peinlich, diesen direkt zu kontaktieren und ihn das zu fragen. »Scheiße, Mann, habe ich wieder so viel getrunken, dass ich alles vergessen habe?«

Jürgen grinste und lehnte sich gegen die Wand. »Du hast dir nach dem Anruf die Kante gegeben wie ein Weltmeister.«

»Welcher Anruf?«

»Ich weiß nicht, wer das war. Du warst danach komisch und bist gegangen. Jannes und Stefanie haben dich dann zurückgebracht. Du hast vor der Rheinburg geschlafen.« Jürgen nahm einen Schluck aus seiner Tasse, ohne den Blick von ihm abzuwenden.

Lio schaute in seiner Anrufliste nach.

Stefanie hatte mehrfach versucht, ihn zu erreichen, jedoch keine Nachricht hinterlassen.

Es hatte auch zwei Anrufe einer unbekannten Nummer gegeben. Der erste war unbeantwortet geblieben und der zweite hatte eine Minute gedauert.

Er massierte sich den Kopf. »Ich kann mich an absolut nichts mehr erinnern.«

»Auch nicht an das mit Andreas?« Jürgen hatte die Worte voller Mitgefühl ausgesprochen und eine große Sorgenfalte bildete sich auf seiner Stirn.

Lio richtete sich auf, sein Herz schlug schneller. »Was ist mit Andreas?«

Jürgen setzte sich auf das Sofa und stellte die Tasse ab. Er drehte einen Würfel in den Fingern. »Er ist tot.«

Die Worte hingen schwer im Raum.

Lio starrte ihn an, unfähig zu sprechen. Ihm war vor Schmerz und Verwirrung schwindelig. »Was redest du da?«, brachte er schließlich hervor.

»Irgendjemand hat seine Bremsschläuche durchgeschnitten.« Jürgen zuckte mit den Schultern, als ob es nichts Besonderes wäre. »Ich glaube, dass Jannes und Stefanie dir die Schuld dafür geben.«

Lio schüttelte den Kopf, um die Worte abzuwehren. »Das ist Unsinn, die würden niemals von mir denken, dass ich Andreas getötet habe.« In seiner Kehle hing ein Kloß und sein Herzschlag pochte in seinen Ohren. »Warum sollten sie das glauben?«

»Vielleicht weil du Anna versteckt hast.«

»Hör auf mit diesem Mist«, knurrte Lio. »Ich habe nichts damit zu tun. Warum redet jeder so, als wäre ich ein Schwerkrimineller?«

»Aber was mit ihnen passiert ist, gehört doch zum wahren Spiel. Wirst du es auch bei Jannes und Stefanie machen? Und was ist mit mir?«

Lio runzelte die Stirn, sein Magen zog sich zusammen. »Wovon zum Teufel redest du da?«

Jürgen reichte ihm den Zettel. »Du hast eine Anleitung für das wahre Spiel geschrieben. Kannst du dich nicht erinnern?«

Mit zitternden Fingern nahm Lio das Papier entgegen und faltete es auf. Sein Blick fiel auf die Worte, die ganz eindeutig in seiner Handschrift verfasst waren.

Anna verschwindet spurlos wie ihr Freund Carlos, von dem man bis heute nicht weiß, wo er ist.
Andreas wird der Bremsschlauch durchschnitten, so wie er es bei dem Venenkatheter des Patienten getan hat.
Jannes wird zu einem Glücksspiel gezwungen, er muss um das Leben einer ihm nahestehenden Person würfeln.

Lios Augenlid zuckte. »Das kann nicht sein. Ich habe Anna und Andreas nichts getan.« Seine Worte hatten selbst für ihn nicht überzeugend geklungen. Er wusste nicht mehr, was real und was Wahn war. In diesem Fall hoffte er, dass die Anleitung, die ihn als Kriminellen outen könnte, nur eine Einbildung war.

Jürgen neigte den Kopf. »Warum stehe ich nicht auf dem Zettel? Willst du mich mit meinen Würfeln ersticken, so wie ich das bei meiner Schwester gemacht habe?«

»Hör auf zu reden, Jürgen«, sagte Lio streng, weil er versuchte, sich zu konzentrieren. »Ich könnte niemals einen Menschen töten.«

»Mich brauchst du nicht bestrafen, weil ich nicht böse bin. Meine Schwester hat so laut geschrien. Papa wäre sehr böse geworden, wenn er sie gehört und dann gesehen hätte, dass wir nicht schlafen. Ich wollte sie nur ruhig machen. Es war keine Absicht, dass sie stirbt.«

»Ich weiß das. Du hast ihr die Würfel in den Mund gesteckt, damit sie leise ist.«

Jürgen nickte, starrte auf den Boden und nestelte mit den Fingern. »Sie sollte nur still sein. Wir durften nicht mehr würfeln, es war doch schon Bettzeit.«

Lio erinnerte sich an das Gespräch mit Jürgens älterer Schwester, die ihm von dem schrecklichen Vorfall erzählt hatte. Noch immer bekam er eine Gänsehaut.

Die Vierjährige war an einem der Würfel erstickt. Jürgens ältere Schwester hatte zu spät mitbekommen, wie das kleine Mädchen blau angelaufen war. Sie liebte ihn aber so abgöttisch, dass sie behauptet hatte, alles sei nur ein Unfall gewesen. Jürgen war damals erst sieben Jahre alt gewesen und hatte sich seitdem nicht mehr viel weiterentwickelt.

»Ich verdiene keine Strafe, ich wollte nicht, dass sie tot ist«, sagte er mit weinerlicher Stimme in die Stille hinein.

»Schon gut, Kumpel. Ich will dich nicht bestrafen.«

Jürgen lächelte wieder. Es war unheimlich, dass sich sein Gemütszustand von einer Sekunde auf die Nächste so ändern konnte. »Deshalb stehe ich nicht auf deiner Liste. Erzählst du mir trotzdem, was als Nächstes drankommt?« Seine Augen leuchteten vor Neugierde.

»Ich habe auch niemand anderes bestraft, niemals würde ich meinen Freunden etwas antun. Ich …« In Lios Kopf dröhnte es. Lichter blitzten vor seinen Augen. Wieder fragte er sich, ob er wirklich imstande war, so etwas zu tun.

Da kamen Lio der beißende Geruch und der ölige Fleck auf seiner Jacke in den Sinn. Ihm wurde heiß. Doch sofort schüttelte er den Gedanken, dass er an Andreas' Auto etwas sabotiert hatte, wieder ab. Er würde niemals jemanden töten, auch nicht in einem Schub. Das wollte er einfach nicht wahrhaben.

Helena hast du offenbar auch schwer verletzt, hielt seine innere Stimme dagegen.

Und das hatte ihm offenbar so leidgetan, dass er Konsequenzen gezogen hatte. Sicherlich war das auch seinem Unterbewusstsein eine Lehre gewesen, sodass er nie wieder jemanden angreifen würde.

Wer könnte statt ihm dahinterstecken?

Bei Annas Ex hätte er es sich vorstellen können. Auch Leimar war jemand, dem Menschenleben egal waren. Aber wer von denen sollte Andreas töten? Er hatte nichts mit dem Tod von Annas großer Liebe oder mit Jannes' Spielsucht zu tun gehabt. Lio kannte die Angehörigen des Patienten nicht. Es sah auch nicht so aus, als hätte er noch jemanden außer Leimar und Annas Ex-Mann kontaktiert.

Er überflog erneut die Liste, die ganz offensichtlich er geschrieben hatte. Seine Hände vergruben sich in seinem Haar. Die Wände erdrückten ihn, sodass die Luft in seinen Lungen knapp wurde. Sein Atem ging stoßweise, unregelmäßig, als wäre er gerade einen Marathon gelaufen.

Die nassen Klamotten am Boden, das zerknüllte Handtuch, die leeren Bierflaschen und die Essensreste wirkten wie stumme Beweise für seine Unzurechnungsfähigkeit.

Er wusste nicht, was passiert war. Aber das Gewicht auf seinen Schultern war unerträglich, weil er spürte, dass irgendetwas geschehen sein musste, womit er zu tun gehabt hatte. »Was habe ich angestellt?«, murmelte er. Sein Spiegelbild im Fenster starrte ihn vorwurfsvoll an. Tränen stiegen ihm in die Augen.

»Spielst du weiter?«, fragte Jürgen unvermittelt.

Den hatte Lio schon ganz vergessen. Er verdrehte genervt die Augen. »Geh nach Hause«, forderte er Jürgen auf. »Du bist wirklich nicht förderlich in der Situation.« Dann sah er noch einmal auf den Zettel. »Du hast recht mit der Frage, warum du nicht darauf stehst.« Ihn erfasste ein mulmiges Gefühl.

Jürgen hatte eine beleidigte Miene aufgesetzt und zuckte die Schultern. »Die musst wohl du selbst beantworten, weil du ja willst, dass ich gehe.« Er zog sich die Jacke über und verließ das Haus.

Der Wind, der sich in dem kurzen Moment, den die Tür geöffnet war, einen Weg nach drinnen bahnte, bereitete Lio eine Gänsehaut.

23

1998

Lio saß stumm auf der Rücksitzbank des hellblauen Ford Escort seiner Eltern. An diesem Tag würde er zum ersten Mal sein Zuhause betreten, seit er den Unfall gehabt hatte.

Eigentlich hätte das viel früher stattfinden sollen, aber die Ärzte hatten ihn nicht früher entlassen, weil er sich geweigert hatte, Luke zu sein. Er wollte, dass jeder ihn Lio nannte, aber Dr. Friedrich und alle anderen Ärzte hatten das Ziel gehabt, ihn darauf vorzubereiten, wieder als Luke am Leben teilzunehmen. Doch er würde sich selbst Lio nennen, das konnte ihm niemand ausreden.

Nachdem er mehrere Wochen im Krankenhaus genesen war, war er erst in eine Rehabilitationseinrichtung gebracht worden, um körperlich wieder stärker zu werden. Danach hatten ihn die Ärzte noch in die Psychiatrie gesteckt, weil er nicht eine einzige Erinnerung zurückerlangt hatte. Sie hatten ihn darauf vorbereitet, in einer völlig fremden Umgebung mit fremden Menschen aufzuwachsen.

Seine Zeit in der Psychiatrie hatte er hauptsächlich mit Lesen verbracht. Es gab in der Klinik eine kleine

Bibliothek, dort hatte er sich Bücher geholt, die wahre Geschichten erzählt hatten. Die Erlebnisse anderer Menschen faszinierten ihn. Vielleicht schrieb er irgendwann seine eigenen auf.

»Wir sind gleich da, Schatz«, sagte Rosie, so hieß seine Mutter. »Vielleicht kommen deine Erinnerungen zurück, wenn du dein Zimmer wiederhast. Dort hast du dich immer so wohl gefühlt.«

Mittlerweile verstand er sich mit seinen angeblichen Eltern recht gut. Aber er nannte sie nicht Mama und Papa, weil es sich nicht richtig anfühlte.

»Bedräng ihn nicht, Liebling. Du weißt, was die Ärzte gesagt haben, vielleicht gehört er zu den Fällen, die ihr Gedächtnis nicht zurückerlangen. Wir sollten das akzeptieren.«

Lio glaubte, dass Rosie das nicht konnte. Er hatte sie oft beim Weinen erwischt.

Aber er wollte auch nicht vorspielen, dass er sich erinnerte oder sie als Mutter erkannte, nur damit sie sich besser fühlte.

Harald fuhr das Auto einen engen Weg hinauf, vorbei an einer Kapelle. »Hier bist du oft mit deinem Fahrrad heruntergerast. Du bist gern damit unterwegs gewesen. Wir kaufen dir ein neues, wenn du wieder Lust dazu hast.«

Rosie warf Harald einen strengen Blick zu.

»Was? Willst du ihn einsperren?«, fragte er leicht pikiert.

Sie drehte ihr Gesicht dem Fenster zu.

Vor einem Haus, das Lio nicht kannte, hielt Harald an. »Wir sind da, Luke. Das ist dein Zuhause.«

Lio öffnete die Tür, stieg aus und schaute sich das Anwesen genau an, doch nichts davon war ihm vertraut. »Bitte nennt mich doch endlich Lio. Ich fühle mich nicht wohl mit Luke.«

»Es kommt nicht infrage, dass wir dich so nennen. Dein Name ist Luke und man kann ihn nicht einfach umändern, wie man will. Er steht in deiner Geburtsurkunde«, antwortete seine Mutter streng.

Lio traten Tränen in die Augen. Warum nur verstand Rosie nicht, dass es diesen Luke nicht mehr gab?

Harald lud die Koffer aus dem Auto.

Rosie schloss die Tür auf. »Komm rein, ich zeige dir, wo du alles findest. Ganz bestimmt wirst du dich schnell einleben und wieder glücklich werden.«

Er freute sich auf einen Raum, in den er sich zurückziehen konnte. Es war besser, als noch länger in Kliniken zu verbringen.

Zuerst führten ihn seine Eltern durch das untere Stockwerk, damit er wusste, wo sich Bad und Küche befanden. Anschließend brachten sie ihn die Treppe hinauf zu seinem Zimmer.

Lio stand vor der Tür. Er ließ die Hand zögerlich über die Klinke gleiten. Einerseits hatte er Angst, diesen völlig fremden Raum zu betreten, andererseits war er neugierig, wie der eingerichtet war. Er hatte keinerlei Erinnerungen daran, was ihm gefallen hatte.

»Es hat sich nichts geändert, alles ist noch so wie vor

deinem Unfall«, sagte Rosie mit ihrer warmen Stimme.

Er nickte und drückte die Klinke herunter.

Die Tür öffnete sich mit einem leichten Quietschen.

Lio trat einen Schritt hinein und blieb nah an der Schwelle stehen.

Das Zimmer war aufgeräumt und sah fast unberührt aus.

Sein Blick wanderte in jede Ecke auf der Suche nach etwas Bekanntem. Er hätte erwartet, dass alles sehr staubig wäre. So hatte er sich sein Zimmer ausgemalt, weil fast ein Jahr niemand mehr dort gelebt hatte. Aber es roch blumig und frisch.

Verschiedene Poster bedeckten die hellblauen Wände: ein riesiger Dinosaurier, ein F-16-Kampfflugzeug und ein verknittertes Bild eines Basketballspielers, dessen Namen Lio nicht mehr wusste.

Ein Regal stand schief in der Ecke, gefüllt mit Büchern und Plastikspielzeug. Eine Armee von Actionfiguren, von denen einige abgebrochene Gliedmaßen hatten, war ordentlich aufgereiht. Daneben lagen mehrere Kassettenhüllen mit zerkratzten Aufklebern.

Der Schreibtisch war mit Schrammen und farbigen Flecken übersät. Ein kleiner Röhrenfernseher stand darauf, ein Game Boy steckte an einem ausgefransten Kabel. Das graue Plastik war leicht vergilbt.

Lio setzte sich auf das ordentlich gemachte Bett und strich über die Decke mit dem Weltraummuster. Er fuhr sich über die Stirn. Es wollte sich kein Gefühl in ihm einstellen, ob er das Zimmer mochte oder nicht. »Ich kann mich an nichts erinnern.«

Rosie trat vorsichtig neben ihn. »Wir können die nächsten Tage einkaufen gehen und du richtest dir das Zimmer ein, wie du es gern willst.«

Lio fand es eine gute Idee, weil diese Einrichtung nicht zu ihm passte. »Ja, das fände ich schön. Ich weiß, dass ihr euch sehr viel Mühe gegeben habt. Es tut mir leid, dass ich so komisch bin.«

Rosie strich ihm über sein Haar. »Das bist du nicht. Wir sind dankbar, dass du noch lebst, und werden diese Herausforderung meistern. Wir schaffen dir neue Erinnerungen, wenn die alten nicht zurückkommen wollen. Wichtig ist nur, dass du dich eines Tages wohlfühlst. Das wünsche ich mir für dich.«

Lio hoffte sehr, dass er sich irgendwann doch an sein altes Leben erinnern würde. Er hatte so viele Fragen, zum Beispiel, warum ihn niemand außer Matthes besucht hatte. »Habe ich hier Fotos von Freunden?«

»Nein, leider nicht.«

Er senkte den Kopf. »Hatte ich keine außer Matthes?«

»Bestimmt hast du Freunde. Du warst ständig draußen unterwegs, aber ich habe keine Ahnung, mit wem. Gib ihnen noch etwas Zeit. Vielleicht wissen sie nicht, wie sie damit umgehen sollen, dass du dich nicht erinnerst. Wenn sie sehen, dass du wieder fit bist, werden sie Zeit mit dir verbringen.«

Lio wollte gern allein sein, weil er sich traurig fühlte, auch wenn er nicht recht wusste, weshalb. Schließlich würde er sowieso niemanden erkennen. »Kann ich mich ein wenig ausruhen?«

»Natürlich. Wir sind unten in der Küche. Ich bereite etwas zu essen vor. Dein Lieblingsgericht.«

Lio schaute Rosie an. Er wusste nicht, was sein Lieblingsessen war, wollte sie aber auch nicht danach fragen.

»Verzeihung, ich …« Sie strich sich fahrig durch die Haare. »Ich muss mich noch umgewöhnen. Du hast immer Grießbrei mit heißen Himbeeren bekommen, wenn du traurig warst. Das koche ich dir jetzt.«

»Danke.« Lio legte sich aufs Bett und starrte die Decke an. Er hatte gehofft, dass er sich zu Hause wohler fühlte, doch derzeit ging es ihm nicht anders als in der Klinik.

Es läutete.

Er hob den Kopf und lauschte. Hörte, wie jemand die Treppen hinauflief.

Dann klopfte es an der Tür.

»Ja?« Lio versuchte, nicht genervt zu klingen, auch wenn er eigentlich seine Ruhe wollte.

Seine Mutter steckte den Kopf herein. »Matthes ist hier, er will dich besuchen. Magst du ihn empfangen oder soll ich ihn bitten, ein anderes Mal wiederzukommen?«

Lio setzte sich auf. Zwar hatte er keine Lust auf andere Leute, aber er wollte sich auch nicht langweilen. Dieser Junge war nun einmal der einzige, der ihn ab und zu besuchte. »Er kann reinkommen«, sagte er deshalb.

Matthes trat kurz darauf grinsend in das Zimmer. »Wow, coole Actionfiguren.«

Lio runzelte die Stirn. »Die kennst du doch, weil du schon oft bei mir warst, oder?«

»Na klar.« Matthes drehte sich schnell weg. »Wie geht es dir?«

»Ist komisch, hier zu sein. Ich fühle mich fremd, deshalb danke, dass du vorbeikommst. Das lenkt mich ein bisschen ab.«

»Das machen Freunde so.« Er ging an das Regal mit den Action-Figuren. »Ich habe nicht so viele.«

»Du kannst dir ein paar aussuchen, ich spiele nicht mehr damit.«

Matthes riss die Augen auf. »Echt jetzt?«

»Ja, ich kenne sie eh nicht mehr.«

Sein Freund drehte sich wieder zu den Figuren und stellte sich auf die Zehenspitzen, wahrscheinlich, um an das obere Brett zu kommen. Dabei fiel ihm etwas aus der Hosentasche.

Lio hob es auf.

Es war ein Ausschnitt aus einer Zeitung. Auf dem Bild war ein kleines Mädchen abgebildet.

Matthes riss ihm das Stück Papier aus der Hand. »Das solltest du nicht sehen.«

»Wer ist das?«, fragte Lio.

Matthes senkte den Kopf. »Nur eine Freundin.«

Lio erkannte an dem geröteten Gesicht seines Freundes genau, dass dieser log. »Es ist das Mädchen, das wegen mir tot ist, nicht wahr?«

Matthes presste die Lippen zusammen.

»Sag schon«, forderte Lio energischer.

Der Blick seines Freundes ging zum Boden. Er schluckte. »Ja.«

»Bitte zeig es mir, ich möchte wissen, wie sie aussieht.«

»Es ist ein Jahr her, seit sie beerdigt wurde. Du solltest das abhaken.«

»Vielleicht hilft mir das Foto aber, mich zu erinnern.«

Einen Moment lang betrachtete Matthes Lio stumm, dann zuckte er mit den Schultern. Er reichte ihm eine Anzeige, die er offenbar unordentlich aus einer Zeitung herausgerissen hatte.

»Warum hast du die mit?«

»Damit ich nicht vergesse, wann ich an der Kirche sein muss.«

Lio betrachtete das wunderschöne Mädchen.

Es grinste breit in die Kamera, die Augen leuchteten.

Lio konnte nicht fassen, dass die Kleine tot war, weil er sie mit dem Fahrrad auf die Straße gedrängt hatte. Er las sich die Zeilen durch.

Ich vermisse dich, wenn etwas Schönes passiert, weil ich es dir gerne sagen würde.

In liebevoller Erinnerung gedenken wir beim
1. Jahresgedächtnis
unserer verstorbenen Tochter, Schwester und
Enkeltochter
Leni Kranz. † 24.06. 1997
am Sonntag, den 28.06. 1998 um 15:30 Uhr in der
Pfarrkirche Ehrenbreitstein.

Darunter waren einige Namen aufgelistet.

Lio schaute auf. »Das ist heute.«

Matthes nickte. »Ich gehe gleich hin. Deshalb muss ich jetzt los. Aber ich komme dich bald wieder besuchen.«

»Bitte nimm mich mit. Ich möchte ihr auch gedenken.«

Matthes riss die Augen auf. »Oh, ich weiß nicht, ob das eine schlaue Idee ist. Ist doch schon etwas komisch, wenn der Junge dort ist, der an dem Unfall beteiligt war, oder? Ich glaube, Lenis Bruder ist nicht gut auf dich zu sprechen.«

»Bitte, ich habe das Gefühl, dass es mir helfen könnte. Ich würde mich auch gern bei der Familie entschuldigen.«

Matthes zuckte wieder mit den Schultern, das machte er oft. »Ich halte es für keine gute Idee, aber ich nehme dich mit, wenn du unbedingt willst.«

Lio lächelte. Das erste Mal seit dem Unfall war er zufrieden, hatte das Gefühl, etwas Richtiges zu tun. Vielleicht konnte er Gott um Vergebung bitten. War er überhaupt gläubig? Selbst wenn nicht, er wollte es unbedingt tun. »Ich sage es Rosie und dann gehen wir.«

Diese starrte ihn an, nachdem er ihr erzählt hatte, dass er an der Veranstaltung teilnehmen wollte. »Schatz, das würde ich noch nicht tun. Du bist heute erst aus der Klinik entlassen worden und solltest dich ausruhen. Außerdem essen wir jetzt.«

»Ich habe keinen Hunger. Bitte, Rosie. Ich möchte dem kleinen Mädchen gedenken. Ohne mich wäre sie nicht tot.«

Rosie stiegen Tränen in die Augen. »Luke, ich weiß nicht. Die Menschen …«

»Geben mir die Schuld. Sie haben recht. Ich werde mich entschuldigen.«

Sie diskutierte noch einen Augenblick, bis sich Harald schließlich räusperte. »Lass ihn gehen, wenn es ihm so wichtig ist, Liebling. Er ist elf, er kann das für sich entscheiden. Wir sind anschließend für ihn da, sollte es nötig sein, ihn aufzufangen.«

»Danke«, sagte Lio. Er verabschiedete sich und lief mit Matthes zur Pfarrkirche. Je näher sie dem Gebäude kamen, desto mulmiger wurde ihm.

Es tummelten sich viele Menschen davor. Ihre Gesichter spiegelten tiefe Trauer wider, Augen waren gerötet und viele wischten sich Tränen ab.

Plötzlich empfand es Lio gar nicht mehr als gute Idee, an dieser Gedenkfeier teilzunehmen. Seine Brust wurde immer enger, je näher er dem Eingang kam.

»Dort drüben stehen Lenis Eltern«, flüsterte Matthes. »Ich gehe jetzt zu meinen. Wir sehen uns.«

Ehe er Matthes anflehen konnte, bei ihm zu bleiben, war dieser fortgerannt. Lio wusste nicht, wie er sich verhalten sollte.

Was sagte man Eltern, deren Kind tot war?

Plötzlich stürmte ein Junge auf ihn zu. »Was willst du hier?«

Ehe Lio sich versah, bekam er einen Stoß und fiel nach hinten.

»Du Mörder bist schuld, dass meine Schwester tot ist«, plärrte der Junge ihn an. »Glaube ja nicht, dass es dir etwas nützt, wenn du behauptest, du hättest keine

Erinnerung mehr daran. Ich war dabei und habe alles beobachtet. Diese Bilder kann ich nie wieder vergessen.«

Lio sah den Jungen durch einen Tränenschleier an. »Aber … ich …«

»Hau ab, wir wollen dich hier nicht.«

Lio spürte alle Blicke auf sich ruhen. Am liebsten wäre er im Erdboden versunken.

»Schatz, hör auf!«, sagte ein Mann und nahm Lenis Bruder zur Seite. »Geh zu deiner Mutter.«

»Aber, Papa. Der …«

»Du sollst gehen«, ermahnte Lenis Vater seinen Sohn noch einmal.

Dieser dampfte wütend ab.

Dann hielt der Mann Lio die Hand hin.

Lio nahm sie erleichtert entgegen.

»Entschuldige, er ist verbittert, er hat Leni geliebt. Ich bin ihr Vater.« Er zog Lio hoch. »Wir geben dir nicht die Schuld, es war der betrunkene Autofahrer, der unsere kleine Tochter getötet hat. Aber unser Sohn braucht noch viel Zeit, um seine Wut loszuwerden, ehe er das alles richtig begreift.«

»Das verstehe ich«, erwiderte Lio. »Es tut mir unglaublich leid, dass der Unfall passiert ist. Ich wollte ihr auch gern gedenken.«

»Es ist lieb, dass du teilnehmen möchtest. Wir sind sehr froh, dass du wieder gesund geworden bist. Doch vielleicht gehst du lieber nach Hause. Es ist nicht gut, wenn er sich so aufregt.« Er zeigte auf Lenis Bruder.

Lio schluckte den Kloß hinunter. »Es tut mir leid, das wollte ich nicht. Ich erinnere mich zwar nicht mehr an den

Unfall, aber ich leide trotzdem, weil Ihre Tochter gestorben ist. Wäre ich nur nicht so schnell um die Kurve gefahren.« Er schluchzte heftig, kriegte sich nicht mehr ein.

»Schon gut, du kannst nichts dafür.« Herr Kranz nahm ihn in die Arme. »Vergib dir selbst und tu so was nie wieder. Und nun geh nach Hause. Vielleicht kannst du Lenis Grab an einem anderen Tag besuchen.«

Lio nickte, wischte sich die Tränen aus den Augen und den Rotz mit dem Ärmel von der Nase. »Das mache ich.« Er lief in Richtung Straße.

An der Wand des Kirchengebäudes stand Matthes und schien alles genau zu beobachten. Das war nichts Ungewöhnliches, weil wirklich alle Anwesenden Lio betrachteten. Doch auf Matthes' Lippen lag ein kleines Lächeln.

Das ließ Lio das Blut in den Adern gefrieren, weil es spöttisch war. Es schien, als würde Matthes ihn auslachen.

24

1. Oktober 2023

Bereits am Vormittag trank Lio seinen achten Kaffee. Nicht nur, weil er todmüde war, sondern auch, weil er unbedingt vermeiden wollte, zum Alkohol zu greifen. Er musste unbedingt einen klaren Kopf behalten, denn er befürchtete, dass er all die schrecklichen Dinge nur wegen des Alkohols getan hatte.

Er brütete seit zwei Stunden darüber, wie er seinen Freunden von dieser Liste mit dem *wahren Spiel* erzählen sollte. Wenn er wirklich Andreas' Bremsschlauch durchgeschnitten hatte, käme er ins Gefängnis.

Hast du vielleicht auch nicht anders verdient. Möglicherweise wäre es das Beste für alle.

Er konnte nicht fassen, dass Andreas tot war. Vor vierundzwanzig Stunden war dieser noch in seinem Haus gewesen, daran erinnerte ihn sein Veilchen. Und nun sollte sein Freund einfach weg sein?

Tränen stiegen Lio in die Augen. Er krümmte sich vor Schmerzen, weil er den Knoten, groß wie ein Medizinball, in seinem Magen nicht mehr aushielt. Es fühlte sich an, als müsste er seinen Brustkorb aufreißen, damit er wieder atmen konnte. Der Druck wurde so stark, dass Lio schrie. Er schrie sich die Last von der Seele, den Knoten aus der Brust und die Trauer aus dem Herz.

Ein Klingeln an der Tür ließ ihn erstarren. Sein Blut rauschte in den Ohren. Er hoffte, dass es nicht wieder Jürgen war, wobei er diesen der Polizei vorzog.

Bestimmt hatten Jannes und Stefanie die längst eingeweiht und nun kamen sie, um Lio festzunehmen.

Es hämmerte gegen die Tür. »Lio, mach auf!« Es war eindeutig Jannes' Stimme gewesen.

Lio öffnete mit etwas Abstand zur Tür, weil er befürchtete, sich den nächsten Schlag einzufangen.

»Bist du allein?« Jannes schaute an Lio vorbei in den Flur.

»Ja, was ist denn los?«

»Darf ich reinkommen?«, fragte sein Freund im ruhigen Ton. Es war nichts von Wut zu spüren, eher von Verzweiflung. Jannes' Augen waren eingefallen und die Haut darunter hatte einen dunkleren Ton. Sein Gesicht schimmerte bleich.

»Natürlich.« Lio ließ ihn eintreten. »Es tut mir leid, wie ich mich letzte Nacht verhalten habe. Jürgen hat es mir erzählt. Ich war betrunken. Das ist keine Entschuldigung, ich weiß, aber …« Er seufzte. »Keine Ahnung, was mit mir los ist. Ich möchte nicht glauben, dass ich diese schrecklichen Dinge getan habe.«

Jannes lief im Wohnzimmer auf und ab. Er rieb sich die Hände. »Hat dir dieser Jürgen von Andreas erzählt?«

»Ja, hat er. Ihr glaubt wirklich, dass ich die Bremsen manipuliert habe?« Lio würde sogar verstehen, wenn sein

Freund die Frage bejahte, denn er konnte sich selbst kaum noch vertrauen. Wie sollte er es von seinen Freunden erwarten?

»Ich weiß nicht mehr, was ich glauben soll.« Aus Jannes' Kehle entwich ein tiefer Seufzer. Er setzte sich in den Sessel.

Lio nahm auf dem Sofa Platz.

»Du hast echt Mist gebaut, indem du Annas Ex und meinen Kredithai kontaktiert hast. Möglicherweise ist Anna deshalb verschwunden, auch wenn es nicht deine Absicht war. Aber dass Andreas' Tod etwas damit zu tun hat, glaube ich nicht. Warum hätten Leimar oder Annas Ex ihn töten wollen?«

»Es könnte doch eine Warnung an dich sein, weil Leimar dich bisher noch nicht gefunden hat.«

»Das glaube ich nicht. Woher sollte er sie kennen?«

»Vielleicht hat er dich beobachtet und gesehen, dass du mit Anna und Andreas Zeit verbracht hast. Stefanie und ich wären dann auch in Gefahr.«

Jannes senkte den Kopf. »Wenn er wüsste, dass ihr meine Freunde seid, würde er auch meine Adresse kennen und wäre bei mir aufgetaucht. Ich glaube nicht, dass er Andreas getötet hat. Aber ich habe noch einen anderen Verdacht, deshalb bin ich hier. Gestern, als ich Stefanie nach Hause gefahren habe, lag Annas roter Schal in ihrer Küche.« Jannes erzählte auch von dem Inhalt einer Notiz.

Lio starrte ihn an. »Du glaubst doch nicht, dass Stefanie beide …« Der Gedanke war so absurd, dass ihn Lio nicht aussprechen konnte.

»Überleg mal. Anna hat Andreas geschrieben, dass sie zu Stefanie fährt. Dort ist sie angeblich nie angekommen. Wieso ist dann ihr Schal dort? Und Stefanie war die Einzige, die gestern den ganzen Tag mit Andreas unterwegs war. Er hat sie mit zu sich genommen. Sie hätte also die Möglichkeit gehabt, an sein Auto zu kommen.«

Lio schluckte. Er dachte an die Liste, die er geschrieben hatte.

Bei Stefanie stand, dass sie als Lügnerin dargestellt werden sollte.

Hatte Lio etwa am Vortag die Sachen bei ihr verstaut, damit dieser Eindruck entstand? Seine Angst, im Gefängnis zu landen, wenn dieser Verdacht offiziell aufkam, dass er selbst an allem schuld war, wuchs. Er musste Jannes ausreden, dass es Stefanie war, ohne ihm von dem *wahren Spiel* zu erzählen.

»Warum sagst du nichts dazu? Findest du das nicht auffällig?«, fragte Jannes.

»Schon, aber welchen Grund hätte Stefanie denn gehabt, die beiden verschwinden zu lassen? Sie und Andreas waren die besten Freunde und auch Anna war ihr wichtig.«

Jannes raufte sich die Haare. »Warum sollte Leimar ihr diese Sachen unterjubeln, wenn wir bei deiner Theorie bleiben, dass er dahintersteckt?«

Lio zuckte mit den Schultern. Es fehlte nicht mehr viel, dann würde er einknicken und von seinen Notizen reden.

»Warum hat Stefanie diesen Zettel bei sich liegen, der deutlich zeigt, dass Annas Verschwinden und Andreas' Tod geplant waren?«

Lio schluckte, weil er den Grund bereits kannte, weshalb die Dinge geschahen. Er hatte es selbst aufgeschrieben. Um wenigstens Stefanie vor den Konsequenzen des *wahren Spiels* zu retten, musste er Jannes' Verdacht schnell entkräften. »Nur weil das Zeug dalag, ist sie nicht automatisch schuldig. Vielleicht hat ihr jemand die Hinweise untergejubelt.«

Jannes fuhr sich durch das Gesicht. »Es gab bei ihr keine Einbruchsspuren, Türen und Fenster waren verriegelt. Wie sind die Sachen in ihre Küche gekommen, wenn niemand eingebrochen ist? Ihr Schlüssel lag zwar bei dir, aber du warst gestern schon morgens breit. Im Leben warst du in diesem Zustand nicht in Koblenz-Güls und hast die Sachen platziert.«

»Ich kann mich echt nicht erinnern, weil ich mit Jürgen schon sehr früh getrunken hab.«

»Vielleicht hat dir Stefanie ihre Schlüssel hierhergebracht, damit der Verdacht auf dich gelenkt wird.«

»Jannes, bitte. Sie würde uns so etwas niemals antun.«

Jannes massierte sich das Kinn und schaute Lio eindringlich an. »Ich will das ja auch nicht wahrhaben. Aber wer sollte uns das antun?« Er verharrte einen Augenblick stumm. »Was ist mit deinem Nachbarn? Stefanie und ich hatten gestern den Verdacht, dass er dahinterstecken könnte.« Er erzählte von der SMS, die beide erhalten hatten, als sie draußen im Auto gesessen und Jürgen am Fenster gesehen hatten. »Seitdem du mit ihm abhängst, wird deine Trinkerei immer schlimmer. Ich habe mich gefragt, ob er dich absichtlich abfüllt, um an Informationen über uns zu kommen. Vielleicht will er nicht, dass du mit uns befreundet bist.«

Lio kam der Zettel wieder in den Sinn. Dass Jürgen nicht darauf gestanden hatte, hatte ihn gewundert. Aber war dieser deshalb verdächtig? »Er ist schon merkwürdig. Manchmal ist er ein großes Kind und verhält sich infantil. Aber in manchen Momenten wirkt er ganz normal, denkt offenbar wie ein Erwachsener. Er ist unheimlich, dauernd am Grinsen und sieht dieses ganze Desaster als Spiel.«

»Würdest du ihm zutrauen, solche Verbrechen zu arrangieren?«

»Ich weiß es nicht. Vielleicht hat ihn mein Spiel mit euch auf diese Idee gebracht. Er ist von Würfeln besessen und ich glaube, auch von mir. Gestern ist er zum Beispiel mit einem hier aufgetaucht und hat mir Fragen gestellt, die mir suspekt vorkamen. Die waren auch auf euch bezogen.«

»Und er hat schon einmal ein Kind getötet, wenn ich das bei dem Spiel richtig verstanden habe.«

»Seine kleine Schwester. Doch das hat er nicht gewollt. Er war selbst erst sieben.«

»Hat er dir das erzählt?«, fragte Jannes.

»Ja, er hat mir alles gebeichtet.«

»Du hast ein Talent dafür, die dunkelsten Geheimnisse aus den Menschen zu kitzeln.« Jannes lächelte schwach. Zu mehr fehlte ihm offenbar die Energie.

»Ich wünschte derzeit, dass ich eure nicht wüsste.« Lio senkte den Blick. »Ich habe damit alles in Gang gesetzt.«

»Ja, dein Spiel war eine beschissene Idee. Aber ich glaube trotzdem, dass Stefanie etwas mit den Vorfällen zu tun hat. Vielleicht auch dieser Jürgen.«

Lios Kräfte schwanden. Er wollte, dass die Geschehnisse und die Spekulationen endeten, wer es getan haben könnte.

Auf keinen Fall sollten seine Freunde falsch verdächtigt werden.

Er wusste sich nicht mehr anders zu helfen, als sich selbst in den Fokus zu rücken, um von Stefanie und Jürgen abzulenken. »Ich bin als Verdächtiger nicht ausgeschlossen, immerhin gibt es genug Beweise. Der Anruf, die Mail, Stefanies Schlüssel. Vielleicht sollte ich zur Polizei gehen und denen alles beichten. Dann bekommen wir Antworten und der Albtraum hört endlich auf.«

»Nein. Ich war absolut dafür, aber wenn du dich jetzt stellst, gehst du in die Psychiatrie, weil du für unzurechnungsfähig erklärt wirst. Sie werden die Vorkommnisse auf dich schieben, die du in einem Wahn verursacht hast. Dann werden wir nie erfahren, wer das alles wirklich getan hat. Derjenige will doch nur erreichen, dass du weggesperrt wirst, warum auch immer. Und die Polizei kann mir eh nicht helfen, denn Leimar hat nach der E-Mail meine Fährte bestimmt schon aufgenommen. Ich habe echt Schiss und will mich nicht jahrelang vor ihm versteckt haben, um nun zu sterben. Sobald der erfährt, wo ich bin, holt der sich sein Geld bei mir und dann bin ich tot. Irgendjemand will offenbar, dass mich dieser Verbrecher in die Finger bekommt.«

Lio glaubte noch nicht an Jannes' Theorie, alle Hinweise zeigten auf ihn. Trotzdem hatte er immer noch einen Funken Hoffnung, dass er unschuldig war. »Wer, den wir kennen, sollte mir das anhängen und euch wissentlich schaden wollen?«, fragte er deshalb.

»Es muss jemand sein, der über dich an die Informationen von uns herangekommen ist, ohne dass du es gemerkt hast. Zum Beispiel an die Fotos, die du von Stefanies damaligen Freunden hattest. Jemand hat sie genommen und zu Stefanie gelegt, wenn sie es nicht selbst war. Wo hattest du die aufbewahrt?«

»Sie fehlen oben in meinen Akten.«

Jannes riss die Augen auf. »Du hast Akten über uns?«

»Es ist nur ein Hobby von mir. Ich war schon immer von den Geschichten anderer fasziniert.«

»Ist das dein Ernst? Du sammelst Informationen und heftest die ab? Was stimmt denn nicht mit dir?«

»Es mag für dich merkwürdig sein, aber ich sammle seit meiner Kindheit alles, was mich interessiert. Ohne böse Absichten.«

Jannes schüttelte den Kopf. »Ich fasse es echt nicht. So wird aber klarer, wie es jemand geschafft haben könnte, an die Informationen über uns zu kommen. Vielleicht hatte jemand Zugang zu deinen Akten und auch zu deinem Handy, als du betrunken warst. Möglicherweise hast nicht du selbst Annas Ex angerufen und Leimar die Mail geschrieben.«

Lio zuckte die Schultern. »Es klingt wie ein schlechter Krimi. Ich kann mir das nicht vorstellen. Vor allem nicht, wer mir so was antun will.«

Jannes blieb einen Moment still und starrte auf einen Punkt an der Wand. Seine Augen waren glasig, er kaute auf seiner Unterlippe.

»Über was denkst du nach?«, fragte Lio.

»Mir kam gerade noch ein anderer Gedanke. Was ist, wenn Anna dahintersteckt und uns alle nach und nach auslöschen will?«

»Anna?« Lio war entsetzt. »Wie sollte sie das anstellen? Sie ist spurlos verschwunden.«

»Ja, eben.« Jannes setzte sich gerade auf. »Anna hat das schlimmste Geheimnis von uns. Sie hat immerhin jahrelang einen Mord vertuscht, bei dem sie dabei war. Wenn das rauskommt, geht sie in den Knast. Vielleicht will sie uns alle loswerden, weil wir dank dir nun ihr Geheimnis kennen. Sie konnte dir jahrelang vertrauen, dann packst du aus. Jetzt rächt sie sich an dir. Sie verschwindet spurlos, lässt es wie einen Kampf aussehen, damit wir Angst bekommen. Danach besucht sie dich, füllt dich mit Alkohol ab und schaut in deine Akten. Anschließend kontaktiert sie ihren Ex und schreibt Leimar in deinem Namen, damit der Verdacht nicht auf sie fällt. Wir glauben die ganze Zeit, sie wäre weg, dadurch kann sie ungestört alles fingieren.«

»Moment, ich habe vor euch niemals gesagt, was ihr Geheimnis ist. Und ich habe ihren Ex angerufen, er hat es mir beim zweiten Anruf quasi bestätigt.«

»Das stimmt, sie hat Andreas selbst von diesem Mord erzählt und er mir mit ihrer Erlaubnis. Vielleicht hat sie es dann aber bereut und Angst bekommen, dass wir es aufdecken. Also ist sie untergetaucht und will es dir in die Schuhe schieben.«

»Aber weshalb dann die Sachen bei Stefanie? Damit macht sie doch eher sie verdächtig statt mich.«

»Keine Ahnung«, sagte Jannes genervt. »Was weiß ich, was im Hirn eines Kriminellen vorgeht.«

Lio starrte ihn an. Er war fassungslos über diese Theorie, auch wenn sie recht plausibel klang. »Nein, Anna hat so etwas nicht geplant«, wehrte Lio vehement ab.

»Irgendwer muss es getan haben.« Jannes schlug auf den Tisch. »Mich macht das fertig. Ich schlafe nicht mehr vor Todesangst, weil ich jedes Mal, wenn ich die Augen schließe, sehe, wie Leimar plötzlich auftaucht und mir alle Knochen bricht. Oder jemand anderes, wer auch immer das tut. Warum greift derjenige uns anderen an, wenn es etwas mit dir zu tun hat?«

Lio holte tief Luft. »Wir können es drehen und wenden, wie wir wollen. Am meisten ergibt es Sinn, dass ich der Täter bin. Ich bin unzurechnungsfähig, denn ich bin psychisch labil, habe viel getrunken, offensichtlich war ich nicht bei der Therapie und meine Medikamente wirken nicht mehr.«

»Wenn du das getan hast, wäre das schrecklich. Ich möchte das nicht glauben. Warum würdest du deinen besten Freunden so schaden?«

Lios Augen wurden feucht und sein Kinn zitterte. »Warum habe ich Helena schwer verletzt und mein Kind in Gefahr gebracht? Ich liebe sie abgöttisch, trotzdem habe ich es im Wahn verbrochen.«

Jannes schluckte schwer, erwiderte nichts darauf.

»Ich bleibe dabei und gehe zur Polizei. Das ist das einzig Richtige. Sie werden herausfinden, was die Wahrheit ist.«

Sein Freund hielt mit Zeigefinger und Daumen seine Nasenwurzel fest und schüttelte den Kopf. »Ich gebe zu, deine Begründungen, dass du es bist, klingen plausibel. Trotzdem habe ich große Angst, dass du es nicht warst und wir weiter in Gefahr bleiben, weil dann der wahre Täter nicht gefasst wird.«

»Das alles muss ein Ende haben. Du kannst mich nicht davon abhalten, dass ich mich stelle. Ich mache das wieder gut.«

»Andreas kommt nicht mehr zurück, da gibt es nichts wiedergutzumachen.« Jannes erhob sich und schleppte sich mit gesenkten Schultern zur Tür. »Ich hoffe noch immer, dass du mir das niemals angetan hättest, Lio. Du bist mein bester Freund. Es würde sich anfühlen wie sterben, wenn du hinter all dem steckst.« Er verließ das Haus.

Lio blieb mit Jannes' letzten Worten zurück, die in seinem Kopf wie ein Echo nachhallten. Sie waren schmerzhaft, aber er konnte ihn verstehen.

25

1. Oktober 2023

Lio stand vor dem Badezimmerspiegel und starrte in sein Gesicht, das ihm mittlerweile völlig fremd vorkam. Seine Augen waren eingefallen und sein Blick flackerte unruhig. Über seine Haut zog sich ein schmutziges Grau. Er war nervös, wusste nicht, ob der Gang zur Polizei die beste Idee war. Aber er wollte, dass der Albtraum ein Ende nahm. Sollte er verantwortlich sein, würde er, in einer Zelle eingesperrt, keinen Menschen mehr verletzen können.

Er spritzte sich eiskaltes Wasser ins Gesicht, um sich wacher zu fühlen, doch es half nicht. Also trocknete er sich ab und zog sich seine Schuhe an und seine Jacke über.

Als er hinausgehen wollte, bemerkte er, dass sein Schlüssel nicht im Schloss steckte. Mit fahrigen Bewegungen tastete er alle Jackentaschen ab, fand ihn jedoch nicht. »Wo habe ich den hingelegt?« Er ging zurück ins Wohnzimmer und suchte auch in der Küche. »Verdammt noch mal.« Er schloss die Augen und dachte angestrengt nach, wo er ihn zuletzt gesehen hatte.

Hatte Jürgen ihn vielleicht mitgenommen und war so immer wieder in sein Haus gekommen?

Das Ticken der Küchenuhr klackte monoton in seinen Ohren. Ein unerträglicher Rhythmus, der seine Anspannung verstärkte, weil es den Anschein machte, als würde die Uhr ihm sagen, dass seine Zeit ablief.

Vielleicht hatte er selbst den Schlüssel weggeräumt und es dann vergessen.

Er ging zurück in den Flur und durchsuchte die Kommode.

In der obersten Schublade lag er.

Wahrscheinlich hatte Lio ihn in seinem betrunkenen Zustand hineingelegt. Er lief zur Tür, um endlich zur Polizei zu gehen.

Da knackte es plötzlich hinter ihm.

Lio riss die Augen auf. Hastig drehte er sich um.

Es war niemand zu sehen.

Er lauschte ins Haus hinein, wagte nicht zu atmen. Es knarrte dumpf, als würde jemand Schweres über den Holzboden laufen. Lio rührte sich nicht. Jeder seiner Muskeln war angespannt. Sein Herz hämmerte wild in seiner Brust, so laut, dass er Angst hatte, der Einbrecher könnte es hören. *Es ist nur das alte Holz, das arbeitet,* versuchte er sich einzureden.

Doch das Geräusch kam näher.

Auf Zehenspitzen schlich er zurück in die Küche. Seine Finger glitten zur Schublade, aus der er ein Tranchiermesser herausholte. Es würde nichts nützen, wenn der Einbrecher eine Schusswaffe hätte, aber es war besser, als nichts zur Gegenwehr in der Hand zu haben.

Er huschte leise bis zur Wand, drückte sich dagegen und ging Schritt für Schritt zum Vorratsraum, wo er sich hinter dem Vorhang versteckte. Er stellte sich auf eine Cola-Kiste, damit der Täter seine Füße unter dem blickdichten Stoff nicht sehen konnte. Fest umgriff er das Messer, bereit, es in das Gesicht desjenigen zu rammen, der in seinem Haus umherschlich.

Minuten, die sich wie eine Ewigkeit anfühlten und in denen Lio nichts mehr hörte, vergingen. Er wusste nicht, wie lang genau er dort verharrt hatte, ehe er entschied, aus dem Versteck zu kriechen. Irgendwann musste er mal herauskommen. Mit dem Messer in der Hand schlich er ins Wohnzimmer.

Der Raum war leer.

Lio schaute sich um, ob etwas fehlte. Ihm gefror das Blut in den Adern.

Auf dem Couchtisch lag ein Würfel. Die weißen Kanten waren abgenutzt, die schwarzen Augen schienen ihn anzustarren. Die Sechs zeigte nach oben.

Sofort kam ihm Matthes in den Sinn. Der hatte ihm schon einmal einen Würfel hinterlassen. 1997, als er mit Gedächtnisverlust in der Klinik gewesen war.

Aber warum sollte Matthes ihm nach so vielen Jahren solch eine Angst einjagen, indem er in sein Haus eindrang und ihm einen Gegenstand hinlegte?

Ein metallisches Knallen ließ Lio herumfahren.

Es war von draußen gekommen.

Schnell rannte er zum Fenster.

Das Gartentor war ins Schloss gefallen.

Sehen konnte er niemanden. Sein Atem ging schneller. Panik kroch in ihm hoch. Mit zitternden Schritten bewegte er sich zum Eingang. Er griff nach der Türklinke, rechnete damit, dass draußen jemand auf ihn wartete. Deshalb trat er nicht gleich hinaus. »Wer ist da?«, rief er, seine Stimme überschlug sich vor Angst. Sein Blick suchte jeden Winkel des Gartens ab.

Bildete er sich die Gefahr nur ein? Die ganzen Theorien seines besten Freundes könnten ihm zugesetzt und einen Schub ausgelöst haben. Sein Gefühl, dass er für all die Verbrechen verantwortlich war, überzeugte ihn nach diesem Vorfall in seinem Haus jedoch nicht mehr.

Versuchte jemand, ihn gezielt in den Wahnsinn zu treiben? Wer sollte ihm das antun und vor allem warum?

Lio schaute noch einmal zu dem Würfel.

Der lag wirklich dort, das war bestimmt keine Einbildung.

Er musste so schnell wie möglich zur Polizei. Selbst wenn er unschuldig war und sie ihn trotzdem festnehmen würden, wäre er wenigstens sicher.

Ehe er aus dem Haus stürmen konnte, bemerkte er einen Schatten hinter sich. Etwas Schweres traf ihn am Hinterkopf. Ein dumpfer Schmerz explodierte in seinem Schädel. Das Messer fiel klirrend zu Boden und ein dunkler Schleier legte sich über seine Augen.

Ein Pochen hämmerte in Lios Kopf, als würde jemand von innen gegen seine Schädeldecke schlagen.

Leise Geräusche drangen zu ihm durch – das Tropfen von Wasser, ein fernes Knarren und ein leises Wimmern.

Der Geschmack von Metall lag auf seiner Zunge und seine Oberarme schmerzten gewaltig. Blinzelnd versuchte er, die Augen zu öffnen, was das Hämmern in seinem Schädel verschlimmerte.

Das Wimmern wurde immer lauter. Kam es von einem Menschen?

Lio zwang sich, die Augen zu öffnen. Erst war das Bild sehr verschwommen. Als er klar sehen konnte, blieb sein Herz fast stehen.

Ihm gegenüber hing Jannes. Seine Arme waren oben an einer Stange gefesselt. Auf seinen Oberkörper war eine Flinte gerichtet. Sie zielte genau auf Jannes' Herz.

Dann spürte Lio den Druck auf seiner Brust. Auch auf sein Herz war eine Waffe gerichtet.

Der vordere Teil war mit einem dicken Seil an seinem Oberkörper festgebunden, der hintere stand auf einer merkwürdigen Konstruktion. Am Abzug hing ein Seil, das nach oben führte. Lio konnte nicht erkennen, wohin es reichte, aber er ahnte Schlimmes.

»Was soll das?«, rief er. »Jannes, bist du okay?«

Sein Freund wimmerte. »Sieht das so aus?«

Es war wirklich eine unnütze Frage gewesen. »Was ist passiert?«

»Als ich dein Haus verlassen habe, wurde mir was Hartes über den Schädel gezogen. Ich bin hier wieder aufgewacht. Im ersten Moment dachte ich echt, dass du mich überfallen hast. Aber nun ist klar, dass du nicht der Schuldige an all den Vorkommnissen bist.«

»Es tut mir so leid.« Mehr konnte Lio nicht sagen, denn er ahnte, dass diese Situation etwas mit der Liste zu tun hatte.

»Was hat derjenige mit uns vor?«, fragte Jannes mit zittriger Stimme.

»Ich weiß es nicht«, sagte Lio. Es fiel ihm schwer sich zu konzentrieren, weil sein Kopf noch immer schmerzte. Seine Augen suchten nach Orientierung.

Durch die Ritzen der massiven Holzwände fielen die Sonnenstrahlen und zeichneten dünne Streifen auf den staubigen Boden. Ein modriger Geruch von altem Heu und verrottendem Holz hing schwer in der Luft. An der Seite befanden sich dicke Balken, über denen Lederriemen hingen, wahrscheinlich waren dort einmal Tiere festgebunden worden. Eine rostige Tränke lehnte schief an der Wand, in der sich trübes Wasser angesammelt hatte.

Plötzlich knackte etwas, dann folgte ein leichtes Fiepen.

»Herzlich willkommen im wahren Spiel«, ertönte eine blecherne Stimme aus einem Lautsprecher. Es war nicht zu erkennen, ob es sich um eine Frau oder einen Mann handelte.

Lio biss sich auf die Lippen, weil er wusste, was mit dem *wahren Spiel* gemeint war. Er hatte Angst, dass nun auch sein bester Freund sterben würde.

»Heute steht Jannes' Teil auf dem Plan, denn die anderen waren schon dran«, fuhr die Stimme fort.

»Was soll das bedeuten?«, fragte Jannes mit brüchiger Stimme.

»Anna ist wie ihr Carlos spurlos verschwunden. Niemand wird sie je finden. Der Schlauch an Andreas' Auto wurde durchgeschnitten, wie er es im Krankenhaus gemacht hat. Der Patient ist jetzt sehr krank. Niemand glaubt mehr Stefanie. So müssen sich ihre Freunde gefühlt haben, die sie als Lügner hingestellt hat, weil sie zu einem Verbrecher gehalten hat. Nun ist Jannes an der Reihe. Lio, möchtest du ihm erklären, welches sein wahres Spiel ist? Du kennst doch die Liste, da du sie selbst geschrieben hast.«

»Von welcher Liste redet er, Lio?«, schrie Jannes.

»Oh, oh, oh«, ertönte die verzerrte Stimme. »Nicht so viel bewegen, das Gewehr ist genau auf dein Herz gerichtet. Du verdirbst uns den Spaß, wenn es losgeht, ohne dass du dein Spiel gespielt hast.«

Jannes zitterte. Ganz langsam drehte er den Kopf zurück zu Lio.

»Ich schwöre, ich habe nichts mit dem Ganzen hier zu tun.«

Nur sein Nachbar wusste von der Liste.

»Jürgen, das bist du, oder? Hör auf mit der Scheiße.« Lio suchte erneut mit den Augen die Scheune ab, ob er jemanden finden konnte.

Blechernes Gelächter dröhnte in seinen Ohren. »Nein, wir spielen bis zum Ende. So sind die Regeln. Wir wissen ja, dass Jannes früher eine Spielsucht hatte. Heute darfst du wieder zocken, vielleicht gewinnst du, vielleicht verlierst du. Du wirst um das Leben eines Nahestehenden würfeln. Richtig, Lio?«

Lio verkrampfte innerlich.

Genauso hatte es auf dem Zettel gestanden.

Offenbar würde wohl er derjenige sein, um dessen Leben Jannes würfeln würde.

»Aber ehe du spielst, gibt es noch eine Wahrheit, die du erfahren solltest. Sobald du die kennst, gebe ich dir eine Option, die du wählen kannst, anstatt den Würfel entscheiden zu lassen. Dein bester Freund möchte dir bestimmt erzählen, was für eine Notiz er gestern gefunden hat.«

Über Jannes' Wangen rollten Tränen. »Lio, was hat das zu bedeuten?«

»Jürgen hat mir gestern einen Zettel gegeben. Auf dem standen all die Dinge, von der diese Stimme gerade gesprochen hat. Es war meine Handschrift, aber ich erinnere mich nicht daran, so was geschrieben zu haben.«

»Was hast du mit diesem Spiel nur angerichtet?« Jannes schluchzte.

»Jürgen, ich flehe dich an, hör auf. Das ist kein Spiel mehr. Ein Mensch ist schon tot, es müssen keine weiteren sterben.«

»Das entscheidest dieses Mal nicht du, sondern der Zufall, nicht wahr, Lio? Also, Jannes. Ehe du für oder gegen Lios Leben würfelst, sollte Lio dir sein großes Geheimnis verraten. Bist du sicher, dass er der Mensch ist, der er vorgibt zu sein?«

Lio war erstarrt, denn mit der Aufforderung sein Geheimnis preiszugeben, hatte sich etwas geändert.

Es konnte nicht Jürgen sein, der Jannes und ihn in dieser Scheune festhielt, denn dieses Geheimnis wusste Lios Nachbar nicht.

»Nun sprich endlich!«, schimpfte Jannes. »Wer bist du und in was hast du mich hier reingezogen?«

Lio holte tief Luft. Es war an der Zeit, Jannes die Wahrheit zu sagen, in der Hoffnung, dass seinem Freund nichts passieren würde, wenn Lio tat, was der Täter verlangte. »Lio Keller ist nicht mein richtiger Name, es ist nur ein Pseudonym. Ich habe mich euch so vorgestellt, weil ich nicht wollte, dass ihr von meinem alten Ich wisst.«

»Wer bist du dann?«

»Luke Preiner.« Lios Kinn zitterte.

»Und Luke Preiner hat eine beeindruckende Geschichte, die er seinen Freunden nie erzählt hat, die ihm aber auf Kosten eines kleinen Mädchens zu viel Geld verholfen hat.«

»Wovon redet der Typ da?«, krächzte Jannes.

Lio schloss die Augen. Er konnte den Albtraum nur beenden, wenn er seinem besten Freund endlich seine wahre Identität verriet.

Ihm wurde in diesem Moment klar, dass Matthes hinter all dem steckte. Dieser wusste von Luke, hatte ihm damals einen Würfel hinterlassen und an diesem Tag in Lios Haus ebenfalls. Das war ein Zeichen gewesen. Er war ganz plötzlich in Koblenz aufgetaucht, obwohl er nicht mehr dort wohnte. Ausgerechnet in der Zeit, in der Lio dieses Spiel begonnen hatte. Dann hatte er diese merkwürdigen Bemerkungen gemacht, als er ihn getroffen hatte. Doch warum wollte er nach so vielen Jahren Lios Leben zerstören und was hatte es mit seiner Vergangenheit zu tun?

»Sprich endlich!«, forderte Jannes ihn auf.

Lio schob die Gedanken an Matthes beiseite und erzählte Jannes seine Geschichte, die sich erneut wie ein Stachel in sein Herz bohrte und schmerzte.

26

1. Oktober 2023

Jannes starrte ihn mit weitaufgerissenen Augen an. »Du hast die Geschichte eines kleinen Mädchens ausgenutzt und damit Geld gemacht? Hast du den Angehörigen jemals etwas davon abgegeben? Hast du dir mal überlegt, was das für die Familie bedeuten könnte? Ist es überhaupt erlaubt? Hättest du nicht erst um Erlaubnis fragen müssen?«

Lio schluckte. »Ich habe seit 1998, als ich bei Lenis Jahresgedächtnis war, nie wieder Kontakt zu der Familie aufgenommen. Und ich habe nicht ihre Geschichte geschrieben, sondern mich nur von der Würfelsache inspirieren lassen. Die Handlungen und Personen stimmen nicht überein.« Ihn packte trotzdem das schlechte Gewissen, denn obwohl er die Story komplett abgeändert hatte, wäre sie ohne diesen Unfall niemals entstanden.

Jannes lachte auf. »Offensichtlich wurde die Story über das Mädchen doch erkannt, das hat uns der Typ da oben ja gerade bewiesen. Ist er hinter dir her, weil du ein Lügner bist?«

Lio konnte seinem Freund darauf keine Antwort geben, er wusste nicht, weshalb derjenige seine Freunde mit in die Sache hineingezogen hatte.

Jannes schüttelte den Kopf. »Ich fasse es nicht. Du hast Geheimnisse aus uns herausgelockt, sie sogar gesammelt und deins hast du all die Jahre verheimlicht. Warum hast du uns nie von diesem Unfall und deiner wahren Identität erzählt?« Jannes war so rot im Gesicht, dass Lio Angst hatte, er würde gleich einen Herzinfarkt bekommen. »Ich verstehe unter Freundschaft, dass man sich vertrauen kann.«

»Ihr konntet mir vertrauen, ich bin euch gegenüber als Lio immer loyal gewesen. Luke Preiner sollte nicht mehr existieren, ich wollte bei null anfangen. Das ist nicht verwerflich.«

»Nein, ist es nicht. Aber ein Buch mit einer Geschichte, die auf Luke Preiner passt, hast du trotzdem geschrieben. Damit bist du reich geworden. Wenn du ihn vergessen wolltest, hättest du die Story auch sein lassen können.« Jannes schluchzte. »Wie konnte ich mich so in dir täuschen?«

»Es tut mir leid, dass ich nie von meiner Vergangenheit erzählt habe. Aber das Buch ist nicht die Geschichte von Luke Preiner und auch nicht von Leni.«

»Genug mit der Aussprache«, ertönte die verzerrte Stimme. »Ich möchte jetzt weiterspielen.«

»Wer sind Sie? Warum tun Sie das?«, schrie Jannes. »Was hat Lios Geheimnis mit mir zu tun?«

»Es ist an der Zeit, Jannes. Du würfelst jetzt um das Leben. Einer von euch beiden wird sterben. Ganz getreu nach Lios Motto, dass der Zufall entscheidet. Bei einer Eins bis Drei stirbt Jannes selbst, bei einer Vier bis Sechs stirbt Lio.«

Lio wurde schwummrig vor Angst. »Nein! Bitte, hör auf!«, flehte Lio. Er wollte auf keinen Fall, dass Jannes seinetwegen sterben musste. »Du kannst mich gleich töten. Lass Jannes gehen.«

»Nicht so voreilig. Du magst doch Spiele, Lio. Ich auch und ich habe gerade großen Spaß. Jannes soll ja noch eine Entscheidungsoption bekommen, wie ich vorhin angekündigt habe. Weil du jetzt die ganze Wahrheit über deinen Freund kennst, darfst du das Glücksspiel umgehen. Du kannst direkt Lios Tod wählen und bist dann ein freier Mann. Wenn du dich aber fürs Würfeln entscheidest, ist deine Chance fünfzig Prozent, dass die Kugel dich trifft. Wie entscheidest du dich?« Gelächter.

Jannes weinte. So verzweifelt hatte Lio ihn noch nie gesehen.

»Wähle meinen Tod. Ich habe dir das hier eingebrockt, dafür sollte ich bestraft werden. Lass ihn nicht mit diesem Psychoterror durchkommen.« Lio versuchte, seinen Blick einzufangen.

Doch Jannes schaute nach unten und schluchzte. »Ich würde dir so gern eigenhändig den Schädel einschlagen«, fauchte er. »Aber du bist mein bester Freund, ich kann nicht entscheiden, dass du getötet wirst.«

Lio riss die Augen auf. »Jannes, nein! Ich flehe dich an, ich könnte nicht damit leben, noch einen Menschen auf dem Gewissen zu haben. Bitte stimm für meinen Tod. Ich habe nichts mehr zu verlieren. Meine Frau und mein Sohn sind weg. Andreas ist tot, Anna möglicherweise auch. Es gibt nichts mehr, für das es mir wert wäre, zu existieren. Ich kämpfe mit den Dämonen meiner Vergangenheit, es wäre für mich eine Befreiung. Ich würde mich zu Tode saufen, wenn ich das hier überleben würde. Mach es uns direkt leicht.«

»Wie rührend, Lio«, sagte die Stimme. »Aber ich spiele konsequent. Jannes hatte nur eine Chance und hat das Würfelspiel gewählt.«

Jannes riss die Augen auf und schluckte schwer.

»Nein, nein, nein«, schrie Lio. »Das war keine eindeutige Entscheidung. Er hat nur nachgedacht.«

»Ich habe es als Entschluss verstanden. Also kommen wir zum Würfeln.«

Lio zerrte an seinen Armfesseln in der Hoffnung, irgendetwas ausrichten zu können. »Bitte nicht«, flehte er noch einmal.

»Den Würfel habe ich. Ich schüttele ihn in einem Becher. Wenn Jannes *jetzt* ruft, lasse ich ihn herunterfallen. Das Gewehr steuere ich von hier oben.«

Lio hob den Kopf, weil er sehen wollte, ob er etwas erkannte.

Doch die Person versteckte sich irgendwo in der Dunkelheit, nicht mal eine Silhouette konnte er ausmachen. »Es geht los.«

»Jannes, es tut mir so leid, ich habe Fehler gemacht und alle Menschen, die mir was bedeuten, vor den Kopf gestoßen oder gar in Gefahr gebracht. Helena hatte recht, als sie vor vielen Jahren sagte, dass mir die Lüge um die Ohren fliegen könnte.«

»Du hättest auf sie hören müssen, sie ist eine gute Frau.« Jannes zog Sekret hoch. Er blickte Lio mit den schmerzerfülltesten Augen an, die Lio jemals gesehen hatte. »Ich würde dir niemals den Tod wünschen. Es tut mir sehr leid, wenn jetzt eine Vier bis Sechs kommt.« Er räusperte sich und schloss die Augen. »Ich bin bereit.«

Lio konnte nicht hinsehen, er betete stumm, dass es eine Zahl für seinen Tod werden würde.

Das Klappern des Würfels in einem Lederbecher ertönte. Es hörte sich an, als wollten ein paar Freunde Kniffel spielen.

»Jetzt«, sagte Jannes mit zittriger Stimme.

Es trat eine beängstigende Stille ein. Die Luft war zum Schneiden dünn.

Die Anspannung nahm Lio den Atem.

Dann klackerte der Würfel über den Boden. Er rollte und rollte, bis er liegen blieb.

»Zwei«, ertönte die Stimme.

»Nein!«, schrie Lio.

Er hatte das Wort kaum ausgesprochen, da knallte es.

Ein schmerzerfülltes Stöhnen entwich Jannes' Kehle. Blut breitete sich auf seinem Brustkorb aus. Er starrte zu Lio. Seine Augen waren weit und dunkel.

»Es tut mir so leid«, krächzte Lio zittrig.

Binnen Sekunden war Jannes' Schicksal besiegelt. Ein Würfel hatte das entschieden, so wie Lio es in seinem Buch geschrieben hatte.

Aus Jannes' Kehle kroch ein Gurgeln, dann sank der Kopf nach vorn.

»Bitte nicht.« Lio schluchzte. Wieder riss er an seinen Fesseln. Wut stieg in ihm auf. »Na komm, du Arschloch. Zeig dich, du feige Wurst. Nimm es Auge in Auge mit mir auf. Du bist das, Matthes, nicht wahr? Schon damals warst du merkwürdig, hast ständig mit mir Zeit verbracht, obwohl du mich nicht leiden konntest. Zeig dich.«

»Ach, Lio, ich möchte nicht mit dir kämpfen. Es macht mir gerade so viel Spaß, dich leiden zu sehen. Deshalb verrate ich dir etwas. Jannes hatte keine fünfzigprozentige Chance, denn der Würfel hat keine Vier, Fünf oder Sechs. Er hat seinen Tod bereits besiegelt, als er sich gegen deinen entschieden hat. Ich hatte so sehr gehofft, dass er deinen Tod direkt wählt, weil du den verdient hast.«

»Hättest du ihn wirklich gehen lassen, wenn er sich für meinen entschieden hätte?«

»Möglicherweise hätte ich die Spielregeln geändert. Vielleicht hätte ich mich nicht mehr an diese erinnert. Du kennst das, wenn man etwas Entscheidendes vergisst, nicht wahr? Deine Schuld an Lenis Tod hast du ja auch verdrängt.«

»Du Arschloch, ich hatte ein Leben lang mit dieser Schuld zu kämpfen, auch wenn ich mich nicht an den Unfall erinnere.« Tränen strömten über Lios Wangen. Er betrachtete den leblosen Jannes.

Sein Körper hing schlaff hinunter.

Das würde sich Lio niemals verzeihen. Er verstand nicht einmal, warum seine Freunde überhaupt mit hineingezogen wurden. Wie konnte dieses Monster überhaupt von dem Spiel wissen, wenn es gar nicht dabei gewesen war? Oder steckte doch Jürgen dahinter? Er brauchte eine Antwort darauf, auch wenn diese ihm nichts mehr nützen würde. »Wie hast du von dem Spiel, das ich begonnen habe, erfahren, damit du es für deine grausamen Verbrechen nutzen konntest?«

»Vielleicht bin ich ja gar nicht Matthes und war dabei«, sagte die Stimme und trotz des Verzerrers hörte Lio den Spott heraus. »Wir beide zocken jetzt um dein Leben.«

»Was soll das?«, schrie Lio wütend. »Warum hast du erst Jannes getötet, wenn du eh vorhast, mich umzubringen?«

»Wer sagt denn, dass *ich* dich töte? Das Zufallsprinzip des Würfels entscheidet, was mit dir passiert.«

Das Zufallsprinzip des Würfels entscheidet war klar ein Zitat aus seinem Debüt.

Lio war kraftlos. Er erstickte fast an seiner Trauer. Nichts war mehr übrig von dem Lio Keller, der er einst geworden war, um Luke Preiner aus seinem Leben zu verbannen. Er hatte jahrelang daran gearbeitet, dass man ihn nur noch mit seinem neuen Namen ansprach. Und nun holte ihn die Vergangenheit ein. Es war wieder passiert: Luke Preiner war schuld am Tod eines Menschen. Er würde es nicht noch einmal schaffen, damit zu leben, deshalb war es ihm völlig egal, was mit ihm passierte. Seine Schultern schmerzten, weil er seinen Körper hängen ließ.

Der Würfel, der eben über den Tod seines Freundes bestimmt hatte, lag vor ihm auf dem Boden.

Für Lio war er ein Symbol für alles, was in seinem Leben zerstört worden war.

»Jetzt werfe ich für dich einen Würfel«, fuhr die Stimme fort. »Wir machen es wie eben. Eins bis drei, du lebst. Vier bis sechs, du stirbst.«

Lio hob den Kopf. Er stieß ein raues, bitteres Lachen aus, er konnte es nicht steuern. Es klang so fremd, als würde es nicht aus seiner Kehle kommen. »Ich spiele nicht mit dir. Du willst mein Leben, also nimm es dir, du Monster.«

Einen Moment lang blieb es still.

»Damit hast du nicht gerechnet, was? Ich bin nicht deine Spielfigur. Du hast die letzten Tage genug mit mir und meinen Freunden gespielt. Game over.«

»Bist du dir ganz sicher, Lio? Möchtest du das deinem Sohn wirklich antun? Er könnte die Chance haben, seinen Vater zu behalten, und vielleicht verträgst du dich eines Tages mit Helena.«

Lio hatte kurz der Atem gestockt, als der Täter von seiner Familie gesprochen hatte. Doch schnell erlangte er wieder die Oberhand über seine Emotionen.

Helena war weg und er hatte freiwillig auf das Sorgerecht verzichtet, weil er unberechenbar war. Niemals würde Helena ihm noch einmal vertrauen.

Dieser Versuch, ihn zum Spielen zu überreden, hatte nicht funktioniert. »Ich mache nicht mehr mit.« Seine Worte waren voller Überzeugung gewesen.

Die Spannung im Raum wurde unerträglich, die Stimme sagte nichts mehr.

Plötzlich ertönte ein dumpfes Geräusch. Trampeln. Waren das Schritte?

»Polizei«, schrie es von oben.

Ein Knall hallte durch das Gebäude. Eine Tür schwang auf.

Vermummte Männer stürzten in die Halle.

27

1. Oktober 2023

Zwei der SEK-Beamten befreiten Lio und nahmen die Flinte vorsichtig ab, wobei Lio den Atem anhielt. Eine falsche Bewegung und eine Kugel würde ihm die Brust zerfetzen, so wie es mit Jannes passiert war. Nachdem sie ihn befreit hatten, setzten sie ihn behutsam auf den schmutzigen, kalten Boden.

Lio spürte keine Erleichterung. Er fragte sich, ob er diese Rettung überhaupt gewollt hatte, denn über den Tod seines besten Freundes würde er niemals hinwegkommen. Er schaute zu ihm.

Beamte waren bei Jannes und banden auch ihn los.

Eine Treppe, die nach oben auf den Dachboden führte, von wo aus der Täter agiert hatte, wackelte besorgniserregend, als mehrere Beamte herunterkamen. In der Mitte führten sie den Mann, der Lios besten Freund getötet hatte.

Es war Matthes mit seinen eisblauen leuchtenden Augen. Er grinste genauso wie bei dem Jahresgedächtnis an der Kirche, als Lenis Vater Lio weggeschickt hatte. Teuflisch und gruselig.

Lio war zu müde, um mit Matthes zu sprechen, obwohl er vieles zu sagen hätte.

»Ich brauche dringend einen Notarzt«, brüllte plötzlich einer der Beamten, der bei Jannes war. »Ich habe hier noch einen Puls.«

Ein Team der Rettung eilte durch den Raum.

Mit einem Mal war Lios Müdigkeit wie weggeblasen. »Jannes«, rief er mit klopfendem Herzen. »Halte durch. Wir sind gerettet.« Ihm standen Tränen in den Augen.

Die Beamten machten den Weg frei. Das Rettungsteam hockte sich auf den Boden. Ein Tumult entstand.

Der Notarzt fuhr hoch. »Was soll das denn?«

Jannes setzte sich auf und starrte Lio an. Sein T-Shirt war aufgerissen, sicher hatte das gerade der Notarzt gemacht, um sich die Wunde anzusehen. Doch darunter war keine. Ein Kissen war in Herzhöhe festgebunden. Daran klebte eine Flasche mit Kunstblut.

Lio blinzelte mehrmals. War das wieder ein Streich seines Gehirns?

»Was hat das zu bedeuten?«, fragte ein Kommissar.

Jannes zuckte mit den Schultern. »Wir haben nur ein kleines Spiel gespielt, nicht wahr, Lio? Oder sollte ich *Luke* sagen?«

Lio wurde übel. »Was … Wie … Was passiert hier?«

»Du hast keine Ahnung, wen du da seit zehn Jahren an deiner Seite hattest, richtig? Ich bin Steffen Kranz, der Bruder, der dabei zuschauen musste, wie seine kleine Schwester über den Haufen gefahren wurde. Du Arschloch hast dafür gesorgt, dass sie ihren

Lieblingswürfel verloren hat und deshalb von dem Auto erwischt wurde.«

Lios Kinnlade klappte nach unten. Er war nicht in der Lage, irgendetwas zu sagen.

»Du bist nicht der Einzige, der seine wahre Identität verstecken konnte. Das meiste von Jannes war nicht ehrlich. Vor allem nicht die Freundschaft. Ich bin nur zu ihm geworden, weil ich mich an dir für mein versautes Leben rächen wollte. Leni war alles für mich, ich habe sie geliebt. Weißt du, dass sie mir lange immer wieder erschienen ist? So klein und unschuldig, wie sie war. Sie wollte ständig mit mir würfeln. Mich hat das fertiggemacht.«

»Ich … Jannes …«

»Steffen. Ich bin zu Jannes geworden, als ich gesehen habe, wie du mit unserer Kleinen Geld ohne Ende verdient hast. Auch wenn es nicht Lenis Geschichte ist, habe ich genau gewusst, worüber du dieses Buch geschrieben hast. Was glaubst du, wie es sich anfühlt, wenn man nach jahrelanger Trauer einigermaßen zurechtkommt und dann plötzlich dieses Buch liest? Alle Wunden hast du damit wieder aufgerissen und ich konnte nicht mal gerichtlich dagegen vorgehen, weil die Persönlichkeitsrechte nicht verletzt wurden. Du hast so getan, als hättest du eine fiktive Geschichte über den Zufall geschrieben. Aber es war kein Schicksal, denn ohne dich wäre Leni noch am Leben.« Steffen hatte die letzten Worte geschrien.

»Also hast du dich absichtlich in mein Leben geschlichen, um mich dafür zu bestrafen?«

»Richtig. Ich war schon immer wütend darüber, dass du nie dafür belangt wurdest. Es war nicht gerecht. Du konntest einfach glücklich weiterleben, als wäre nie etwas passiert, nachdem du den Gedächtnisverlust vorgeschoben hattest.«

»Ich war nie glücklich, dafür hast du zusammen mit Matthes ja gesorgt, indem ihr in der Schule herumerzählt habt, dass ich ein Mörder bin und nur so tue, als hätte ich alles vergessen. Ich wurde deshalb jahrelang verstoßen.«

»Das hattest du verdient. Ich habe irgendwann akzeptiert, dass du mit deiner angeblichen Amnesie durchkommst, meine Wut war sogar verflogen. Mein Beruf war nicht gelogen. Nach meiner Spielsucht wurde ich ein anständiger Mann, habe Informatik studiert und bin, wie du weißt, sehr erfolgreich. Als dann dieses Buch kam, habe ich geschworen, dass ich dich fertigmache. Und Matthes hat mir geholfen.«

Lio wurde heiß. »Soll das heißen, dass du ihn schon als Kind auf mich angesetzt hast, als er mir die Freundschaft vorgegaukelt hat?«

»Ja. Damals nach dem Unfall habe ich ihn zu dir geschickt, weil ich nicht selbst kommen durfte. Meine Eltern haben mir nicht erlaubt, zu dir zu gehen. Das war auch gut so, ich hätte dir nämlich das Gehirn zertrümmert. In der Schule hatten sie uns erzählt, dass du dein Gedächtnis verloren hast, aber ich habe das nie geglaubt. Ich dachte, du spielst das nur, damit du nicht die Verantwortung tragen musst.« Steffen schüttelte kurz den Kopf. »Sie haben dir verziehen und wollten die Sache ruhen lassen. Aber ich nicht. Also habe ich Matthes geschickt. Er sollte herausfinden, ob du lügst. Offenbar war alles echt oder du hast sehr gut geschauspielert. Wir konnten jedenfalls nichts beweisen, deshalb hat Matthes dir dann die Freundschaft gekündigt.«

Nun wurde klar, warum Matthes nach Lenis Gedenkjahrestag plötzlich nicht mehr mit Lio hatte befreundet sein wollen. »Warum habt ihr trotzdem in der Schule herumerzählt, dass ich nur so tue?«

»Weil ich sauer war. Es war ungerecht, dass du glücklich weiterleben konntest und Leni nicht.«

Lio starrte zu Matthes.

Der stand an der Seite der Scheune und wurde von einem SEK-Beamten festgehalten. Noch immer grinste er.

»Wieso hat er bei der ganzen Sache geholfen?«

»Er war nicht gleich begeistert, dass ich nach so langer Zeit wieder mit dir anfange. Doch Matthes hat es mir zu verdanken, dass er heute solch ein gutes Leben führt. Die Geschichte mit meiner Spielsucht und Leimar ist nicht mir passiert, sondern Matthes. Zwar war ich spielsüchtig, doch ich habe mir niemals Geld von einem Kredithai geliehen. Ich habe Matthes die Schulden bezahlt, ehe er von den Gläubigern erwischt wurde. Er war mir also etwas schuldig.«

Lio schüttelte den Kopf darüber, dass Steffen so viel und so lange gelogen hatte, nur um sich an ihm zu rächen. Er war entsetzt, dass er zehn Jahre lang nichts von dieser Scharade mitbekommen hatte. »Warum hast du mir so lange eine Freundschaft vorgegaukelt? Du hättest doch viel früher etwas unternehmen können.«

»So ein Plan muss gut durchdacht sein. Erst habe ich mich in dein Leben geschlichen, um dich auszuspionieren. Ich musste wissen, was dir etwas bedeutet, damit ich dir richtig wehtun konnte. Leider starb dann deine Tochter und du bist an Schizophrenie erkrankt. Ehrlich, ich habe erst gedacht, das ist wohl Karma, denn du musstest den gleichen Schmerz erleiden wie ich. Doch irgendwie hat es mir nicht ausgereicht. Ich wollte dich richtig leiden sehen und du solltest das bewusst mitbekommen. Zu der Zeit war dein Schmerz um deine Tochter allerdings sehr groß, ich hätte das nicht übertrumpfen können. Also habe ich gewartet, bis es dir besser ging, und dann überlegt, was ich tun könnte. Mir ist aber nichts eingefallen und fast hätte ich es sogar aufgegeben, weil ich eingesehen habe, dass ich nicht mein ganzes Leben mit diesem Hass verbringen darf.«

»Warum hast du es dir dann wieder anders überlegt?«, fragte Lio mit brüchiger Stimme.

»Das war vor ein paar Wochen. Da hast du etwas im Suff gesagt, was mich wirklich in Rage gebracht hat. Wir haben über dein Debüt gesprochen. Du hast gesagt, dieser kleine Junge war im wahren Leben eigentlich ein vierjähriges Mädchen, das von einem Auto überfahren wurde. Du hast also zugegeben, dass es um Leni ging. Ich konnte dich leider immer noch nicht belangen, weil du die Geschichte so stark verändert hast, dass Handlung und Figuren keine Persönlichkeitsrechte verletzen. Obwohl ich es schon so lange geahnt hatte, war ich wieder voller Hass und schwor mir, dass ich niemals aufgeben werde, dich zu zerstören. Ich habe deine Tabletten ausgetauscht. Du nimmst seit Wochen nur Placebos. Ich wollte, dass deine Schizophrenie wieder ausbricht und du für immer in die Psychiatrie gehst. Du hattest es nicht verdient, ein gutes Leben zu führen. Ich wusste ja, dass du es gehasst hast, in einer Klinik eingesperrt zu sein.«

»Aber warum hast du Stefanie, Anna und Andreas mit reingezogen, statt deinen Plan, mich in die Psychiatrie zu bringen, umzusetzen?«

Steffen lachte auf. »Die Vorlage hast du mir mit deinem merkwürdigen Spiel geliefert. Als du mir verraten hast, dass du uns für deinen Thriller beobachten willst, habe ich rotgesehen. Ich konnte nicht fassen, dass du schon wieder auf dem Nacken anderer Geld verdienen möchtest. Aber mit deiner Spielidee und den Geheimnissen deiner Freunde hatte ich endlich den perfekten Plan, um für Gerechtigkeit zu sorgen. Ich kannte ja die Geheimnisse schon durch die Akten, die du über uns angelegt hast.«

»Du wusstest schon von den Akten, ehe ich es dir heute erzählt habe?«

»Ja, du hast sie mir auch an dem Abend vor ein paar Wochen gezeigt, als du betrunken warst. Ich fand es sehr ungerecht, dass die anderen nie für ihre Taten bestraft wurden. Sie haben Menschenleben zerstört, damit passen die wunderbar zu dir. Es war doch großartig, dass ich dank dir auch sie bestrafen konnte, denn was sie getan haben, war kriminell. Warum denken Menschen immer, dass sie mit ihren Fehlern durchkommen? Ich habe dein Spiel wahr werden lassen und ihre Geheimnisse genutzt, um ihnen Angst einzujagen.«

»Bist du übergeschnappt? Du hast Andreas getötet. Das ging zu weit.«

»Du hast Leni getötet«, plärrte Steffen zurück. Er fuhr sich über die nassen Augen. »Ich gebe zu, er sollte nicht sterben, sondern maximal einen langfristigen Schaden so wie der Patient haben. Aber den Tod nehme ich in Kauf. Vielleicht hat ja der Zufall entschieden.« Erneut grinste Steffen.

»Und um mich zu bestrafen, hast du alles so fingiert, dass ich schuldig wirke? Wolltest du, dass ich zum Schluss wieder allein dastehe?«

»Nein, das hätte mir nicht gereicht. Dich in die Psychiatrie zu bringen, hätte mir Genugtuung gegeben, aber das wäre längst nicht die gerechte Strafe für dich. Also muss ich dir danken, dass du dieses Spiel mit uns gespielt hast. So konnte ich dafür sorgen, dass du erst richtig leidest. Es hat mir Spaß gemacht, dich dabei zu beobachten, wie du dir selbst nicht mehr trauen konntest. Schade, dass ich nun nicht mehr sehen kann, dass du stirbst, ich hätte dich gern ganz vernichtet.«

Lio schüttelte fassungslos den Kopf. »Wie konntest du mich lenken? Wie hast du das alles fingiert, ohne dass ich es merke?«

»Ich habe dich betäubt. Jede Whisky-Flasche, die du im Haus hattest, habe ich mit K.-o.-Tropfen versetzt. Du warst nicht immer nur einfach betrunken, du warst unter Drogen. Dein Gedächtnis hat nicht mehr mitgespielt. Du hast sogar vergessen, dass du das Essen für unseren Freundeabend selbst gekocht hast. Durch die Wirkung der Tropfen konnte ich dich schön leiten und unbemerkt die Hinweise auf dich streuen.«

»Du hast also Annas Ex angerufen?«

»Richtig, ich war in jener Nacht bei dir, daran kannst du dich nicht erinnern. Ich habe ihn kontaktiert, dann sie überfallen und weggeschleppt. Du warst sogar dabei und hast im Auto gesessen, nur hast du es in deinem Zustand nicht bewusst wahrgenommen. Ich habe es so aussehen lassen, als hättest du mit ihr gekämpft, damit du später glaubst, du hättest sie angegriffen. Dafür habe ich dich mit Matsch eingeschmiert, dir die Kratzer und ein paar Tritte in die Flanken verpasst. Ich habe gehofft, dass du dir Gedanken darüber machst, ob du Anna weggebracht hast. Das hat doch funktioniert, nicht wahr?«

Lio erinnerte sich daran, dass er die Stimmen gehört und dass der Geruch von Schlamm in seiner Nase gehangen hatte, als er an dem Morgen aufgewacht war. Er hatte wirklich geglaubt, dass er bei Anna gewesen war. »Wo ist sie? Hast du sie auch getötet?«

Steffen grinste und zuckte mit den Schultern. »Das werden wir wohl nie erfahren - so wie wir nie erfahren werden, wo ihr Carlos abgeblieben ist.«

Lio zerriss es das Herz. »Bitte sag, wo sie ist, wenn sie noch lebt. Du bist doch kein Mensch, der tötet.«

Steffen antwortete nicht.

Der Beamte, der ihn die ganze Zeit festhielt, fragte, um wen es sich bei Anna handelte.

Lio erzählte ihm von ihrem plötzlichen Verschwinden und flehte Steffen noch einmal an, aber auch dadurch erfuhr er nicht, wo Anna war.

Selbst der Beamte bohrte umsonst.

Steffen schwieg.

»Hast du auch die E-Mail selbst an Leimar geschickt, um mir Angst einzujagen?«, fragte Lio und hoffte, dass der Themenwechsel Steffen wieder zum Reden bringen würde.

»Richtig. Aber wie gesagt, den gibt es nicht.«

»Warum hast du mir diese Lüge damals überhaupt erzählt?«

»Ich brauchte eine Backstory, um dir zu erklären, weshalb ich von meinem Umfeld Abstand genommen habe. Du durftest mir ja nicht auf die Schliche kommen. Ich habe einfach Matthes' Geschichte zu meiner gemacht. Dass du darüber eine Akte anlegst, konnte ich nicht ahnen. Bis heute begreife ich nicht, wozu die gut sein sollte.«

»Ich habe nur einfach alles gesammelt, ich wollte die Informationen für nichts Bestimmtes nutzen.«

Steffen zuckte mit den Schultern. »Das stimmt nicht ganz, denn die Geheimnisse hast du immerhin für ein Spiel genutzt. Mir kam es ja zugute. Wie hätte es ausgesehen, wenn ich als Einziger kein Geheimnis bei dem Spiel gehabt hätte?!« Er lachte auf. »Witzig, dass du dich nur mit Menschen abgibst, die solche Taten begangen haben.«

Lio ignorierte diese letzten Worte. Er wollte mehr wissen, ehe Steffen von der Polizei abgeführt wurde. »Warum hast du die Fotos gestohlen und bei Stefanie hingelegt?«

»Ihr Geheimnis war ja nicht ganz so spektakulär, sie hat zumindest niemanden physisch verletzt, auch wenn ihr Verrat wirklich abscheulich ist. Ich wollte ihr mit den Fotos Angst einjagen. Ihr klarmachen, dass ihr Geheimnis eine Schande ist. Und der Verdacht sollte natürlich auf dich fallen. Ich brauchte deine Freunde dafür, dass sie sich auch gegen dich stellen. Da die Bilder eigentlich bei dir waren und du der Einzige warst, der die Wahrheit kannte, hatte sie dich sofort im Verdacht. Ihren Schlüssel habe ich bei dir platziert, damit es noch eindeutiger war, denn so wusste sie auch gleich, wie du in ihr Haus gekommen bist.«

»Ich verstehe nicht, warum du Annas Schal bei ihr hingelegt hast und es so aussehen lassen wolltest, als hätte sie Andreas’ Bremsschlauch durchgeschnitten.«

»Ihr Part des wahren Spiels war, dass sie als Lügnerin dasteht. Sie hat ihre Freunde damals der Lüge bezichtigt und den Spiegel habe ich ihr vorgehalten.«

Lio war verwirrt. »Warum bist du zu mir gekommen und hast mir erzählt, dass es Stefanie sein könnte? Und wieso hast du auch noch Anna verdächtigt, wenn du doch wolltest, dass ich schuldig aussehe?«

»Ich bin zu dir gekommen, um das Finale einzuleiten. Bis Matthes alles vorbereitet hatte, wollte ich mich noch ein bisschen an deinem Leid ergötzen. Ich weiß ja, wie wichtig dir deine Freunde sind. Indem ich den Verdacht auf Stefanie und Anna lenkte, habe ich dich immer mehr unter Druck gesetzt, denn mir war klar, dass du die Liste des wahren Spiels gelesen hattest. Als ich Anna und Stefanie verdächtigt habe, hast du immer wieder zu dem Zettel geschielt. Dir war bewusst, dass die beiden ganz sicher nichts damit zu tun hatten. Dein schlechtes Gewissen stand dir förmlich ins Gesicht geschrieben.« Steffen prustete laut los. »Es war zu schön, deine Angst zu beobachten.«

Lio schmerzte die Häme, denn er hatte wirklich geglaubt, dass er seinen Freunden das angetan hatte, um dieses *wahre Spiel* zu spielen. »Die Liste war meine Handschrift. Wie konntest du das hinbekommen?«

»Als du unter Drogen standest, habe ich dich dazu gebracht, sie zu schreiben. Du warst willig.« Steffen zwinkerte.

»Und Stefanie? Hast du sie auch betäubt, damit sie diese Notizen schreibt, die sie verdächtig wirken lassen haben?«

»Nein, das habe ich mit einem Programm gemacht. Ihre Handschrift kopiert, sie als Font erstellt und dann den Text damit geschrieben. Sie hat leider bemerkt, dass etwas komisch aussah. Es hat meinem Plan jedoch nicht geschadet, denn da sie nicht zur Polizei gegangen ist, hat auch niemand die Notiz richtig unter die Lupe nehmen können.«

»Wie hast du erreicht, dass Andreas und Stefanie die Behörden nicht eingeschalten haben? Du selbst hast gesagt, dass du es tun wirst. Was, wenn die beiden sich hätten anschließen wollen?«

»Ich habe mit Drohungen dafür gesorgt, dass sie sich nicht trauen. Und ich habe meine Sorge natürlich nur gespielt, damit es realistisch wirkt. Was wäre ich denn für ein Freund gewesen, hätte ich von vornherein die Polizei ausgeschlossen? Das wäre viel zu auffällig gewesen.«

Lio schüttelte wieder den Kopf. Er konnte das alles gar nicht begreifen, so unwirklich hörte sich die Geschichte an. Als würde sie aus einem Drehbuch für einen Horrorfilm stammen. »Du bist ein verdammt guter Schauspieler, Steffen«, murmelte er.

»Stimmt. Niemals könnte ich dich lieben. Ich hasse dich.«

»Für all das müssen Sie sich verantworten«, mischte sich der Kommissar ins Gespräch ein, der die meiste Zeit schweigend dabeigestanden hatte. Seine Augen verrieten, dass er mindestens genauso fassungslos wie Lio war. »Was wollten Sie mit dieser Show hier bezwecken? Sie hätten Herrn Keller auch einfach töten können.«

»Er sollte noch einmal richtig leiden. Zusehen, wie sein bester Freund stirbt, und die Gewissheit haben, dass er die Schuld daran trägt. Der Knall für den Schuss wurde von einem Tonband abgespielt. Schade, dass ich tot spielen musste. Ich hätte so gern sein Gesicht gesehen.«

»Das reicht jetzt«, sagte der Kommissar. »Bringt die beiden Tatverdächtigen hier fort«, wies er seine Kollegen an. Dann kam er auf Lio zu. »Sind Sie verletzt?«

»Nein, mir geht es gut«, antwortete Lio. *Zumindest körperlich.*

»Wir lassen Sie trotzdem untersuchen und anschließend nehmen wir Ihre Aussage auf. Sie haben uns einen großen Gefallen getan, indem Sie dem Täter diese Fragen gestellt haben. So konnten wir uns einen Überblick von der ganzen Geschichte verschaffen.«

Lio nickte. »Steffen hatte sichtlich Spaß daran, mir die Augen zu öffnen.«

»Das ist nicht unüblich bei Tätern, die von Rache getrieben sind. Er wollte Sie so noch einmal den Schmerz spüren lassen. Gut, dass wir rechtzeitig hier waren und Sie retten konnten.«

»Woher wussten Sie, wo wir waren?«

»Ein Freund von Ihnen, Jürgen Kasper, hat uns angerufen. Er hat beobachtet, wie Sie überfallen und weggetragen wurden. Daraufhin ist er Ihnen gefolgt. Ein tapferer Bursche. Er steht dort hinten und wird froh sein, dass es Ihnen gut geht.«

Lio schaute zu seinem Nachbarn, der sich mit gefalteten Händen von einem Bein auf das andere bewegte. Ihn plagte das schlechte Gewissen, dass er Jürgen verdächtigt hatte, dabei hatte er diesem sein Leben zu verdanken. Jürgens Neugierde war Lio dieses Mal zugutegekommen. »Können Sie ihn bitte zu mir schicken?«

»Natürlich.« Der Kommissar lief auf Jürgen zu.

Einen Augenblick später eilte dieser freudestrahlend auf ihn zu. »Lio. Ich hatte solche Angst.« Er umarmte ihn und erdrückte ihn fast.

»Schon gut, nicht so fest. Es ist alles okay.«

Jürgen hockte sich vor ihn. »Ich habe die Polizei gerufen, ich hoffe, du bist nicht sauer.«

»Ich bin dir sogar sehr dankbar. Hättest du sie nicht verständigt, wäre ich jetzt tot. Danke, dass du so mutig warst. Es tut mir leid, dass ich dich angefahren habe.«

»Nicht schlimm. Hauptsache, du bist nicht verletzt.« Jürgen wischte sich den Schweiß von der Stirn.

»Wie bist du mir denn überhaupt bis hier hin gefolgt?«

»Mit meiner Schwester. Die hat mich vorhin besucht. Ich wollte danach noch mal zu dir kommen, weil ich echt traurig war, dass du mich rausgeschmissen hast. Da habe ich beobachtet, dass du in das Auto gezerrt wurdest. Ich habe meine Schwester gerufen, die gerade nach Hause fahren wollte, und sie gebeten, dir zu folgen. Wir haben gesehen, dass das Auto mit dir in den Rübenacher Wald zu diesem alten Bauerngehöft eingebogen ist. Das Grundstück ist ja riesig. Erst nach einer ganzen Weile haben wir das Auto gefunden. Es stand hier vor dieser Scheune. Ich wollte reinkommen. Aber meine Schwester hat nein gesagt. Ich habe gesehen, dass du ein Gewehr an deiner Brust hattest, als ich durch die kleinen Schlitze geguckt habe. Wir haben dann die Polizei gerufen.«

Lio legte seine Hand auf Jürgens Schulter und lächelte ihn an. »Du hast alles richtig gemacht. Du bist mein Held.«

Jürgen grinste. »Sind wir jetzt echte Freunde? Für immer?«

Lio nickte. »Für immer. Aber wir spielen keine Würfelspiele mehr.«

28

Februar 2024

Luke verabschiedete sich von dem Personal der Fachklinik für psychiatrische Erkrankungen. Er fühlte sich endlich stark genug, das Krankenhaus zu verlassen.

Sein behandelnder Arzt begleitete ihn bis zur Tür. »In den letzten Wochen haben Sie wirklich große Fortschritte gemacht. Sie haben sich all die Jahre selbst im Weg gestanden, indem Sie sich verleugnet haben. Jetzt müssen Sie Ihre Therapie konsequent fortsetzen, dann werden Sie es ganz sicher schaffen, ein glückliches Leben zu führen. Ich wünsche Ihnen alles erdenklich Gute.« Der Arzt lächelte warm.

»Das werde ich, versprochen.« Luke verließ die Station. Er schluckte einen Kloß im Hals hinunter, weil er sich die Tränen verkneifen musste. Als er eingewiesen worden war, hätte er niemals gedacht, dass sich sein Leben doch noch einmal zum Guten wenden würde.

Hätte er nach dem Tod seiner wunderschönen Tochter gleich gehört und sich in einer Klinik behandeln lassen, wäre ihm viel Ärger erspart geblieben.

Die Schizophrenie war das Produkt dieses Traumas, das sich auf ein noch unverarbeitetes Kindheitstrauma gesetzt hatte. Hätte er die Sache mit dem schrecklichen Unfall damals verarbeitet, wäre die Therapie für die Schizophrenie viel einfacher gewesen. Luke hatte immer geglaubt, als Lio würde er glücklich sein, bis seine Kleine bei einem Raub ermordet worden war. Von da an hatte es ihm auch nichts mehr gebracht, Lio zu sein.

Nach nun vier Monaten harter Therapie ging er als freier Mann, auch wenn er einen langen Weg vor sich hatte, um endgültig zu heilen. Seine Erinnerungen an seine Kindheit kehrten langsam zurück, einzig an den Autounfall und einige Kleinigkeiten konnte er sich nicht erinnern. Ab sofort würde er Luke sein, als der er geboren wurde. Den Nachnamen *Keller* würde er behalten, denn er trug mit Stolz den Namen seiner Frau.

Den schrecklichen Tod seiner Tochter hatte er begonnen aufzuarbeiten. Auch die letzten Tage als Lio Keller und deren Geschehnisse musste er erst noch verdauen. Das würde er schaffen.

Er trat hinaus ins Freie.

Eiseskälte schlug ihm entgegen. Der weiße Schnee glänzte in der Sonne.

»Papa«, rief sein Sohn und stürzte auf ihn zu.

Luke umarmte ihn fest. »Da ist ja mein kleiner Racker. Ich habe dich so vermisst.« Er drehte sich mit ihm im Kreis.

Sein Sohn jauchzte fröhlich.

Luke stellte ihn ab. Er nahm seine Hand und ging lächelnd auf Helena zu. »Danke, dass du gekommen bist.«

Sie drückte ihn. »Danke, dass du das hier durchgezogen hast.«

»Ich hätte es schon längst tun sollen. Dann hätte ich nicht so viele Menschen verletzt.« Luke schaute sich um.

»Suchst du jemanden?«, fragte Helena.

»Ich hatte gehofft, dass meine Eltern hier sein würden. Sie wissen von meiner Entlassung, ich habe es ihnen mitgeteilt. Ich möchte es wiedergutmachen, dass ich sie aus meinem Leben verstoßen habe.«

Helena lächelte. »Wie praktisch, dass ich sie mitgebracht habe.«

Luke schaute auf.

Die Autotüren des schwarzen BMW öffneten sich.

Sein Vater und seine Mutter stiegen aus.

Lukes Herz machte einen Hüpfer. Zum ersten Mal seit vielen Jahren verspürte er die Liebe, die ein Kind mit seinen Eltern verband. Er eilte auf sie zu und rutschte dabei fast aus. »Mama. Papa. Ich freue mich, euch zu sehen. Es tut mir unfassbar leid, was ich euch angetan habe.«

»Schon gut, mein Sohn. Wir haben immer gehofft, dass du uns eines Tages doch noch erkennst, und nun ist unser Wunsch in Erfüllung gegangen«, sagte seine Mutter schluchzend. »Ich bin froh, dass der Albtraum für uns alle endlich ein Ende hat.«

Luke umarmte seine Mutter noch einmal fest. »Danke, dass ihr nie aufgegeben habt.«

Lukes Sohn schüttelte sich. »Brrr, mir ist kalt. Können wir nach Hause?«

»Natürlich«, sagte Helena. »Und dort trinken wir erst einmal eine heiße Schokolade. Wenn Papa will, darf er mitkommen.« Sie schaute ihn erwartungsvoll an.

Luke war so glücklich, dass sie keine Angst vor ihm in den Augen trug und ihm die Chance gab, Zeit mit seinem Sohn zu verbringen. »Na klar, da sage ich nicht nein.«

Helena nahm den Kleinen und schnallte ihn in den Kindersitz.

Als Luke einsteigen wollte, sah er, wie Stefanie auf ihn zukam. »Entschuldigt ihr mich noch mal kurz?«

Helena nickte lächelnd.

Luke lief mit weichen Knien auf Stefanie zu. Er wusste nicht, wie sie mittlerweile auf ihn zu sprechen war, nachdem er dieses hirnrissige Spiel begonnen hatte.

Sie hatte stark abgenommen und aus ihrer Mimik sprach pure Traurigkeit. »Ich habe von Helena erfahren, dass du entlassen wirst und wollte dich gern sehen. Von unserer Clique sind nur noch wir beide übrig, ich möchte dich nicht auch noch verlieren.«

Luke nahm sie in die Arme. »Es tut mir so leid, was passiert ist. Ich bin immer für dich da, nur eben als Luke und ohne Alkohol.«

Stefanie lachte. »Das verkrafte ich. Ich nehme dir nichts übel, Luke, auch nicht dein Spiel. Es ist nicht deine Schuld, dass Andreas tot und Anna verschwunden ist. Jannes, oder wer auch immer er ist, hat das zu verantworten. Wir werden das beide gemeinsam verarbeiten.«

Luke war erleichtert, dass Stefanie an seiner Seite bleiben wollte. »Danke. Wir werden noch einiges verkraften müssen. Vor allem, was mit Anna geschehen ist. Gibt es da etwas Neues?«

Stefanie senkte den Blick. »Nein. Jannes verrät nichts. Die Polizei geht davon aus, dass sie nicht mehr lebt. Sie denken, dass sie schon in der Nacht gestorben ist, als sie verschwand. Ohne Leiche keine Anklage. Jannes hat sie wahrscheinlich umgebracht und entsorgt, so wie es ihr Ex bei Carlos getan hat. Ich wünschte, wir könnten sie wenigstens beerdigen.«

Luke nickte. »Er ist ein Arschloch, weil er schweigt und uns im Ungewissen lässt.«

»Papa!«, schrie Lukes Sohn. »Können wir fahren?«

Stefanie schmunzelte und umarmte ihn noch einmal. »Schön, dass du wohlauf bist. Wir sehen uns die Tage. Geh zu deiner Familie.«

»Bis später.« Luke stieg ins Auto. Annas Verschwinden würde für immer ein großes Rätsel bleiben, das wühlte ihn auf. Aber für diesen Tag wollte er die Zeit mit seiner Familie genießen.

29

August 2024

Luke räumte gerade die Spülmaschine ein, als es klingelte. Er ging davon aus, dass es Jürgen sein würde, der sich schon ganze drei Tage nicht hatte blicken lassen. Luke ging zur Tür und öffnete sie. Sein Blut gefror ihm in den Adern. Entsetzt starrte er auf die blasse Gestalt, die vor ihm im Eingang stand.

»Hey, Lio«, sagte Anna. »Ach nein, du bist ja jetzt Luke.« Sie lächelte gequält.

Er bewegte die Lippen, doch kein Ton schaffte es aus seinem Mund.

»Darf ich einen Moment reinkommen?«

»Na klar.« Er öffnete die Tür und ließ sie eintreten.

Luke betrachtete sie, als wäre sie ein Geist. »Gütiger, wir haben gedacht, du wärst tot.«

»Ich weiß. Es tut mir leid, dass ich euch in diesem Glauben gelassen habe. Ich habe mich versteckt, weil ich solche Angst hatte.«

Luke war irritiert. »Du warst nicht in Steffens ... ähm Jannes' Fängen?«

»Erst schon. Also ich wusste nicht, dass es Jannes war,

das habe ich erst vor Kurzem von Stefanie erfahren. Ich dachte die ganze Zeit, dass es mein Ex Sascha war.«

»Komm, wir setzen uns erst einmal«, bat Luke und führte sie mit wackeligen Beinen ins Wohnzimmer.

Sie nahmen auf dem Sofa Platz.

»Was ist mit dir passiert?«, fragte Luke.

Anna ergriff seine Hand. »Ich wurde damals in der Nacht aus meinem Haus entführt und in eine alte Scheune gesperrt. Als er tagelang nicht zurückkam, habe ich es geschafft, auszubrechen. Ich habe so lange die Tür bearbeitet, bis ich sie aufbekommen habe. Ich bin abgehauen, weil ich Angst hatte, dass er mich wieder erwischt. Doch ich wollte nicht zur Polizei, weil man mir den Mord an Carlos in die Schuhe hätte schieben können. Sascha hatte so viele Beweise manipuliert.«

»Du meine Güte. Es ist gut, dass du flüchten konntest und nicht zurückgekommen bist. Jannes war die ganze Zeit hier. Hättest du dich bei uns gemeldet, hätte er es auch erfahren.«

Anna schüttelte den Kopf. »Es ist kaum zu fassen, was der Typ uns allen angetan hat. Anfangs war ich sauer auf dich, ich konnte ja nicht ahnen, was Jannes für ein Spiel getrieben hat.«

»Warum hast du dich so lange nicht gemeldet? Wir hätten ein Lebenszeichen gebraucht, um endlich zur Ruhe zu kommen.«

»Ich hatte ein schlechtes Gewissen, weil ich euch im Stich gelassen hab, obwohl ihr all die Jahre für mich da wart. Deshalb habe ich mich nicht getraut, Kontakt zu euch aufzunehmen.«

»Schon okay, ich nehme dir nichts übel. Ich war auch kein Goldjunge. Hast du schon mit Stefanie gesprochen?«

»Ja, von ihr weiß ich die ganze Geschichte über Jannes. Ich wollte mich verabschieden, ich kann nicht hierbleiben und möchte diese alten Wunden mit Carlos nicht mehr aufreißen. Sascha ist vor drei Monaten tödlich verunglückt, er kann nicht mehr für den Mord belangt werden. Nur ich und deshalb bin ich hier nicht sicher. Jannes hat der Polizei vielleicht alles erzählt und sie könnten mich suchen.«

Luke schüttelte den Kopf. »Sie denken, dass du tot bist. Jannes hat ihnen nichts gestanden. Aber wenn er rausbekommt, dass du lebst, könnte er es tun. Wir wissen ja nicht, wie er tickt. Es ist wahrscheinlich eine gute Idee, dass du verschwindest. Bitte melde dich hin und wieder bei uns.«

»Das werde ich. Ihr seid immer noch meine Freunde und es ist mir wichtig, dass es euch gut geht. Du siehst jedenfalls aus, als würde es für dich bergauf gehen«

In Lios Magen flatterten Schmetterlinge. »Das tut es. Mein Leben wendet sich zum Positiven. Helena und ich sind wieder glücklich. Sie wird mit dem Kleinen nächsten Monat zurück ins Haus kommen.«

Anna lächelte ihn an. »Das freut mich so sehr. Ich habe auch jemanden, der mich liebt und mit mir geht. Trotzdem werde ich dich sehr vermissen.« Sie umarmte Luke. »Pass bitte gut auf Stefanie auf. Sie hat nur noch dich.«

»Versprochen. Ich hoffe, dass du glücklich wirst und deine Dämonen hinter dir lassen kannst.«

Letzte Worte – unbedingt lesen

Du hast soeben mein 20. Buch beendet. Kaum zu glauben, dass ich das geschafft habe.

Ich bin prinzipiell ein Mensch, der schnell aufgibt. Auch das Ding mit dem Schreiben habe ich nicht wirklich ernstgenommen, schließlich war es nur eine seltsame Idee, in einer Zeit, wo ich viel zu wenig verdient habe. NIEMAND hat mein Vorhaben wahrgenommen, nicht mal ich selbst, habe das ;-) aber nachdem Menschen – fremde Menschen – einfach mein Debüt für gut befunden haben, habe ich weitergemacht. Das war 2017. Acht Jahre später ist die Schriftstellerei mein Beruf. Und nie im Leben hätte ich je gedacht, mal etwas anderes zu tun, als kranke Kinder zu pflegen.

Aber du bist eine Person von vielen Menschen, die mir einen Traum geschenkt haben, den ich gar nicht geträumt habe. Ich habe Spaß am Schreiben, ich bin frei, in dem, was ich tue und ich bin meine eigene Chefin. Wohlbemerkt, ich bin eine verdammt grausige Chefin, ehrlich. Niemand möchte mich als Boss :-D

20 Bücher voller perfider Verbrechen. 20 Bücher voller grausamer Geschichten. 20 Bücher voller Emotionen. 20 Bücher voller Dramen.

Acht Jahre, in denen ich auf einem Weg laufe, der echt heftig steinig ist. Dieses stetige Gefühlschaos ist der absolute Wahnsinn: Zweifel, Tränen, schmerzende Finger,

Stolz, Glück, Lob, Kritik, bösartige Kritik, Fehler, Hass, Freude, Spannung, Auftritte – als das macht dieses Ding mit dem Schreiben zu einer Achterbahnfahrt.

Deshalb bleibt mir hier nur zu sagen DANKE!!! Danke, dass du mich auf diesem Weg unterstützt, sei es mit dem Kauf des Buches, mit einer Rezension, mit einer privaten Nachricht, mit einer Kritik, mit Werbung für mich und meine Bücher. All das hilft mir enorm, das zu leben, was ich nie erträumt habe. Dieser Dank muss dich erreichen, denn für mich ist nichts davon selbstverständlich. Ich weiß genau, was ich an meinen Lesern habe. Selbst die Dauernörgler und Menschen, die mich ... finden, haben mich geprägt und stark für diesen Beruf gemacht. Also bekommen auch die meinen Dank ab :-)

In »Die Wahrheit ruht nie« habe ich mein Komplizenteam (in das du dich dringend anmelden solltest, wenn du noch nicht dabei bist! www.andreareinhardt.de/newsletter) aufgerufen, mir ihre Fehler mitzuteilen, die sie heute bereuen. Es war der Wahnsinn, wie viele mir vertraut haben und sich freigesprochen haben. Keiner ist fehlerfrei, aber aus Fehlern lernt man am meisten. Ich danke von Herzen Melli, Bärbel Zimmer, Andrea Grumic und Andrea Suehrig für euer Vertrauen. Ihr seid stark. Die Fehler habe ich an einen Thriller angepasst und als Inspiration genutzt, um den Figuren ihre Geheimnisse zu geben.

Ein Buch lässt sich schnell schreiben, ohne Probleme. Doch dann ist es längst nicht fertig. In den acht Jahren habe ich ein ganz tolles Team aufgestellt, ohne das meine Bücher niemals so erfolgreich existieren könnten.

Deshalb hier mein großer Dank an die Menschen, die mir ihre Zeit opfern, die unermüdlich den Rotstift zücken oder dem Buch einen starken Auftritt verschaffen.

Luise Deckert (Lektorat), Diana Alchanow (Korrektorat), Chris Gilcher (Coverdesign und Marketingdesign), Susanne Stelter-Walter (Homepagedesign und Marketing), Steffy (Polizistin, persönliche Beraterin, Testleserin).

Ohne euch wäre ich nur halb so stark!

Es geht auch nicht ohne meine Testleser, die mit Argusaugen Schlimmeres verhindern, sollte doch noch etwas unklar sein oder holpern. Dann kommen sie und verhindern in letzter Minute den Fauxpas! Danke an Steffi Haustein, Carmen Heiser, Bernd Kroll, Viviane Grosbusch, Beate Werum, Daniela Bertram, Franziska Geraldy und Alexandra Behr. Ich schätze euren Einsatz sehr und bin unendlich dankbar dafür.

Ich bin stolz auf 20 Bücher und ich bin gespannt, wie viele sich noch dazu gesellen.

Weitere Bücher der Autorin

Kommissar Marcel Schweißer

1. Verdorbene Brut
2. Gefährliche Angst
3. Eiskalter Tanz
4. Quälende Vergeltung
5. Schreiender Schmerz
6. Grausamer Hass

Kommissar Mathias Kron

1. Fünf, vier ... gleich sterben wir
2. Neun, zehn ... ich will dich sterben seh'n
3. Sieben, acht ... blutig ist die Winternacht
4. Eins, zwei ... hörst du ihren Schrei

Sonderermittlerin Natalie Bennett-Trilogie

1. Teufelseltern
2. Missetaten
3. Wutschrei

Stand Alone

Gläserne Hölle
Schweigende Seele

Rachefrist
Tiefschwarzer Atem
Die Zeit des Todes
So laut das Schweigen

Leseprobe : Verdorbene Brut

Teil 1 - Koblenzer Grauen-Reihe

12. Juli 2020

Die ersten Sonnenstrahlen glitten durch das winzige Fenster und wanderten wie Heiligenscheine über die Köpfe seiner guten Seelen.

Er stellte sich auf das Podest und breitete die Arme über seine Engel aus. „Heute ist der Tag, an dem ihr euch von dem Teufel befreien werdet. Hebet die Hände und klagt an."

Die Engel hoben die Arme gen Himmel, die Köpfe in die Nacken gelegt. Sie schlossen die Augen. Ihre Lippen bewegten sich leicht. Ein Stimmengewirr ertönte lieblich in seinen Ohren. Aber er musste sich um die Lautstärke keine Gedanken machen, denn man musste schon sehr laut schreien, damit ein leiser Ton nach außen dringen würde.

Das Kellergewölbe seines Hauses war perfekt für die Unterbringung seiner Boten. Er war sich sicher, niemand vermutete, was darin vor sich ging. Jeder glaubte an den freundlichen Nachbarn, der stets hilfsbereit zur Stelle war. Er konnte sehr gut in die Rolle des angenehmen Zeitgenossen schlüpfen, hatte einen angesehenen Beruf. Niemand würde ihm ansehen, wer er wirklich war.

Er war ein Auserwählter, ein Überlebender. Gott hatte ihm eine Aufgabe gegeben. Und immer am 12. Juli eines Jahres erfreute er sich an dem Spektakel in seinem

Keller. An der Ernte seiner jahrelangen Arbeit und präzisen Planung. Er schaute seine Engel an, die er auch zu Auserwählten gemacht hatte. „Ihr seid die Verkünder der Wahrheit. Ihr treibt sie hinab in die tiefen Schluchten des Bösen. Dort werden sie von ihrer dämonischen Seele erlöst."

Ein Raunen hallte durch das kalte Gemäuer.

„Entbindet euch von dem Gesindel. Befreit euch von den zerrenden Parasiten, die euch mit Haut und Haaren verschlingen. Es ist eure einzige Chance zu überleben." Er streckte seine Brust heraus, atmete tief ein, um die Energie, die er von seinen Engeln erhielt, in sich aufzusaugen. „Rottet sie alle aus. Wir müssen uns von dieser Schande befreien. Steht auf und klagt sie an. STEHT AUF! STEHT AUF!"

Laute Worte wirbelten durch den kahlen Raum. Er konnte ihren Schweiß riechen. Er war zufrieden. Hatte sie da, wo er sie haben wollte.

Die Stimmen der Überlebenden klangen wie eine liebliche Melodie. Sie klagten an.

Er war stolz auf sein Werk. „Kommt in meine Arme, lasst uns zusammen der Welt die Wahrheit verkünden."

2

Lena

12. Juli 2020

„Du gehst mir wirklich auf die Nerven, Lena. Du bist doch selbst dafür verantwortlich."

„Ach Maik. Sei wenigstens einmal ehrlich. Steffi hat dich beobachtet." Lena versuchte, sich nicht aus der Fassung bringen zu lassen. Vor allem wollte sie sich nicht die Blöße geben und losheulen. Dennoch fiel es ihr nicht leicht, die Kontrolle über sich zu behalten.

„Ach, was deine komische Freundin so sieht." Maik winkte ab. „Du musst nicht alles glauben, was die dir erzählt. Ich bin nicht einer deiner gestörten Protagonisten in einem Thriller, bei denen das Fremdgehen an der Tagesordnung ist."

„Manchmal habe ich aber das Gefühl." Lena setzte sich auf den Bettrand und beobachtete, wie Maik Sachen in seine Sporttasche stopfte.

„Dann solltest du dir vielleicht einen anderen Charakter als Vorbild suchen, denn du bist mit deinen Büchern nicht sonderlich erfolgreich."

Lena spürte, wie sich diese Worte in ihr Herz bohrten. Als stäche jemand mit dem Messer hinein und drehte es um dreihundertsechzig Grad. „Du hast dich nicht beschwert, als ich vor drei Jahren meinen ersten Thriller bei einem namhaften Verlag veröffentlicht habe und erfolgreich war. Du hast das Geld gern angenommen und verzockt oder mit deinen Freunden versoffen, während ich jeden Abend allein auf dem Sofa saß und auf dich gewartet habe."

„Das war aber auch dein einziger Erfolg. Danach kam nur noch totaler Mist und du verdienst so gut wie nichts mehr."

„Hätte ich die Kohle nicht mit dir teilen müssen, hätte ich länger als zwei Jahre davon leben können." Lena spürte Wut in sich aufsteigen.

„Vielleicht solltest du dir einen vernünftigen Job suchen. Geh zurück in die Altenpflege. Die brauchen immer Personal." Maiks Worte waren wie Giftpfeile aus seinem Mund geschossen.

„Du bist ein richtiges Arschloch." Lena warf ihm ein Paar Socken gegen den Kopf.

„Ja, ja, ich weiß. Und dazu noch ein notorischer Fremdgänger, ein Lügner und ein Vollidiot. Lena, bekomm dein Leben in den Griff."

„Ich habe es im Griff", schrie sie. Sie stand auf, stellte sich vor die Schlafzimmertür und stemmte ihre Hände in die Hüfte.

„Was willst du tun? Mich aufhalten?"

„Gehst du zu ihr?"

„Zu wem?"

„Na, zu ihr. Der Tussi, mit der du seit Monaten hinter meinem Rücken vögelst."

„Wieder eines deiner Hirngespinste." Seine Stimme

brach. Er wirkte nicht mehr so sicher wie gerade noch. „Nutze deine Fantasie lieber, um einen guten Roman zu schreiben, vielleicht kannst du dann einen zweiten Erfolg verbuchen.“

Lena standen Tränen in den Augen. Sie ärgerte sich darüber, dass Maik sie so dermaßen wütend machte. Auf keinen Fall wollte sie ihn anbetteln zu bleiben, doch noch schlimmer fühlte sie sich bei dem Gedanken, ihn zu verlieren.

„Lass mich jetzt vorbei, Lena. Ich denke, es ist das Beste, wenn wir uns eine Weile nicht mehr sehen.“ Maik schob sie beiseite.

„Du willst also einfach verschwinden, ohne es mir zu erklären? Nach allem, was ich für dich getan habe?“

Maik drehte sich zu ihr um. „Was gibt es da noch zu besprechen? Eigentlich macht diese Beziehung gar keinen Sinn.“

Lena funkelte ihn an. „Ach ja? Und warum kommst du dann immer wieder zurück?“

„Weißt du was? Ich lass es und komme nicht zurück.“

Lena verzog abfällig den Mund. Sie hatten schon oft an diesem Punkt gestanden und immer hatte er wieder an die Tür geklopft. „Du kommst allein gar nicht zurecht.“

Maik funkelte sie wütend an. Dann nickte er. „Du hast recht.“

Lenas Lippen zitterten. „Mit was?“

„Ich habe eine Affäre. Seit Wochen schon. Sie vögelt mich einfach. Ohne dieses ganze Liebesgeschwafel. Ich werde zu ihr gehen. Ich brauche dich nicht.“

Lena war für einen kurzen Moment nicht in der Lage, etwas zu erwidern. Auch wenn sie es bereits gewusst hatte, war es ein Schock, diese Tatsache aus seinem Mund zu hören. Am liebsten wäre sie ihm an die Gurgel gesprungen, doch sie verpackte ihre Wut nur in Worte. „Du bist ein Arschloch.“

„Das sagtest du schon. Ich gehe jetzt.“ Er lief zur Haustür und öffnete sie.

Lena würde ihn auf keinen Fall am Gehen hindern. „Lass dich nie wieder bei mir blicken.“

Er verließ stumm die Wohnung und knallte hinter sich die Tür zu.

Als ein paar Minuten vergangen waren, schrie sich Lena ihren Schmerz von der Seele.

Dann trat sie gegen die Schlafzimmertür, die krachend ins Schloss fiel. Lena riss die Kleiderschranktür auf und zerrte die Klamotten ihres Ex-Freundes heraus. Die Sachen flogen durch das Zimmer. „Du dämlicher Idiot. Wie konnte ich nur so blöd sein?“ Lena nahm Maiks Bettzeug und stopfte es in den leergeräumten Schrank. Mit Nachdruck trat sie noch einmal dagegen, bevor sie die Schranktür mit Wucht zuschlug.

Es klirrte. Der Spiegel, den Maik nur provisorisch an die Tür geklebt hatte, war heruntergefallen.

„Scheiß Typ“, brüllte sie noch einmal. Dann legte sie sich ins Bett und zog die Decke über ihren Kopf. Das unwohle Gefühl, ein Gemisch aus Panik, Trauer und Wut, walzte wie Feuer durch ihren Körper und verursachte einen unangenehmen Druck in ihrem Magen.

Zwei Stunden später setzte sie sich an ihren Laptop und stierte auf den schwarzen Bildschirm. In einer Woche sollte sie ihr Manuskript ins Lektorat geben und sie hatte noch einige Kapitel zu überarbeiten. Doch ihr Kopf war leer.

Das Telefon klingelte. Es gab nur eine Person, die seit dem Tod ihrer Mutter auf dem Festnetz anrief. Ihre Schwester war vier Jahre jünger und lebte in Österreich. Sie war verheiratet und hatte zwei Kinder. Etwas, auf das Lena eifersüchtig war, denn sie sehnte sich selbst nach einer eigenen Familie.

Lena nahm ab. „Hallo, Schwesterherz", sagte sie weinerlich in den Hörer.

„Du hörst dich aber nicht gut an. Ist was passiert?"

„Maik hat mich verlassen."

Am anderen Ende blieb es stumm.

„Bist du noch dran?", fragte Lena.

„Ja, natürlich. Wird es diesmal für immer sein?"

„Ich werde ihn nicht mehr bei mir aufnehmen."

„Es wäre dir zu wünschen, wenn du endlich von diesem Idioten loskommst. Er ist ein Arschloch."

„Was du nicht sagst."

„Was macht dein Thriller? Wirst du die Deadline schaffen?"

„Ich habe gerade solch eine Mordlust im Bauch, ich glaube, ich stelle mir Maik als Opfer vor. Dann wird es ein Bestseller."

„So hörst du dich schon besser an." Ihre Schwester

lachte.

„Weißt du, mein Leben ist wirklich eine einzige Kata-
strophe." Lena schaute aus dem Fenster und beobachtete,
wie ein Pärchen Arm in Arm vorbeilief.

„Na hör mal, du hast einen Bestseller geschrieben.
Das kann nicht jeder von sich behaupten."

„Andere haben zwanzig."

„Du bist nicht andere. Du bist meine große Schwester,
ich sehe zu dir auf."

„Hör mit dem Geschleime auf", antwortete Lena
harsch, denn sie wusste, dass Anke sie nicht um ihr Leben
beneidete. „Wie geht es den Kindern?" Lena schmunzelte
bei dem Gedanken an ihre zwei wunderschönen Nichten,
die sich freuten, wenn ihre Tante sie mit rosa Kleidchen
beschenkte.

„Lena, ich mag dieses Klischee, dass Mädchen rosa
und Jungen blau tragen, nicht", hatte Anke mit ihr ge-
schimpft. Doch Lena würde es immer wieder tun.

„Es geht ihnen gut. Sie vermissen dich. Warum
kommst du nicht einfach zu uns? Deine Bücher kannst
du von hier schreiben und du hättest mich wieder in
deiner Nähe."

„Ich weiß, aber ich mag Koblenz. Auch wenn ich
mich seit Mamas Tod und deinem Wegzug wirklich sehr
einsam hier fühle, habe ich doch einige Freunde, die ich
vermissen würde."

„Die kannst du jederzeit besuchen."

Lena dachte einen kurzen Augenblick über die Worte
ihrer Schwester nach und musste zugeben, dass sie ihr ein

gutes Gefühl gaben. „Es klingt nach einer coolen Idee. Ich überlege es mir. Aber nun muss ich etwas arbeiten. Lass uns morgen wieder telefonieren. Und gib den Zwergen einen Kuss von ihrer Lieblingstante." Lena wurde warm ums Herz, als die Kinder im Hintergrund riefen, dass sie sie lieb hatten.

„Ich würde mich sehr freuen, wenn du kommst. Pass auf dich auf. Ich melde mich morgen." Dann legte Anke auf.

Lena ging in die Küche und machte die Kaffeemaschine an. „Soll er in der Hölle schmoren." Noch einmal redete sie sich ein, dass sie Maik nie wiedersehen wollte. Doch der Schmerz war hartnäckig.

Ihr Handy kündigte eine Nachricht an. Sie war von Steffi. *Hallo Lieblingsmensch, Lust auf ein bisschen Party heute Abend?*

Lena antwortete, dass ihr nicht zum Feiern zumute war, entschied aber, sie trotzdem zu besuchen.

Steffi wohnte in Rübenach. Ihr Haus stand am Rande des Ortes und Lena mochte die Abgeschiedenheit. Oft machten sie mit Steffis Hund lange Spaziergänge. Und das war genau das, was sie gerade brauchte. Lena verspürte den Drang nach frischer Luft, obwohl die heißen Temperaturen draußen das Laufen erschwerten. Sie schrieb ihr, dass sie noch schnell duschen und sich dann auf den Weg machen würde.

Das Bad unter der Dachschräge war aufgeheizt. Sie stellte die Wassertemperatur deshalb auf kalt und stieg in die Dusche. Das kühle Wasser prickelte auf ihrer

Haut und sie schloss die Augen. Dachte an Maik, an ihre Dummheit und an die Worte ihrer Schwester. „Was bin ich nur für ein armseliges Würmchen."

Um ihre Laune zu heben, schaltete sie das Radio ein, nachdem sie aus der Dusche gestiegen war. Sie zappte durch die Programme, doch jeder Sender schien sich über sie lustig machen zu wollen, weil sie zeitgleich Lieder spielten, die sie an Maik erinnerten. Also stellte sie das Radio wieder aus.

Lena sog den Duft nach Granatapfel in sich auf und blickte in den Spiegel. Sie konnte nichts erkennen, weil er beschlagen war. Doch sie konnte sich ausmalen, wie elendig sie aussah.

Die Hitze war kaum zu ertragen. Lenas Wangen glühten und der Schweiß lief ihr zwischen den Brüsten hinunter. Noch einmal fragte sie sich, wie es nun weitergehen sollte. Um sich aufzumuntern, malte sie ein lachendes Gesicht auf den Spiegel. „Jetzt wird gelebt. Ich suche mir ein Abenteuer. Schluss mit dem öden Dasein."

Voller Motivation trocknete sie sich ab und warf sich ein luftiges Trägerkleidchen über. Noch während sie sich die nach Kokosnuss duftende Bodylotion auf die Arme rieb, bereute sie es. Sie hatte das Gefühl, ihre Haut konnte nicht mehr atmen, und verspürte den Drang, noch einmal zu duschen.

Ihr Handy piepste. Steffi hatte geantwortet: *Prima, ich freu mich. Bring eine Flasche Sekt mit.*

Lena schmunzelte. Obwohl ihre Freundin noch nichts von dem ganzen Drama wusste, hatte sie offenbar unbewusst genau das richtige Programm geplant.

Sie schaute in den Kühlschrank, in dem noch eine Flasche Prosecco von Maiks Geburtstag stand. Sie packte sie in den Korb, legt eine Wassermelone dazu und stand kurze Zeit später fertig an der Wohnungstür.

Das gute Gefühl verflüchtigte sich, als sie an der Garderobe Maiks Jacke sah. Erneut bohrte sich der Schmerz in ihr Herz. Die Erinnerung an das erste Jahr, als die Beziehung zu Maik noch schön gewesen war, verursachte ihr Übelkeit.

Sie straffte die Schultern. *Nein, Lena Hader, du wirst ihm nicht nachtrauern!* Demonstrativ verließ sie ihre Wohnung.

Als sie am Briefkasten vorbeikam und Maiks Namen auf dem Schild sah, verlor sie abermals den Mut, neu anzufangen. Wieder drückten sich Tränen aus ihren Augen. Sie trat gegen die Wand. Ärgerte sich über sich selbst, dass sie dem Kerl auch nur eine Träne nachweinte.

Eine ältere Dame, die gerade am Hauseingang vorbeiging, warf ihr einen entrüsteten Blick zu.

Lena lief zu ihrem Auto, stieg ein, schlug mit beiden Händen auf das Lenkrad, atmete dreimal tief ein und aus und startete dann den Motor.

Auf dem Weg zu ihrer Freundin entschied sie, dass sie am nächsten Tag ihre Koffer packen und zu ihrer Schwester nach Österreich fahren würde. Ein Tapetenwechsel würde ihr guttun. Dort würde sie nicht mehr alles an Maik erinnern.

Sie spürte die Blicke des Fahrers, der an der Ampel

neben ihr stand und lüstern grinste. Glühende Wärme schoss ihr in den Kopf. Kurz überlegte sie zurückzuflirten, um sich besser zu fühlen. Doch ihre Gedanken schweiften zu ihrem Plan, Koblenz zu verlassen.

In Koblenz lauerten an jeder Ecke Erinnerungen an Maik. Der Gedanke, bei ihrer Schwester zu wohnen, stimmte sie glücklich, sie spürte ihr Herz vor Freude hüpfen. „Abenteuer, ich komme.“

Hinter ihr hupte jemand.

Lena zuckte zusammen. Sie verdrehte genervt die Augen und schaute in den Rückspiegel.

Der Fahrer hinter ihr gab ihr ein Zeichen, dass sie fahren sollte.

Lena fluchte, als sie sah, dass die Ampel auf Grün gesprungen war. Sie hob ihre Hand und würgte beim Anfahren das Auto ab. Das ist so peinlich. Sie startete den Motor neu und fuhr mit quietschenden Reifen los. Im letzten Augenblick erkannte sie, wie die Ampel bereits wieder gelb wurde.

Der Mann hinter ihr brüllte etwas aus dem Fenster und schickte ihr einen lieben Gruß hinterher: den ausgestreckten Mittelfinger.

Lena atmete aus, sobald sie außer Sichtweite war. Auf der Europabrücke gab sie Gas. Ihre Anspannung ließ nach.

Als sie bei Steffi in Rübenach ankam, fuhr sie bis ans Ende der Straße und dann ein Stück den Feldweg entlang, wo sie ihr Auto in einer kleinen Einbuchtung parken wollte.

Mitten auf dem Weg verhinderte jedoch ein rotes Kinderfahrrad die Weiterfahrt.

Lena stellte den Motor ab und überblickte das Feld. Sie wunderte sich.

Es war weitläufig niemand zu sehen, zu dem das Fahrrad gehören könnte.

Mit einem leicht mulmigen Gefühl stieg sie aus dem Wagen. Sofort kamen ihr grausige Szenarien in den Sinn. Vielleicht lag eine verweste Leiche im Feld, die dort nach einem grausamen Mord einfach abgelegt worden war und bereits anfing sich zu zersetzen. „Du liest einfach zu viele Thriller", versuchte sie sich einzureden. „Es ist nur ein Fahrrad, das ein Kind achtlos hingeworfen hat."

Sie ging zu dem Rad, um es an den Wegrand zu stellen. Dann stieg sie in ihr Auto, parkte es an der Seite, griff nach der Flasche Prosecco und stieg aus dem Wagen.

Plötzlich vernahm sie ein leises Wimmern. Nur kurz. Sie regte sich nicht, lauschte, doch das Geräusch war nicht noch einmal zu hören.

Sie schüttelte den Kopf. *Du wirst noch ganz verrückt. Entspann dich.*

Ihr Herz klopfte kräftig, als das Wimmern erneut, dieses Mal deutlich lauter, aus dem Feld ertönte. Ein Schauer lief ihr über den Rücken. Sie folgte dem jämmerlichen Winseln. Ihr Atem wurde schneller und sie hörte ihr Blut in den Ohren rauschen. *Es ist bestimmt nur ein Tier.* Bei dem Gedanken, gleich einen verletzten Hund oder eine Katze zu finden, wurde ihr übel. Lena hasste es, kranke oder tote Tiere zu sehen, doch etwas in ihr sagte ihr, dass so kein Tierwimmern klang. Sie schlich weiter den Weg entlang, kniff die Augen zusammen, konzentrierte sich auf das Winseln, um zu lokalisieren, wo es herkam.

Ihr wurde schnell klar, dass das menschliche Laute waren, und sie befürchtete, dass sich ein Kind verletzt haben könnte und das Fahrrad vielleicht deshalb dort gelegen hatte. *O Gott, bitte nicht.*

Plötzlich war es wieder still.

Lena blieb stehen und lauschte. Sie hörte nichts außer ihren schnellen Atem. Obwohl die Sonne auf sie schien, fröstelte sie. Wieder kam ihr die verweste Leiche in den Sinn. *Meine Güte, du bist komplett irre. Seit wann kann eine verweste Leiche jammern?* Still stand sie auf dem Weg, wartete auf ein weiteres Geräusch.

Nach wenigen Sekunden ertönte ein schmerzvolles Stöhnen, das ihr das Blut in den Adern gefrieren ließ. Wie erstarrt blickte sie in die Richtung, aus der es kam. Zögerlich lief sie ein Stück weiter. Ihr Herz machte einen Aussetzer, als sie auf das Feld sah. Lena stockte der Atem. Zitternd starrte sie auf die Stelle am Boden. Dann wandte sie sich ab und erbrach sich.

3

Arno

12. Juli 1963

„Du bist echt der Beste. Du hast schon wieder getroffen.“

Sein Bruder grinste über beide Ohren. „Ach Arno, streng dich mehr an. Du kannst dich doch nicht immer so blöd anstellen.“ Peter richtete die Steinschleuder nach vorn, kniff das rechte Auge zu, zog das Gummi nach hinten und ließ es los.

Arno schaute dem Stein hinterher. Als er das blecherne Geräusch hörte, sprang er hoch. „Treffer.“

„Los, du bist dran.“

Arno übernahm die Schleuder.

Ihr Vater hatte sie für die Jungs geschnitzt. Eigentlich nur für Peter, aber sein Bruder ließ ihn ab und zu damit spielen. Die einzige Bedingung des Vaters war, dass sie nicht auf Tiere oder Menschen zielten.

Peter stellte sich hinter Arno. Er nahm seine Hände, führte die Arme in Stellung. „Du musst genau schauen, wohin du treffen möchtest. Halte den Stein vor dein Auge. Atme ruhig. Zähl bis drei und dann … Treffer.“ Es klirrte, als das Geschoss gegen die Dose flog.

Arno spürte ein Kribbeln in seinem Bauch. „Jetzt schaffe ich es allein.“ Er wollte es Peter unbedingt beweisen.

„Na dann, Brüderchen.“ Peter ließ ihn los und stellte

sich seitlich neben ihn.

Arno bückte sich.

„Was hast du vor?“, fragte sein Bruder.

Arno zuckte mit den Schultern. „Ich nehme einen größeren Stein. Dann treffe ich besser.“

„Typisch, du machst es dir mal wieder viel zu leicht.“

Peter stemmte seine Hände in die Seiten. „So kann ja jedes Baby treffen. Du bist ein Verlierer.“

Arno ignorierte die Worte und stellte sich in Position. Er kniff das rechte Auge zu. Mit dem linken fixierte er die Dose.

Das Zwitschern eines Vogels durchbrach die Stille.

Er feuerte den Stein ab. Gespannt schaute er dem Geschoss hinterher und wartete auf das blecherne Geräusch.

Doch es blieb aus. Einzig ein paar Vögel flatterten vom Boden auf.

Arno schaute wütend auf die Dose und schämte sich.

Peter lachte lautstark. „Daneben.“ Er hielt sich mit dem rechten Arm den Bauch und zeigte mit der linken Hand auf ihn. „Das mit dem großen Stein hat gar nichts gebracht.“

Arno senkte den Blick. „Mist“, nuschelte er und ärgerte sich, dass er sich mal wieder vor seinem Bruder blamiert hatte.

Peter rannte zu der Dose. Kurz blieb es still. Dann drehte er sich zu ihm um. „Oh, oh, wenn das Vater erfährt.“

Arno wurde heiß. Mit Herzrasen schlich er zu der Dose.

„Du hast einen Vogel getroffen." Peter zeigte auf einen hechelnden Vogel, der auf dem Boden lag.

Arno starrte auf das Federvieh, dessen Kopf unnatürlich zur Seite hing. Seine Augen waren verdreht.

„Er hat Schmerzen", sagte Peter.

Arno packte das Grauen. „Das habe ich nicht gewollt. Ich habe ihn gar nicht gesehen."

Ein leises Piepen drang aus der Kehle des Tieres, als wollte es ihm sagen, dass er ein Vogelmörder war.

„Er quält sich. Der arme kleine Kerl."

Arnos schlechtes Gewissen wurde größer. „Kannst du ihn nicht retten?"

„Wie soll ich das denn machen? Der wird nicht mehr gesund. Schau seinen Kopf an."

„Ich habe ihn nicht gesehen", antwortete Arno wütend.

Peter wippte ungeduldig mit dem Bein. „Nun erlöse das arme Vieh doch endlich."

Arno starrte seinen Bruder an. „Was meinst du?"

„Du musst ihn töten, damit er sich nicht mehr so quält."

Arno gab Peter einen Stoß gegen die Brust. „Nein!"

Sein Bruder kam ins Straucheln. „Hey, spinnst du? Willst du mir auch noch das Genick brechen? Du bist ein richtiger Blödmann."

„Ich kann das nicht." Arno weinte und glitt zu Boden. Er krümmte sich vor Bauchschmerzen „Ich bringe keine Tiere um. Du kannst das machen." Er schaute Peter flehend an.

Dieser tippte sich mit dem Zeigefinger an die

schweißnasse Stirn. „Ich? Warum ich? Du hast ihn doch verletzt."

Arno zog die Augenbrauen zusammen. „Ich habe das nicht mit Absicht getan."

„Du hast ihn aber abgeschossen. Also musst du ihn auch erlösen. Nun los, oder ich erzähle Vater, was du gemacht hast."

Arno zog seinen Rotz hoch, griff nach seinem T-Shirt und wischte sich damit die Nase ab. „Wie … Wie soll …" Er schniefte. „Wie soll ich das denn machen?"

„Dreh ihm den Hals um."

„Nein, das kann ich nicht."

„Du musst." Peter zeigte auf den Vogel, der immer noch hechelte. „Sieh ihn dir an, er leidet total."

Arno schaute auf das Tier. Ein Kloß brannte in seiner Kehle. Was hatte er nur getan? Er wollte kein Tiermörder sein, doch sein Bruder hatte recht. Der kleine Vogel quälte sich. Und je länger er sich das anschaute, umso übler wurde ihm.

Langsam hockte er sich hin. Schniefte. Wischte sich mit dem Arm die Tränen aus den Augen, um besser sehen zu können. Dann nahm er den Vogel in die Hände. Er streichelte ihm über den Bauch. Die Flügel presste er an den Körper. Arno bildete sich ein, dass das Vieh ihn vorwurfsvoll anblickte und ihn aufforderte, es nicht zu töten. Erneut stiegen Tränen in seine Augen.

„Nun mach doch endlich", befahl Peter ihm. „Wir müssen nach Hause. Es wird gleich dunkel. Ich habe keinen Bock, wegen dir Ärger zu bekommen."

Arno schluckte. Dann griff er mit seiner rechten Hand um den Kopf des Vogels und kniff die Augen zusammen. Mit einem Ruck drehte er ihn zur Seite.

Es knackte, das Tier hörte auf zu hecheln.

Schnell ließ Arno es los, rannte zum nächsten Baumstamm und erbrach.

Peter stellte sich hinter ihn und strich ihm über den Rücken. „Du hast ihn erlöst.“

„Woher willst du das denn wissen? Vielleicht hat er gar nicht gelitten.“

„Doch, hat er. Das ist die Wahrheit. Du musst dich deshalb nicht schlecht fühlen.“

Arno entging das faszinierte Grinsen im Gesicht seines Bruders nicht. Und in diesem Moment wollte er ihm auch am liebsten den Hals umdrehen. „Du bist so gemein. Du hättest mich nicht dazu zwingen dürfen.“

„Du hättest ihn ja nicht umbringen müssen. Jetzt benimmst du dich wie ein Baby. Außerdem machst du immer alles, was ich sage.“

Arno starrte seinen Bruder an. „Ich hasse dich.“

„Ich weiß.“ Peter zuckte die Schultern. „Na los, beerdigen wir ihn.“

Arno schniefte. Eine Beerdigung war eine gute Idee. Der Vogel hatte es verdient, denn nur wegen ihm war er den grausamen Tod gestorben.

Die beiden buddelten ein kleines Grab, legten den Vogel hinein, schlossen es wieder und legten mit zwei Ästen ein Kreuz darüber. Dann liefen sie aus dem Wäldchen zurück in den Ort.

Arno ging schweigend neben seinem Bruder, der sein rotes Fahrrad schob. Seine Gedanken kreisten um die Augen des Vogels, die sich hin und her bewegt hatten. Er würde sie nie wieder vergessen.

Peter hüpfte abwechselnd von einem Bein auf das andere. „Nun komm schon, zieh nicht so ein Gesicht. Wir erzählen es niemandem. Es bleibt unser Geheimnis."

Arno reagierte nicht. Lief mit gesenktem Blick den Weg entlang. Wie konnte sein gemeiner Bruder nur so gefühlskalt sein? Außerdem war er sicher, dass es Peter ihm von nun an immer vorhalten würde, sobald er etwas nicht tat, das Peter wollte.

Ein lautes Krachen hinter ihm riss Arno aus den Gedanken. Das rote Fahrrad wurde plötzlich an ihm vorbeigeschleudert. Er drehte sich um und sah, wie Peter durch die Luft wirbelte. Ein markerschütternder Schrei hallte durch Rübenach, dann knallte der Körper seines Bruders auf den Asphalt.

„Peter", schrie Arno und rannte zu dem blutigen Bündel.

Das Auto fuhr rückwärts, wendete und raste mit quietschenden Reifen davon.

„Hilfe!" Arno beugte sich über seinen Bruder. „Kannst du mich hören?" Er rüttelte sanft an seiner Schulter.

Peter bewegte die Lippen und Blut quoll dazwischen hervor.

„Peter?" Arno zitterte am ganzen Körper. Er wischte ihm das Blut vom Mund, doch es kam immer wieder neues nach. „Hilfe", schrie er noch einmal.

Peter stöhnte. Er versuchte zu sprechen, doch Arno konnte nichts verstehen.

„Was hast du gesagt?“ Er lehnte sich ganz nah hinunter und legte sein Ohr an den Mund seines Bruders.

„Bitte hilf mir.“ Dann schloss Peter die Augen.

Leseprobe: Eins, zwei ... hörst du ihren Schrei?

27. März 2023

Mathias saß auf einer Parkbank in der Koblenzer Innenstadt und beobachtete lächelnd seine Kinder, die gerade ein Eis schleckten. Es war Zeit, die sehr kostbar war, weil sie oftmals viel zu wenig davon hatten.

Julian hatte sich die Hälfte seiner Schokoladenkugel um den Mund geschmiert und umkreiste seine Lippen ständig mit der Zunge, was das Eis nur noch mehr verbreitete.

Mia hingegen nahm sich immer nur ein wenig Eis mit der Zungenspitze, sodass sie ewig brauchte, um eine Kugel zu essen.

Es waren die ersten Sonnenstrahlen des Jahres, die Mathias' Stimmung nur langsam hoben. Was nach den harten Wintermonaten Zeit wurde. Der Fall, der sich zu Weihnachten in Koblenz zugetragen hatte, steckte ihm noch immer in den Knochen, die schrecklichen Bilder der getöteten Familien tauchten nachts weiterhin in seinen Träumen auf. Er wusste nicht, ob die für gewöhnlich besinnliche Zeit das Verbrechen so viel schlimmer gemacht hatte, das erste Weihnachten ohne seine Frau Sara ihn hatte sentimentaler werden lassen oder ob er wirklich keinen anderen Fall als so furchtbar empfunden hatte wie diesen.

Jemand rüttelte an seinem Bein, was ihn aus den

düsteren Gedanken riss.

»Papa, gehen wir auf den Spielplatz?«, fragte Julian.

»Klar, wenn ihr wollt. Ich habe heute einen freien Tag und versprochen, dass ihr entscheiden dürft, was wir machen. Das Wetter soll sich auch halten, also spricht nichts dagegen. Was meinst du, Mia?«

Seine Tochter schaute an sich hinunter. »Hmm, ich habe aber ein schönes Kleid an, das auf der Rutsche oder im Sand schmutzig wird. Ich möchte lieber nach Hause gehen.«

»Nö«, antwortete Julian bockig und biss theatralisch in seine Waffel. »Ich will aber auf den Spielplatz.«

Mathias beobachtete seine Tochter, die auf den Gehweg starrte und vorsichtig ihr Eis naschte. »Es ist doch gar nicht schlimm, wenn das Kleid schmutzig wird, das können wir wieder waschen. Spaß geht immer vor.«

Mia schüttelte den Kopf. »Lieber nicht.«

Dann füllten sich ihre Augen mit Tränen.

»Was hast du, mein Schatz? Belastet dich etwas?« Er rückte näher an seine Tochter.

Sie zuckte nur mit den Schultern.

»Du weißt, dass du mit mir reden kannst. Ich bin dein Papa und würde alles tun, damit es dir gutgeht.«

»Ich möchte nur nicht, dass du wegen mir zu viel Stress hast«, sagte Mia. Ihr Kinn zitterte. Eine dicke Krokodilsträne tropfte auf den Boden.

Mathias riss die Augenbrauen hoch und fragte sich, wie seine gerade erst sechs gewordene Tochter auf solche Gedanken kam. »Niemals würde mich etwas stressen, was mit euch zu tun hat. Warum glaubst du denn so was?«

Mia zog eine Schnute. »Ich habe gestern aus Versehen einen Film geguckt, bei dem der Mann gesagt hat, dass er zu viel Stress hat und dann bald einen Herzinfarkt haben und sterben wird. Julian und ich haben immer unsere Sachen schmutzig gemacht und die Zimmer nicht aufgeräumt. Und wir haben oft geschrien. Vielleicht hatte Mama wegen uns Stress und ist deshalb krank geworden.«

Mathias' Herz krampfte. Er nahm seine Tochter auf den Schoß. »Meine süße Kleine, so was darfst du gar nicht denken. Ihr seid doch nicht schuld an Mamas Tod. Für sie wart ihr kein Stress. Sie hat alles gern getan. Es ist völlig normal, dass Kinder ihre Kleidung schmutzig machen oder laut sind. Jede Mama muss da durch. Deshalb wird man nicht krank. Bitte rede dir das nicht ein. Das, was du in dem Film gesehen hast, ist anders gemeint. Manchmal erzählen Erwachsene Dinge, die sie aber gar nicht so meinen, wie sie es sagen. So wie man es auch von Redewendungen kennt. Verstehst du, was ich damit meine?«

»Nein«, antworte Mia.

»Zum Beispiel erinnerst du dich doch bestimmt, dass Mama immer gesagt hat, es wird höchste Eisenbahn, wenn sie es eilig hatte. Die Redewendung bedeutet, dass es an der Zeit ist, loszugehen, sonst verspätet man sich. Und wir nehmen deshalb aber trotzdem keinen Zug. Und so ist die Bedeutung von dem, was der Mann gesagt hat, auch nur ein übertragener Sinn. Nicht jeder der Stress hat, stirbt an einem Herzinfarkt. Darüber musst du dir also keine Gedanken machen.«

Mia schmiegte den Kopf an seine Schulter. »Aber warum ist sie dann gestorben?«

»Leider ist das Leben so. Das Schicksal hat entschieden, dass Mama in den Himmel kommt. Manche Menschen sterben jung und andere erst, wenn sie älter sind. Daran können wir nichts ändern, nur jede Minute nutzen und glücklich sein. Auch wenn es manchmal schwerfällt.«

»Sterben auch Kinder, Papa?«, fragte Julian und starrte ihn mit seinem schokoladenverschmierten Mund an.

Mathias gefiel die Richtung des Gesprächs gar nicht. Es war noch kein Jahr her, dass Sara gestorben war. Seine Kinder hatten lange gelitten. Doch er hatte bisher das Gefühl gehabt, dass sie auf einem guten Weg waren. Er nahm auch Julian auf seinen Schoß und entschied ehrlich mit dem Thema umzugehen, schließlich haben sie selbst erlebt, dass es solche traurigen Schicksale gab. »Leider müssen Kinder ebenso manchmal sterben. Aber wir beten jeden Tag, dass wir drei noch ganz lange glücklich sein können.«

»Hmhm«, antwortete Julian, wirkte jedoch gar nicht bei der Sache. »Und dieses Mädchen dort drüben? Muss das auch bald sterben? Es sieht so krank aus.« Sein Sohn zeigte in Richtung der Liebfrauenkirche. »Sie ist ein bisschen gruselig.«

Mathias stockte der Atem.

Ein Mädchen schlich den Weg hinunter. Das Aussehen war bizarr. Es sah aus wie eine lebensgroße Puppe und trug ein weißes Kleid, das von einer Barbie stammen könnte. Es war mit Blutflecken besprenkelt. Das Kind ging barfuß, die nackten Fersen hinterließen blutige Abdrücke auf dem Asphalt.

Mathias' Herz setzte einen Schlag aus, als er die Szene beobachtete.

Plötzlich wurde ihm die Sicht versperrt. Eine Schar neugieriger Menschen drängte sich um das Mädchen.

»Ihr bleibt bitte hier sitzen«, sagte Mathias eindringlich. »Mia, es ist wichtig, dass du auf Julian aufpasst. Ihr lauft nicht weg, verstanden? Ich schaue, ob es dem Kind gutgeht.«

Seine Tochter nickte, ihre Augen waren weit aufgerissen.

»Keine Sorge, ich glaube, es ist nur ein Kostüm. Ich gucke trotzdem einmal nach, okay?«

Wieder nickte Mia und nahm die Hand ihres Bruders fest in ihre eigene. »Ich passe auf.«

Mathias eilte zu dem Mädchen, das mittlerweile von den Schaulustigen belagert wurde.

»Lassen Sie mich bitte durch. Ich bin von der Kriminalpolizei«, rief er mit angespannter Stimme.

»Das ist echtes Blut«, schrie ein Passant panisch.

»So wie das aussieht, hat die Kleine jemanden getötet«, sagte eine Frau mit zitternder Stimme.

Mathias hatte Mühe, sich durch die aufgebrachte Menge zu bewegen, die Worte der Leute machten ihn aber ganz nervös.

»Lassen Sie mich jetzt durch«, rief er lauter.

»Hey, drängeln Sie nicht so«, plärrte ihn ein Mann

an und schubste ihn leicht zur Seite. »Seien Sie nicht so neugierig.«

Fast hätte Mathias laut losgelacht, doch er beherrschte sich, seine Wut im Zaum zu halten. Er zog seinen Dienstausweis heraus. »Kripo Koblenz. Was haben Sie gesagt?«

Der Mann lief rot an. »Ähm, nichts. Schon in Ordnung.«

Dann ging er weg.

Endlich erreichte er das Mädchen. Er betrachtete es genauer.

Die schmalen Schultern zitterten. Das Gesicht war blass und die Augen starrten leer in die Ferne, so als würde das Kind etwas Unheimliches beobachten. Schätzungsweise war es zehn bis zwölf Jahre alt. Es steckte in einem hautengen weißen Kleid mit Spitzen an den Ärmeln und am Rock. Dieser war sehr kurz, sodass er nur ganz knapp die Scham überdeckte. Die Beine waren nackt. Ihr blondes Haar war zu zwei hohen geflochtenen Seitenzöpfen gebunden, und darin trug sie rote Schleifen. Das Gesicht war weiß geschminkt. Die Wangen jeweils mit einem knallroten großen Kreis bemalt. Die Lippen leuchteten in gleicher Farbe, nur entsprachen die aufgezeichneten Lippen nicht den echten des Mädchens. Sie waren eher spitz nach oben gezogen und kürzer. An den Augen waren dünne schwarze Striche nach oben und unten aufgemalt, was aussah wie übergroße Wimpern.

»Geht es dir gut?« Blöde Frage, offensichtlich ging es das nicht. Mathias kniete sich vor ihr nieder, versuchte, den Hauch einer Reaktion in ihrem Blick zu finden.

Doch das Mädchen blieb stumm und wirkte als sei sie in einer anderen Welt gefangen. Ihre Lippen bebten leicht.

Mathias' Blick wanderte über die Blutflecken auf dem Kleid und den Armen.

»Wo bist du verletzt?«, fragte er sanft.

Wieder bekam er keine Antwort.

Die Menge rückte dichter heran, ihre neugierigen Augen brannten in Mathias' Rücken.

»Ich brauche Platz«, sagte er streng und hob seinen Dienstausweis. »Kripo Koblenz. Gehen Sie bitte weiter und lassen Sie dem Mädchen doch etwas Raum.«

Aus einer Ecke dröhnte lautes Gelächter.

»Das ist so gruselig, damit gehen wir viral«, sagte ein Junge aus einer Gruppe Jugendlicher, die ihre Handys auf das Mädchen gerichtet hatten.

Mathias stellte sich vor die Kameras. »Sofort einstellen. Es ist verboten, andere Menschen ungefragt zu filmen.«

»Glauben Sie, nur weil Sie Bulle sind, muss ich auf Sie hören?«, sagte einer der Jungen.

»Ja, ganz richtig, das meinte ich damit. Du siehst aus wie mindestens vierzehn, sprich, du bist strafmündig. Gern kann ich dich jetzt mit aufs Präsidium nehmen und eine Anzeige schreiben. Interesse?« Mathias brodelte innerlich über so viel Respektlosigkeit, doch nach außen blieb er ruhig.

»Chill mal. Ich habe nichts gemacht.« Der Junge hob seine Hände.

»Ihr löscht auf der Stelle die Videos. Ich möchte es sehen.« Mathias nahm sein Handy und forderte zur Unterstützung einen Streifenwagen zur Liebfrauenkirche an, nicht ohne die Jugendlichen aus den Augen zu lassen. Allein würde er die Meute nicht in den Griff bekommen. Außerdem musste er sich dringend um das Mädchen kümmern.

Nachdem er sich versichert hatte, dass die Jungs die Aufnahmen gelöscht hatten, schickte er sie weg und drehte sich zu dem Kind. Er musste irgendwie einen Draht zu ihr finden, um zu schauen, ob sie irgendwo verletzt war.

»Ich bin Mathias«, sagte er behutsam, hockte sich vor sie und betrachtete dabei die rote Farbe an ihren Armen und dem Kleid. Es sah tatsächlich aus wie echtes Blut. »Bist du irgendwo verletzt? Ich kann dir helfen.«

Das Mädchen hielt die Hände auf dem Rücken und starrte mit leeren Augen durch Mathias hindurch. Sie reagierte nicht auf seine Frage.

»Sagst du mir, wie du heißt?«, fragte er trotzdem weiter, doch auch darauf erhielt er keine Antwort. Vorsichtig griff er nach dem Arm und zog ihn nach vorn, weil er schauen wollte, wo sie verletzt war. Sein Herz blieb fast stehen, als er das blutige Messer in der Hand der Kleinen entdeckte.

»Oh, das ist gefährlich. Bitte gib es mir.« Er hielt ihr Handgelenk fest, damit sie keine falsche Bewegung machen konnte, und nahm ihr mit der anderen Hand das Messer ab.

Das Mädchen keuchte.

»Schon gut, ich tue dir nichts. Ich bin Polizist und passe auf dich auf, okay. Dir wird nichts passieren.« Mathias atmete erleichtert aus, als er endlich seine Kollegen anfahren sah.

Eine Polizistin stieg von der Beifahrerseite aus und kam auf Mathias zugeeilt.

Er kannte sie nicht. Deshalb stellte er sich vor und zeigte seinen Dienstausweis. »Sie ist hier in diesem Zustand aufgetaucht, wie aus dem Nichts. Bisher habe ich noch nichts aus ihr herausbekommen. Wir brauchen eine Tüte, um das Messer zu sichern, es sind meine Fingerabdrücke drauf, weil ich es ihr abgenommen habe. Ich gebe später direkt eine Vergleichsprobe ab. Ruf bitte auch einen Krankenwagen, sie scheint verletzt zu sein und steht unter Schock.«

Die Polizistin nickte und informierte die Leitstelle.

Der Kollege, der am Steuer des Dienstwagens gesessen hatte, beschäftigte sich mit den Leuten und scheuchte sie weiter.

Mathias widmete sich wieder dem Mädchen. »Bitte habe keine Angst, ich möchte einmal schauen, ob du verletzt bist, okay? Es wäre toll, wenn du vielleicht nicken oder mit dem Kopf schütteln könntest, wenn ich dich etwas frage. Tut dir etwas weh?«

Doch das Kind reagierte weiterhin nicht. Es stand einfach wie erstarrt da, so als wäre sie nur eine Puppe.

Mathias ging einmal um sie herum. An einem Knopf in ihrem Rücken entdeckte er einen Zettel, der mit einer Stecknadel befestigt war.

»Ich brauche hier bitte einmal Handschuhe«, rief er seinen Kollegen zu.

Die Beamtin brachte ihm welche und stellte sich neben ihn.

»Es ist erledigt«, las er laut vor, nachdem er das Stück Papier entfernt hatte. Dann steckte er auch das in einen Beweisbeutel. »Das hier ist wirklich sehr merkwürdig.«

Das Martinshorn des Krankenwagens ertönte einmal, als dieser versuchte, an der Menge der Schaulustigen vorbeizufahren.

»Da kommen jetzt Sanitäter, die dir helfen«, sagte Mathias zu dem Mädchen. »Sie wollen nur sehen, ob du gesund bist.«

Die Sanitäter und ein Notarzt eilten auf sie zu und übernahmen das Mädchen.

Mathias gab ihnen die Informationen, die er hatte und schaute dann nach seinen Kindern, die immer noch auf der Bank saßen. Da er wusste, dass er sowieso auf dem Präsidium eine Aussage machen musste, rief er seine Schwiegermutter an, um sie in die Stadt zu bestellen.

»Hallo Supercop«, sagte sie nach dem Abnehmen. »Alles gut bei euch?«

Mathias bekam noch immer eine Gänsehaut bei der Nennung seines Spitznamens. Gisela nannte ihn so, weil es Sara immer so gemacht hatte. »Es tut mir leid, dass ich dich schon wieder in Anspruch nehmen muss. Ich bin mit den Kleinen gerade in der Stadt, und hier ist ein Notfall. Ich müsste eine Zeugenaussage machen. Ist es dir möglich, Mia und Julian abzuholen, damit ich sie nicht mit aufs Präsidium nehmen muss?«

»Natürlich, ich komme. Ich wollte morgen eh in die Stadt, dann erledige ich das einfach heute schon. Wo seid ihr gerade?«

»Wir sind an der Liebfrauenkirche vor der Eisdiele.«

»Okay, ich bin in fünfzehn Minuten da.« Gisela legte auf. Sie war nicht genervt oder sauer, weil er sie schon wieder brauchte. Sie war froh, dass sie ihm helfen konnte, das hatte sie ihm immer wieder versichert.

Mathias musste sich eingestehen, dass er ohne seine Schwiegermutter aufgeschmissen wäre und das nicht nur, weil sie immer wieder auf die beiden aufpasste, wenn er länger arbeiten musste. Sie unterstützte ihn auch in Erziehungs- und Alltagsfragen. Sara hatte das Meiste übernommen, was die Kinder anging, da er in seinem Job gefordert war. Dadurch hatte er nicht immer mitbekommen, wie sie die Kinder getröstet hatte, welche Kleidung die passende war, wer ihre Freunde waren, wie viele Süßigkeiten sie essen durften oder wenn es um Kindergartengespräche ging. Er kannte noch nicht einmal alle Betreuer der Kita. Gisela wusste das alles. Mittlerweile fuchste er sich auch langsam daran, es wurde immer besser.

»Entschuldigen Sie.«

Mathias erschrak, als jemand ihn von hinten antippte. Er drehte sich um.

Es war der Notarzt. »Wir nehmen das Kind jetzt mit in die Kinderklinik. Sie scheint äußerlich erst einmal nicht verletzt zu sein. Wir haben nichts gesehen. Wo das viele Blut herkommt, können wir deshalb nicht sagen. Allerdings hat sie geweitete Pupillen, was mir etwas Sorge bereitet. Es könnte sein, dass sie unter Drogen steht.«

»Okay. Sagen Sie bitte in der Klinik, dass der Fall als mögliches Verbrechen eingestuft wird, sie sollen dann also alles Nötige veranlassen, um Spuren zu sichern. Bitte auch gynäkologisch untersuchen und die Rechtsmedizin in Mainz informieren.«

»Das gebe ich so weiter«, antwortete der Notarzt.

»Hat das Mädchen in der Zwischenzeit etwas gesagt? Ihren Namen?«

»Nein, sie spricht nicht.«

Mathias war frustriert. Das Mädchen brauchte dringend ihre Eltern beziehungsweise eine Bezugsperson, sollte sie Opfer eines Verbrechens geworden sein. Doch ohne Namen war es schwer, etwas über sie herauszufinden. »Es kommen dann gleich Kollegen in die Klinik. Auch von der Spurensicherung. Ich hoffe, wir finden ihre Eltern schnell, damit die Kleine nicht allein ist.«

Der Notarzt nickte und verabschiedete sich.

Mathias warf einen Blick auf das Mädchen, und noch immer entsetzte ihr Erscheinungsbild ihn. Sie stand völlig unter Schock, und er wollte gar nicht wissen, was sie hatte durchmachen müssen.

Ein lauter Schrei riss ihn aus den Gedanken, und keine Sekunde später hing das Mädchen an ihm. Sie umklammerte seinen Arm und starrte ihn aus flehenden Augen an.

Der Notarzt und eine Sanitäterin kamen auf sie zu.

Die Sanitäterin hockte sich zu dem Kind hinunter. »Wir wollen dir nichts tun, nur mit dir ins Krankenhaus fahren, damit die Ärzte schauen können, ob alles in Ordnung ist. Du brauchst keine Angst zu haben.«

Das Mädchen reagierte nicht und hielt ihren Blick stur auf Mathias gerichtet.

»Möchtest du, dass ich dich begleite?«

Endlich kam eine Reaktion. Sie hatte genickt und krallte sich noch fester an seinen Arm.

Mathias wollte das Vertrauen, dass das Kind zu ihm zeigte, nutzen, um eventuell doch noch mehr aus ihr herauszubekommen. »Das mache ich. Ich sage nur schnell meinen Kindern Bescheid, damit sie nicht alleine sitzen. Auch noch der Polizistin dort.« Er zeigte auf die Beamtin. »Dann komme ich sofort mit dir.«

Das Mädchen schaute in die Richtung seiner Kinder, dann lockerte sie den festen Griff.

Mathias ging zu Mia und Julian und hockte sich vor sie.

Sein Sohn zog eine Schnute. »Sie ist ganz schön gruselig. Wird sie sterben?«

»Nein.« Schnell überlegte er sich etwas, um ihn zu beruhigen. »Das ist nur ein Kostüm, wie zu Halloween. Da sehen auch immer alle furchteinflößend aus.«

»Aber wir haben kein Halloween.«

»Ich weiß, mein Schatz. Deswegen möchte ich auch gern herausfinden, warum sie so aussieht. Ich habe Oma angerufen, die wird euch gleich abholen. Die nette Polizistin wartet so lange hier, bis sie da ist. Ich hole euch dann später bei euren Großeltern ab. Es tut mir leid, dass der Tag so endet, aber den Spielplatz holen wir nach, das verspreche ich euch.«

»Schon okay, Papa.« Mia legte ihren Arm auf seine Schulter. »Wenn das Mädchen deine Hilfe braucht, hat sie Glück. Denn du bist der beste Polizist der Welt. Das hat Mama immer gesagt.«

Wieder bohrte sich der kleine Stachel, den er seit Monaten in seinem Herzen trug, ein Stück tiefer. »Ich beeile mich, versprochen.«

Er gab jedem je einen Kuss auf die Stirn und besprach alles mit der Kollegin. Dann lief er zum Krankenwagen.

Erst als er da war, ließ sich das Mädchen auf die Liege schnallen. Mathias setzte sich neben sie. Sofort ergriff sie seine Hand. Der Druck verriet, dass sie große Angst hatte und alles daransetzen würde, dass er an ihrer Seite blieb.

Mit der anderen Hand holte er sein Handy heraus. Er schrieb Gisela die Information, dass eine Polizistin bei den Kindern wartete. Anschließend wählte er die Nummer des Präsidiums, um die Kollegen dazu zurufen.

»Mathias, du hast heute frei«, sagte Romy ohne eine Begrüßung. Es hatte fast vorwurfsvoll geklungen.

»Ich weiß, trotzdem bringe ich Arbeit.« Er schilderte seiner Kollegin kurz, was sich in der Stadt ereignet hatte, bat sie in die Klinik zu kommen und die Spurensicherung zu informieren.

»Natürlich, ich fahre direkt los. Hast du schon etwas zur Überprüfung?«

»Nicht viel, sie spricht nicht. Man kann auch nicht

wirklich was von ihrem Gesicht erkennen, es ist total mit Schminke zugekleistert. Ich schätze sie ungefähr auf zehn Jahre, vielleicht auch zwölf. Lässt sich schwer erraten. Ihr Haar ist blond und lang. Augenfarbe Blau. Schlanke Figur. Mehr habe ich nicht. Ich schicke dir noch ein Foto.«

»Ich lasse Norman die aktuellsten Vermisstenmeldungen schon einmal durchgehen, vielleicht haben wir schnell einen Treffer.«

»Danke, bis gleich.« Mathias legte auf und betrachtete das Mädchen.

Sie hatte sich zurücklehnt, auch der Händedruck war schwächer. Die Augen hatte sie geschlossen, ihr Atem ging ruhig.

»Was ist nur mit diesem armen Ding passiert?«, fragte die Sanitäterin, die die Vitalwerte des Mädchens kontrollierte. »Sie ist völlig verstört.«

Mathias seufzte. Er ahnte bereits, dass hinter dieser Geschichte offenbar wieder ein scheußliches Verbrechen lag. Doch er würde sich wünschen, dass er sich täuschte. »Vielleicht hat sie sich nur verlaufen und ist deshalb verängstigt. Ich hoffe irgendwie, dass es eine harmlose Erklärung gibt.«

Die Sanitäterin zog die Augenbrauen hoch. »Das ist eine Menge Blut. Echtes. Ich glaube nicht, dass es sich um etwas Harmloses handelt.«

Mathias ging nicht darauf ein, der Sanitäterin stand auch nicht zu, Mutmaßungen anzustellen, sie sollte sich um die Gesundheit des Mädchens kümmern. Herauszufinden, was dem Kind zugestoßen war, war seine Aufgabe.